AMENAZADA

AGENTES DEL FBI JULIA STEIN Y HANS FREEMAN
N° 1

RAÚL GARBANTES

Redes sociales del autor:

goodreads.com/raulgarbantes
instagram.com/raulgarbantes
facebook.com/autorraulgarbantes

Obtén una copia digital GRATIS de *Los desaparecidos* y mantente informado sobre futuras publicaciones de Raúl Garbantes. Suscríbete en este enlace: https://raulgarbantes.com/losdesaparecidos

ÍNDICE

PARTE I

ELLA TENÍA la cabeza cubierta con un envoltorio plástico resistente y opaco, pero aún estaba viva.

Él esperó a que despertara sofocada. Entonces la vio morir y la comparó con un pez. El pequeño pez sol que pescó en el parque Eisenhower State, el que sacó y devolvió al agua en muchas oportunidades para sentir el placer de tener en sus manos la reanimación del animal. Pero esta vez no le quitaría el envoltorio plástico a la víctima en ningún momento, porque prefería que su vida terminara de una vez. Además, aún le faltaban muchas cosas por hacerle a su cuerpo.

Unas horas antes, él había tocado a la puerta de la casa donde vivía Elaine Sue Perales. Ella lo dejó entrar sin ninguna desconfianza, y en un descuido, mientras se volteó para firmar un papel, él le clavó una aguja en el cuello. La mujer sufrió unos estertores inmediatos y cayó al piso. Él rebuscó en la cartera de ella su identificación y se la guardó; luego buscó en el vehículo la silla de ruedas y acomodó a la víctima inconsciente ahí; la trasladó hasta el coche, estacionado en un callejón a la vuelta de la casa, y la metió en el maletero de un solo tirón. La adrenalina le otorgaba la fuerza necesaria y la emoción lo inundaba, pero a pesar de ello cuidaba que nadie lo viera. Entonces llevó a la mujer a una casa deshabitada, entró en una de las habitaciones y la puso sobre una camilla de metal.

Luego de asfixiarla y desnudarla, cortó debajo de sus pantorrillas con una pequeña sierra quirúrgica que sabía utilizar con destreza. El ruido del aparato, al principio, le recordó la primera visita que hizo al dentista. Pero esta vez sonrió satisfecho y orgulloso porque ahora él tenía el control de la situación y no lo acompañaba aquel monstruo que lo llevaba a todas partes cuando era un niño asustado, y que se complacía viéndolo sufrir.

Mientras cortaba el hueso pensaba que la clave estaba en trabajar ordenadamente y sin sorpresas, para lo cual había que hacerlo sobre un organismo muerto, porque así se evitaba la resistencia del cuerpo agonizante y los accidentes que eso podía acarrear. No había en él ningún interés en procurar dolor a las víctimas, aunque en su caso y, como en el de todo el mundo, hay excepciones. Esa motivación, a sus ojos, correspondía solo a los seres inferiores. Él, más bien, buscaba convertir la muerte en un acto de desagravio y de justicia particular.

Llevaba puestos unos lentes especiales, un traje que lo recubría casi por completo y también unos guantes quirúrgicos. No deseaba ensuciarse. Mientras maniobraba la moderna sierra tarareaba la canción *I'm Not the Only One* de Sam Smith. Desde que amaneció no había podido sacársela de la mente. Cuando llevaba la mitad del trabajo hecho, apagó la sierra para descansar, pero, sobre todo, para intentar que la emoción que sentía le durara un poco más y retardar el final del placer, porque, tal como reconoció quince días antes con la otra mujer, sabía que ese era el momento culmen de su ritual, o al menos uno de ellos. Luego se dijo que hubiese sido el mejor de todos los cirujanos de Wichita.

Pensó en lo fácil que resultaba todo hoy en día, y lo mucho que habría costado cien años antes para hacerse con el instrumental quirúrgico adecuado. Y, entonces, se preguntó cómo hacía la gente en el pasado para adelantar planes homicidas. Él solo tuvo que visitar una página, hacer un clic de pedido, transferir mil quinientos dólares desde PayPal y esperar una entrega en pocos días. Ni siquiera tuvo que hablar con nadie de la empresa de envíos, porque cuando llegó a casa, ya le esperaba la caja con el equipo quirúrgico. No estaba seguro de que eso fuera legal, pero, de cualquier manera, era sencillo lograrlo. Volvió a sonreír.

Luego de cortar plenamente la tibia y el peroné de ambas piernas, de desprender por completo el tarso de ambos huesos y de extasiarse mirando los dos pies humanos dentro del envase que había dispuesto con ese fin, estuvo satisfecho con la simetría que plasmó en el cuerpo desnudo de la muerta. Se desplazó hasta la mesa donde descansaban instrumentos variados que había acomodado en fila y tomó el taladro. Hizo unos agujeros en cuatro zonas del cuerpo. Sabía cuáles eran los lugares exactos y adecuados: el primero entre las costillas, el segundo cerca del omóplato, el tercero en el fémur izquierdo y el último en la rodilla derecha. Este era el instante de mayor importancia. Si bien cortar los pies le producía placer, hacer las perforaciones se constituía en un momento mágico.

Cuando terminó, se cambió de ropa, guardó consigo la identificación de la víctima, metió en el maletero del coche el cadáver y condujo durante veinte minutos mientras iba variando las emisoras de radio, hasta que encontró una canción que tenía varios años sin escuchar, entonces subió el volumen y comenzó a dar toquecitos en el volante. Estaba de buen humor. Recordó el instante preciso cuando la mujer había muerto asfixiada por el plástico y volvió a disfrutarlo, como si fuera un trance romántico entre ella y él, y decidió que cuando asesinara a la próxima mujer bonita, lo haría intentando recrear una escena menos fría en la habitación, tal vez con algunas velas blancas y algunas flores pequeñas que le dieran calidez al espacio, con estilo y sin caer en cursilerías.

Al fin, llegó hasta el callejón solitario y se dispuso a colgar el cuerpo en el árbol que se encontraba junto a la acera y junto al farol que antes había destruido como previsión por si alguien lo viera. Así algún testigo no podría contar con suficiente luz para describirlo. Es en ese momento cuando le quitó la bolsa de plástico que le cubría la cabeza y solo entonces volvió a ver su cara. Sintió unas ganas incontenibles de llorar y varias lágrimas brotaron de sus ojos. Inspiró profundo, acercándose a la nariz el envoltorio para percibir por última vez el olor de la muchacha, y sintió la melancolía que se siente al despedirse de alguien que se ha amado. Sacó un trozo de cuerda del bolsillo de su pantalón y la acomodó en torno al cuello del cadáver. Un día antes había tomado la previsión de martillar dos clavos en el tronco, de los del tipo que usan los escaladores. Y entonces tensó la cuerda que ya rodeaba el cuello de la mujer, jaló con fuerza y luego la amarró sobre los clavos, de forma tal que logró que el cuerpo quedara colgando, aunque a muy poca altura del piso. Luego le extendió ambas manos y finalmente le movió la cabeza como para que quedara mirando hacia arriba. Se asombró de su propia fuerza y pensó que la rutina en el gimnasio estaba rindiendo sus frutos. Quedó conforme con la imagen y sonrió. Dejó la identificación cerca del cuerpo y se alejó. Vio un resplandor a unos cuantos metros y pensó que debían ser las luces de la panadería, pero no había peligro porque no podrían verlo.

De vuelta a casa, pensó que Elaine era la más bonita de las tres. Que tal vez, cuando ese fuera el caso, podría quedarse con el dedo pulgar de la víctima, y así poder admirar las fotos guardadas en el celular de esta. Entonces enriquecería su propio álbum de fotos. No supo por qué no se le había ocurrido antes esa idea. Quizá fue la belleza de Elaine la que lo animó. Ella era casi perfecta para él.

2

ME QUEDÉ DORMIDA en el avión de vuelta a casa, la ciudad de Wichita.

Casi nunca duermo en los aviones. No es que me dé miedo volar ni nada por el estilo, pero necesito estar en mi cama para poder descansar. Ni siquiera en la cama de Jimmy he logrado dormir durante toda la noche. Aunque sea por un momento, casi siempre cerca de las tres de la mañana, me despierto como si alguien me estuviese llamando para alertarme de una amenaza inminente. A Dios gracias no creo en espíritus. Ya me cuesta bastante creer en Dios, después de todo lo que he visto en el año y medio que llevo trabajando en la Oficina de Servicios Sociales del Ayuntamiento.

Reconozco que en mis pesadillas aún me atacan los demonios de mi pasado. Estas no han disminuido, sino que, al contrario, han ido en aumento; y ni siquiera las sesiones con el simpático psicólogo que me recomendó Jimmy me han ayudado. No me molesta contarle todo al doctor Lipman. Es un sujeto agradable, parece buena persona, tiene un bonito consultorio y me ofrece unos caramelos de café insuperables.

Me parece un amable detalle porque creo que solo los saca cuando voy yo; porque sabe que adoro el sabor del café.

En el avión también tuve la misma horrenda pesadilla. Me vi encerrada en el armario de la casa de mi infancia, escondiéndome de Richard, mi hermano mayor, quien era la personificación del mal para mí. Por cosas del destino me tocó nacer y vivir con una familia que ni en mil años hubiese escogido voluntariamente, ni yo ni nadie. Mi hermano me maltrataba de todas las formas posibles, me golpeaba y me humillaba. Hasta una vez, cuando lo enfrenté porque estaba torturando al gato de la vecina, casi me asfixia poniendo una bolsa en mi cabeza. Esperó a que me durmiera y entonces lo hizo, la amarró en mi cuello. Tal vez por eso odio los espacios cerrados, tal vez por eso creo que mi vida en Wichita es como quedarse sin oxígeno metida en una bolsa, aunque más grande, y siempre he deseado vivir en otra parte. Y pensé que junto a Jimmy lo lograría. Lograría escapar. Pero precisamente estaba volviendo de Washington, donde nos habíamos visto para despedirnos. Lo nuestro no estaba funcionando por mucho que nos empeñáramos en hacerlo funcionar. Terminamos sin rencores, al menos de mi parte.

El asunto es que en la pesadilla estaba junto con mi hermano pequeño Patrick, protegiéndolo para que Richard no le hiciese nada malo a él tampoco. Pero Richard nos alcanzó. Me desperté sudando, aterrada, y sentí la boca muy seca. Esperaba no haber gritado al despertar. Entonces, una vez calmada, me consolé a mí misma. Tengo veintitrés años y soy independiente, y siento la mayoría de las veces que he logrado construir una buena defensa contra ese pasado que se empeña en aparecer en mis horas de sueño. De alguna manera creo que lo he vencido. Y también sé que si tuviera algo más de emoción en mi vida lograría superar con mayor rapidez el peso de esos años.

Cuando me desperté, sucedió que justo a pocos metros de mi asiento tuvo lugar una pelea entre dos hombres. Entonces me di cuenta de que lo que me despertó fue el alboroto y no que Richard me alcanzara. Escuché los comentarios de los otros pasajeros; uno de los hombres que protagonizaba el enfrentamiento estaba ebrio y había golpeado a un niño inquieto que daba patadas sobre el espaldar del asiento donde él se encontraba. El padre del niño era el otro contrincante en la pelea. En medio del conflicto apareció el capitán de la aeronave, tomando el control de la situación y ordenando volver a Washington para detener a los dos hombres. Yo no podía creerlo. ¿Cómo era posible que dos personas alteraran el curso normal de la vida de decenas de pasajeros que pensábamos llegar a una hora determinada a nuestro destino? Entonces vino a mi mente un pensamiento que ya se ha hecho recurrente: la violencia es como una enfermedad que contagia a mucha gente, como un germen o un virus que revolotea y no estamos si quiera cerca de saber combatirlo.

Resignada a doblar las horas de vuelo y para distraerme, miré de reojo lo que el hombre barbudo y de pelo largo que parecía un *hippie* y que iba a mi lado tenía sobre las piernas. Parecía un dosier. No pude evitar mirar. El hombre estaba concentrado, revisando el contenido de aquello, y pude ver una fotografía que casi se le cae al piso.

¡Era el rostro de Gail! Mi querida amiga, quien había sido brutalmente asesinada hacía ocho años. Sentí un escalofrío y las piernas comenzaron a temblarme.

¿Por qué ese hombre estaría mirando una foto de Gail?

3

Caminé hasta mi coche, estacionado en el *parking* del Aeropuerto Internacional de Kansas City. Me pareció más solitario que de costumbre y con poca iluminación. No me sentí segura en esos instantes, y deseé estar en casa de una vez. La verdad era que estaba nerviosa. Mientras conducía, volví a revivir aquel espantoso suceso de la muerte de mi amiga hacía ocho años. También la tristeza que sentí al saber la noticia, la pena cuando vi a su mamá, la señora Emma, en el funeral. Esa tal vez fue la primera vez que vi a alguien deambular como un zombi. No era para menos, porque Gail era todo para ella. De hecho, yo siempre pensé que la consentía demasiado. Era como una constante defensora de sus deseos y derechos. Alguna vez envidié esa atención, porque para mi madre, por el contrario, yo era irrelevante, casi invisible. Recordé la noticia en la prensa: «La joven Gail Whitman, de diecisiete años, ha sido encontrada muerta en una oscura calle de Platte City». Ninguno de sus amigos logró explicarse la razón por la cual fue molida a golpes, ni tampoco por qué diablos se encontraba en aquel lugar.

La misma noche de la muerte de Gail yo había tenido el problema con Frank. Frank Gunn, quien había sido mi novio eterno desde que éramos casi unos niños. Aunque la verdad es que siempre fue mi compañero y en las excursiones de la escuela llegábamos más lejos que todos los demás. Teníamos algo bueno. Siempre creí eso hasta aquel momento pavoroso. Recordé la sangre, el golpe del vaso sobre mi frente y el empujón, y yo cayendo contra la pared, y el fuerte golpe en la cabeza. Volví a verme corriendo casi sin aliento, queriendo escapar de ese Frank transformado. Me dije a mí misma que era mejor olvidar aquello… Y logré olvidarlo a medias. Pero haber visto a Gail en la fotografía que tenía ese sujeto en el avión hizo que reviviera aquella noche horrorosa. Parecía que Gail no quería que la olvidara, como si intentara decirme algo. Después de todo, parece que comienzo a creer en al menos un espíritu; en el de ella.

Una vez que llegué a casa me sentí segura, me animé un poco y pensé que debía dejar el pasado donde estaba. Puse la maleta junto a la puerta, en la entrada del cuarto en desuso, pensando que luego la desharía, y me serví una copa de vino tinto para terminar una botella que había dejado en la mesita del comedor. Me quité los zapatos y los pantalones, pero me dejé puesta la blusa blanca y larga, una de mis preferidas. Tengo la manía de vestirme casi siempre de blanco y negro. No lo hago de forma voluntaria. Simplemente voy a una tienda y la ropa que me gusta, o bien es blanca o bien es negra, y no puedo evitarlo. He estado a punto de preguntarle al doctor Lipman si eso tiene algún significado, si yo misma me he impuesto un luto extraño, como lo hacían las mujeres en el siglo pasado. Es increíble lo que alguien descubre cuando habla con un psicólogo, porque hasta pueden emerger aspectos siniestros de uno mismo.

Entonces pensé en ir al cuarto de una vez, pero decidí quedarme un poco más allí. Crucé el salón, hacia la nueva lámpara que había puesto cerca de la ventana y que compré días atrás. Pensé en encenderla y quedarme allí parada, correr la cortina y mirar afuera mientras terminaba mi copa de vino, pero de pronto sentí el impulso de mirar qué daban en televisión. Algunas veces los programas nocturnos me funcionan como somníferos, sobre todo cuando estoy intranquila. Di la vuelta y me senté en el sofá. Puse la copa de vino en la mesita de al lado. Busqué el mando entre los cojines donde siempre lo dejo, y me extrañó no encontrarlo. Busqué con la mirada sobre el mueble donde está el televisor, y entonces lo vi. Me levanté sintiéndome cansada, caminé unos pasos, tomé el control remoto, volví a sentarme en el sofá y encendí el aparato. Daban un programa desagradable que estuve a punto de cambiar, pero entonces no pude creer lo que veía. ¡Era el hombre del avión! El mismo que tenía la foto de Gail. Decían que era un investigador del FBI especialista en conducta criminal. Que había vuelto a Wichita después de varios años con el fin de cooperar con las fuerzas policiales locales para atrapar al monstruo que estaba asesinando mujeres, amputándolas, sujetándolas del cuello con una cuerda y colgándolas de árboles en calles solitarias. La ciudad estaba conmocionada por esos hechos y las fuerzas policiales locales no habían enfrentado un caso tan desconcertante desde aquel de Dennis Ryder.

Escuchaba al narrador de la noticia y veía la pantalla. Y no sé bien dónde aterrizó mi mirada, pero mi mente mantenía la imagen de la fotografía del rostro sonriente de Gail, aunque de pronto esa imagen cambió y se convirtió en la de su cuerpo sin vida, envuelto en ropas manchadas.

Sin quererlo solté la copa de vino, que cayó y se hizo

añicos. Me pareció ver una sombra tras los vidrios esmerilados de la puerta ventana del recibidor. Estoy segura de que escuché un ruido muy cerca. En ese momento me dije que no era mi imaginación.

4

Hans Freeman, el investigador del FBI, es sorprendido con la noticia de que pronto el avión va a aterrizar, pues le pareció que el tiempo había pasado muy rápido. El asunto de la pelea en el avión que ocasionó que el vuelo regresara a Washington para detener a los implicados y luego volver a dirigirse a Kansas, aunque fue desagradable, le permitió trabajar un poco más en el caso: intentar ordenar las ideas en su cabeza y construir el discurso adecuado para cuando estuviese frente al equipo que le apoyaría para atrapar al asesino serial que ya contaba dos víctimas en el último mes. De pronto, le pareció que la joven que estaba a su lado en el vuelo frustrado hacia Kansas había mirado con demasiado interés la foto que él tenía de la chica Gail Whitman. Lo desechó y pensó que tal vez eran ideas suyas, porque había mucha gente que se aburría de su propia vida y que necesitaba mirar a los lados sin ninguna razón. Eso solía pasar en los aviones, se dijo, dada la cercanía de los asientos. Le quitó importancia al hecho porque tenía muchas cosas en las que pensar. Incluso se dijo a sí mismo que seguramente había notado a aquella muchacha que tenía al lado, a pesar de estar tan inmerso en su trabajo, porque no podía negar que su rostro era interesante y tenía unos bonitos ojos verdes.

En pocos minutos Hans se encontraba cruzando la puerta de salida del Aeropuerto Internacional de Kansas. El ajetreo de los aeropuertos era absolutamente caprichoso a su juicio. Recordó que la última vez que visitó Wichita fue el día que se llevaría a su madre a vivir a Washington, y en aquella oportunidad el lugar estaba repleto, las medidas de seguridad extremadas retrasaban las operaciones, y las ventas de comida —que no eran muchas—estaban abarrotadas de niños llorando y de padres incómodos. Pero así eran los aeropuertos, se dijo mientras recordaba a su madre aquel día, sentada en la silla de ruedas y aturdida por el rumor de las voces. A pesar de todo, aquel fue un día feliz para Hans porque desde ese momento podría devolverle con creces el cariño que ella le había regalado a él y a sus hermanos pequeños. Imaginó a su madre durmiendo en ese momento, tranquila y cómoda, y se sintió bien por ello.

Una mujer menuda con rasgos asiáticos, que vestía un pantalón beige que lucía cómodo y una franela azul claro, le sacó de sus cavilaciones. Era Anne Ashton, la oficial encargada del Departamento de Homicidios y Casos Complejos de Wichita. La primera impresión que Hans se formó sobre Anne, al verla portando el cartelito donde se leía su nombre, fue agradable, y tuvo la intuición de que la misión junto a ella marcharía bien.

Para iniciar la conversación, Anne le hizo la acostumbrada pregunta: «¿Qué tal el viaje?». Y luego, sin esperar la respuesta, condenó el asunto de la pelea de los pasajeros, del cual estaba enterada porque Hans se lo había hecho saber mediante un wasap. Sintió también ganas de preguntarle por qué su perfil tenía una imagen de una ardilla, pues realmente era la primera vez que veía algo así. Algunos de sus amigos tomaban fotos de sus perros o gatos, pero una ardilla era demasiado para Anne. Recordó que los rasgos de excentricidad suelen acompañar a las mentes brillantes y se dijo que ese debía ser el caso. De lo que sí estuvo segura Anne fue de que Hans era un hombre que no atendía mucho a su apariencia, al contrario de como normalmente se veían los que trabajaban en el buró; pues mostraba una barba poco cuidada y llevaba el pelo rojizo bastante largo y despeinado. Se dio cuenta de que el agente olía como olía su abuelo, a una loción cítrica de limón y verbena que ella siempre había jurado se trataba de la loción para afeitar. Acababa de descubrir que esa impresión grabada en su recuerdo era errada, porque el agente Hans Freeman desde hacía mucho tiempo no se afeitaba. Pero al menos estaba limpio, se dijo.

Llegaron a donde aparcó el auto, y en ese momento la noche cambió y se hizo silenciosa. Anne continuó buscando conversación mientras salían del estacionamiento, y le preguntó a Hans si había recibido los dosieres con la información sobre los asesinatos de Megan Zing y de Alice Copperfield. Era una pregunta tonta, porque ni bien terminó de hacerla se dio cuenta de que Hans no se separaba de un raído maletín de cuero marrón que no había querido guardar en el maletero para mantenerlo consigo, y era capaz de apostar lo que fuera a que su contenido eran los papeles del caso del asesino serial que ella misma le envió por correo electrónico y en físico.

Hans asintió sin prestar atención a que aquella era una pregunta con una respuesta obvia, ya que no quería predisponerse; sabía que estaba frente a una buena oficial. Había leído el historial de la agente Ashton, quien se graduó en Psicología Criminal con las mejores calificaciones de su promoción no hacía tanto tiempo, y era conocida por haber resuelto rápidamente el caso Buchanan's y el caso Tomasso, resoluciones importantes que la habían llenado de fama y que contribuyeron a su reciente ascenso. Todos consideraban una gran suerte para el Departamento que ella estuviera al mando. Anne lo sorprendió al decirle que no era la primera vez que se veían.

—Yo asistí a uno de los seminarios que dictaste el verano pasado en Nueva York…

Sin embargo, a Hans no le interesaba conocer la opinión de la oficial Anne Ashton sobre sus conocimientos, y se distrajo mirando por la ventanilla las luces de la ciudad donde creció; lo que hizo con nostalgia y con rabia a la vez. Pero a los pocos segundos consideró que estaba siendo maleducado.

—¿A cuál seminario te refieres? —le preguntó.

—Al del año pasado en la comisaría de Addison.

—Ya. Pues sí, hemos continuado fortaleciendo las investigaciones criminales en todo el país a través del programa que promueve esos seminarios para cuerpos policiales. Pero ya estoy algo cansado de la charla pedagógica.

—Te entiendo. Es algo que yo siempre he dicho. Después de todo, nos hacemos policías para atrapar a los malos y no para dictar clases.

Hans se quedó con la duda de si Anne pensaba eso realmente o si lo decía para resultar amable.

—¿Crees que deja a las víctimas en esa posición para simular una crucifixión? —indagó Hans, sacando la pregunta de la nada.

—No lo había pensado. No lo sé. No lo creo. ¿Se te acaba de ocurrir eso? —respondió Anne, asombrada.

—Es que acabo de ver esa iglesia católica y la cruz. Esa manera de dejar los cuerpos, sé que es la clave de todo, pero no acabo de comprenderla. La perforación en el costado, podría relacionarse con la herida que aparece en la escritura, pero no las otras. No, no lo creo. Era solo una idea… —dijo Hans de forma espontánea.

¡Vaya que es singular este tipo, todo el tiempo con la mente en los asesinatos!, pensó Anne para sus adentros.

Hans se quedó unos minutos en silencio mirando las calles de la ciudad. Recordó que su infancia fue muy difícil, deambulando entre aquellas calles que ahora veía tan diferentes. La ciudad tal vez era la misma, pero él tenía nuevos ojos. Pensó en la casa donde vivió y se dijo que de seguro ya en ese lugar no debía haber nada, ningún rastro quedaría de aquella parte dura de su vida. Aquella casa de cuando tenía catorce años y su padre los abandonó, y su madre tuvo que levantarlos a él y a sus hermanos, trabajando como una bestia y comprometiendo su salud en la fábrica de alimentos congelados. Por eso había aprendido a odiar los guisantes y las zanahorias congeladas, e incluso evitaba mirarlos en el mercado. Por eso su consumo de alimentos evolucionó hasta el punto de que los prefería con la menor intervención industrial posible.

—¿Eres creyente, Anne? —preguntó sin más.

—Claro. Por cierto, soy católica —respondió ella con la misma naturalidad con la que él le había hecho la extraña pregunta.

—Bien. Eso puede significar un punto a nuestro favor, en caso de que descubramos que la motivación del asesino es religiosa.

Hans la miró y luego se volteó y miró hacia los asientos traseros. Esperaba encontrar lo que halló. Un sonajero. Y un pequeño bolso. Imaginó que dentro había ropa o calzado de niños. Anne debía tener al menos dos hijos, y debía ser la familia un valor fundamental para ella, la familia y la seguridad. Esos eran los dos pilares centrales para la agente Ashton, según la había tipificado. La imaginó de pequeña participando en las actividades políticas de la escuela, levantando la voz.

—¿Cuántos tienes? Hijos…

Ella sonrió.

—Dos. Matthew y Albert. Cinco años y un año. —Su voz se suavizó al pronunciar los nombres.

Le pareció que la agente Anne Ashton era una mujer fuerte y valiente, y a la vez dominaba una entonación dulce, agradable. Esto último era un aspecto condicionado por la existencia de dos niños en casa. Seguramente ella les hablaba largo rato al regresar, aun cuando estuviese cansada, para compensar las horas que había estado fuera. Y así esperaba que sus hijos crecieran en un ambiente adecuado, seguro, amable. Por ello, ningún hijo de Anne sería un asesino en serie. Hans estaba convencido de que todo lo que uno es tiene su origen en los primeros años de vida. Por eso también era de quienes afirmaban que conocer la infancia de los asesinos en serie era fundamental para la ciencia forense del futuro, así como la lingüística forense era la puerta de entrada a la mente y los recuerdos de los asesinos. Por ello, un ferviente defensor de que los investigadores entrevistaran y grabaran a los asesinos seriales que pagaban condena en las cárceles del país, cada vez que pudieran hacerlo. Hasta que ya estuviesen completamente registradas las historias de vida de los mismos con sumo detalle.

Anne se resignó a hacer silencio porque notó que Hans estaba distraído. Incluso pensó que estaría cansado y que de un momento a otro se dormiría. Él lo que hacía en ese momento era recordar la escuela, durante los años de su crisis juvenil, y los delitos que cometió junto con Terence Goren, quien ahora estaba tras las rejas. El detestable Terence Goren que le había cautivado durante aquellos años, quien le marcó la vida… Pero también pensó en Harold Winter, el policía a quien conoció cuando andaba en malos pasos y que luego se convirtió en un buen padre para él, al cual estaría agradecido hasta la muerte por haberle transmitido otra perspectiva de la vida. Intentando sacarse a Goren de la cabeza, se dijo entonces que debía ir a visitar al viejo Harold porque hacía tiempo que no lo veía. Esta vez sus pensamientos sobre el pasado se vieron interrumpidos por la dulce y comprensible voz de Anne.

—¿A dónde te llevo?

—Pensé que iríamos de una vez al Departamento —le respondió Hans.

Anne accedió, asombrada. Era noche de domingo, de póker y *gin* especial en casa, gracias al regalo de cumpleaños que le había hecho su cuñado Tom —una maravillosa botella London One—, pero comprendía que Hans Freeman quisiese comenzar de una vez a trabajar, porque por algo era una de las mentes más prometedoras en el análisis de conducta criminal, según decían algunos conocidos. Y como consideraba una buena oportunidad para su carrera estar a su lado, olvidó sin problema los naipes y pensó que aquella enorme botella de *gin* azul no iría a ninguna parte y que podría esperarla, y que de cualquier manera ya los chicos estarían dormidos.

Hizo un par de llamadas desde el celular, aprovechando que se detuvo para acatar la señal en rojo del semáforo. En ambos casos, sus palabras fueron idénticas.

—En la oficina, en veinte minutos.

Al cabo de ese tiempo llegaron al Departamento de Homicidios y Casos Complejos. Era un edificio moderno y discreto, muy silencioso y algo frío. Subieron directamente al quinto piso. Cruzaron dos puertas y entraron en un espacio lleno de paneles de vidrio en lugar de paredes, y de ventanas repletas de persianas de color gris. A Hans le pareció más una sala de redacción de un periódico que una oficina de investigación criminal, y se preguntó cómo podrían pensar si los escritorios estaban tan cerca unos de otros. Los ruidos, las voces, algunas veces lo descontrolaban y le hacían perder el hilo de sus pensamientos. También le parecía que los escritorios estaban demasiado ordenados, sin papeles, sin notas. ¿De qué manera trabajan aquí?, quería preguntar, pero se contuvo. Esperaba que al menos contaran con una pizarra de buen tamaño, porque si no tendría que escribir sobre los cristales de las ventanas y además comprar marcadores especiales para esas superficies, de ser el caso. El asunto de adaptarse a nuevos espacios de trabajo era una de las cosas que más le pesaban a Hans. Al menos, estaba mejor que el último espacio que le brindaron en Wimberley, aquel pueblo cercano a Texas, que él ni siquiera conocía. Si no fuera porque visitar las escenas de los crímenes tenía una importancia vital, él siempre trabajaría desde su oficina, que era el lugar donde había aprendido a pensar mejor.

Anne le mostró el área que le había reservado y Hans suspiró aliviado. Era una oficina de buen tamaño con una gran pizarra. Hans tuvo la impresión de que alguien del equipo del FBI le informó a Anne sobre sus manías. Tal vez ella había preguntado para que él se sintiera a gusto. Eso significaba que la inteligencia emocional de Anne Ashton era elevada, y eso era un buen punto.

Entonces le presentó al agente Cotten, quien había estado desde el principio trabajando en el caso de los asesinatos de Megan Zing y Alice Copperfield. Hans hizo una lectura fugaz del agente; cerca de treinta años, inteligencia por encima del promedio, pensamiento típico de ingeniero, hábil con las computadoras, torpe en relaciones sociales, tal vez algún pasatiempo costoso, quizá coleccionista…

Mientras finalizaba su análisis, escuchó la fina voz de Anne que decía que Cotten era especialista en sistemas de información, pero que también era una de las piezas más versátiles del Departamento. Hans sonrió, pues le gustaba tener razón. Luego le presentaron a Juliet Rice, quien era la agente que asistía a Anne en la organización de las pistas. Esta era una mujer sumamente alta y delgada. A Hans le pareció metódica, de cabeza ordenada, tal vez no tan ágil para sacar conclusiones, pero tenaz y trabajadora. Aunque se dijo que por algo más debía estar allí tan cerca de Anne, y no solo por su capacidad de ordenar las investigaciones.

Una vez hechas las presentaciones, se sentaron los cuatro en torno a una mesa circular que se encontraba en la oficina que habían destinado a Hans, quien inmediatamente les expuso a todos su visión del caso; de acuerdo a como lo planeó en el avión. Les aclaró que había discutido el asunto con la gente del Programa de Investigación de Asesinos Seriales y Casos Complejos, al cual pertenecía en el FBI, y que ellos manejaban la tesis de que para atrapar al asesino debían remontarse a un hecho sucedido hacía ocho años. Se refería al brutal ataque y muerte de la joven Gail Whitman.

5

Aquella información cayó como una bomba. El equipo estaba desconcertado y no comprendía la relación, argumentaba la diferencia entre los ataques recientes y el ocurrido a la joven Gail Whitman. Hans se esperaba esa reacción y contraatacó mostrando unas fotografías que puso sobre la mesa. En estas podía verse el cadáver de una joven golpeada, con diversas salpicaduras en la ropa y con unas manchas de sangre circulares en cuatro zonas específicas de la falda y la blusa que llevaba puesta. Juliet Rice dice que ese caso de Whitman se resolvió porque un adicto confesó ser el responsable, que ella lo recordaba. Hans le responde que así fue, efectivamente, y a continuación muestra las fotos de los cuerpos desnudos de Megan Zing y Alice Copperfield, y señala en ellos las perforaciones hechas con el taladro en las mismas zonas donde pueden verse las manchas de sangre de la ropa de Gail.

Esperaba que el equipo viera la similitud, pero aún no los había logrado convencer.

—Pudo ser casualidad que las manchas de sangre en la

ropa de Gail se aproximen a los lugares donde este asesino serial hace las perforaciones —dijo Cotten.

—El caso de Gail Whitman está cerrado. —añadió Anne.

Hans entendió que a la jefa no le causaba la más mínima gracia tener que reabrir un caso y además lidiar con la Fiscalía, pero continuó con su tesis e introdujo el tema de la serie de ataques espaciados a prostitutas que se habían producido en las cercanías de Wichita desde hacía quince años hasta el ataque de Gail. Afirmaba que el caso estuvo mal resuelto porque ese antecedente de los ataques creó una falsa percepción de los motivos del asesinato, y del tipo de asesino, ya que supuestamente, según las autoridades, la chica había sido confundida con una prostituta.

Hans volvió a mostrarles la foto del cuerpo de Gail tal como lo encontraron. Fue entonces cuando Anne comprendió: la falda de Gail era larguísima, y la blusa era de mangas largas y holgadas. Era imposible que alguien la confundiera.

Juliet soltó un bolígrafo que había tenido en la mano y miró a Anne ante aquella revelación y se preguntó cómo era posible que ese detalle no hubiese sido relevante en aquel entonces. Hans, como si leyera la mente de Juliet Rice, le dijo que Kansas contaba con un alto índice de incidencia de violencia callejera y doméstica.

—El caso de Gail Whitman se resolvió rápido porque se le adjudicó a la pareja de maleantes adictos que operaba en la zona donde fue encontrado su cadáver. A la misma pareja que se inculpó por las agresiones contra las prostitutas de las afueras que se venían cometiendo desde años atrás. Las mujeres atacadas solo describieron a dos hombres vestidos de negro con las caras cubiertas con pasamontañas. Se argumentó que Gail había sido confundida con una de ellas y que esa vez se les pasó la mano. Pero como ustedes acaban de darse cuenta, es imposible que alguien confundiera a esa muchacha vestida de esa forma… —dijo Hans.

—¿Por qué cesaron los ataques a las prostitutas después de cerrarse el caso Whitman? —preguntó Anne con la entonación típica de quien sabe que está sacando a colación un buen punto.

Hans reconoció que no lo sabía, pero insistió en que el asesino de la chica Whitman era el mismo de las otras chicas, Zing y Copperfield, que aún estaba libre, y que él estaba seguro de que continuaría asesinando.

Una de las peores cosas para Hans era que muchas veces tenía una intuición tan refinada que casi podía saber qué pensaban los otros. Esta era una capacidad, mitad creada en su educación universitaria y mitad alimentada en su difícil adolescencia. Lo cierto era que algunas veces esta habilidad podía verse como un don y otras como una maldición. Más de una vez su exnovia Fátima hubiese querido que Hans no supiera lo que pensaba, lo que le preocupaba. Pero él era muy hábil leyendo a las personas. En este caso, Hans sabía que todos en esa habitación estaban pensando que para los del Programa de Asesinos en Serie del FBI era necesario complicar las investigaciones, y remontarse a orígenes dudosos a los ojos de los demás, para justificarse. No sería la primera vez que se enfrentaría a esa postura. Entonces decidió que era el momento adecuado para dejarlos pensar, para permitirles que una vez salieran del prejuicio hacia su programa, comenzaran a plantearse que esta línea de investigación que él mostraba era la adecuada. De ninguna manera estaba proponiendo abandonar la investigación sobre las víctimas recientes, sino agregar el caso de Gail Whitman y considerarla como la primera víctima del mismo sujeto.

Entonces, repentinamente les dijo a todos que se iría a descansar y que continuarían a la mañana siguiente. Sabía que todavía para Anne Ashton y el resto del equipo estos nuevos asesinatos no guardaban ninguna relación con los hechos anteriores, pero también sabía que había logrado lo que buscaba; sembrarles la duda.

Salió de la oficina sin más. Juliet miró a Anne y esta sonrió. Ya le habían alertado de las reacciones inesperadas que Hans Freeman acostumbraba a mostrar. Anne temió, durante el trayecto al Departamento, algo como que Hans se bajara de su auto y siguiera caminando por la ciudad sin darle ninguna explicación. Así que esta «salida de escena» del agente del FBI no le pareció tan alarmante.

Hans detuvo un taxi frente al edificio y le pidió que lo llevara al hotel AVA. Había pedido que le reservaran habitación ahí porque le parecía silencioso y tranquilo, y le gustaban los cuadros que colgaban de las paredes en los pasillos que conducían a las habitaciones. Eran fotografías en blanco y negro de aves marinas con las alas extendidas, y también había algunas que mostraban acantilados y faros. La primera vez que las vio le pareció un sinsentido esa referencia al mar, dada su lejanía de Kansas. Pero luego se lo explicó diciéndose a sí mismo que lo que no se tiene es lo que se desea con más fuerza. Entonces pensó en el asesino, y se preguntó qué era lo que él deseaba; qué era lo que quería decir dejando a las mujeres de esa manera. Estaba convencido de que había un mensaje, tal vez relacionado con cierta experiencia traumática con alguna mujer que fue importante para él. Pero no veía en este caso odio a las mujeres, tal como fue el móvil en el reciente caso del carnicero de Oregón. Aquel feminicida torturaba a sus víctimas una y otra vez. Estas eran mujeres mayores a las cuales comparaba con su propia madre, quien era dominante y manipuladora. Pero Megan y Alice habían muerto asfixiadas y las amputaciones y perforaciones se realizaron *post mortem*. Solo en el caso de Gail Whitman había infligido más dolor, la mató a golpes, y fue diferente la forma como la dejó tendida en la calle, como un despojo, como basura. En cambio, a Megan y Alice, a pesar de dejarlas desnudas, perforadas y sin pies, él intuía otro «trato», como un tipo de respeto diferente.

¿Será que para el asesino la forma como deja a las víctimas es una especie de tributo a ellas? Y pensando en esa última ocurrencia, se duchó y se metió en la cama. Solo entonces se dio cuenta de que estaba muy cansado. Eso solía pasarle; no notaba que estaba exhausto hasta que se acostaba y comenzaban a dolerle los músculos de las piernas y a sentir punzadas en la cabeza.

Al cabo de un par de horas lo despertó el timbre del móvil. Era Anne para decirle que habían encontrado otro cadáver. El de una mujer de veinticinco años llamada Elaine Sue Perales.

Cuarenta minutos después Hans se encontraba en la escena. El cadáver estaba dispuesto en idéntica posición a los dos anteriores; sin pies, con perforaciones, colgado, con las manos extendidas y la cabeza hacia arriba. Se sintió más cerca del asesino porque era la primera vez que asistía en persona a la escena donde dejó a la víctima. Se convenció de que no representaba una crucifixión, sino otra cosa. Pero el cuerpo, limpio, desnudo, era un acto de purificación para él; tal vez quitarles los pies significaba lo mismo, apartar la parte del cuerpo que al caminar se ensucia, se corrompe. Miró la cara de la muchacha, el mentón levantado como en posición de dignidad, de superioridad. Luego miró las palmas hacia arriba y se preguntó qué podía significar eso…

Se alejó unos pasos para intentar capturar la esencia del mensaje del asesino, cuando lo hizo, tropezó con Anne y notó un tenue olor a ginebra. Le escuchó decir que el malnacido no pensaba parar. Hans asintió y se quedó mirando el rostro de la joven muerta. Continuaba preguntándose qué era lo que quería decir el asesino dejándola así. Era una pregunta para sí mismo, pero la hizo en voz alta sin quererlo.

6

La otra noche me sentía vigilada. Me preocupé, pues no quería que la paranoia se apoderara de mí. No quería tomar pastillas para dormir. Entonces me dije que los ruidos debían venir del apartamento de al lado. Escuché unos pasos en el corredor externo, y luego tocaron a mi puerta. Se me cortó la respiración. Era una hora imposible para las visitas. Ni siquiera Madison, que algunas veces era algo loca. Me acerqué y pregunté quién era. No respondieron y continuaron tocando la puerta con mayor intensidad. Me quedé inmóvil y callada, esperando. Escuché unas voces, unas risas, y a alguien que decía que ese no era el apartamento. Luego otras risas y una puerta cerrándose. Pensé que todo indicaba que los vecinos tenían una de sus acostumbradas juergas y alguien en poco uso de sus facultades se había equivocado de puerta.

Respiré aliviada y decidí irme al cuarto, darme una ducha y acostarme. Después de entrar, tomé la previsión de pasar el seguro a la puerta. Cuando lo hice, apoyé la espalda sobre ella y aspiré profundo, como si hubiese salido de las fauces de un animal hambriento. La verdad era que tenía una sensación sumamente incómoda desde que subí al coche y mis piernas, en algunos momentos, continuaron temblando.

El baño caliente me tranquilizó. Me acosté, pero no pude dormir. Daba vueltas y vueltas en la cama. Era una de esas noches odiosas en las cuales después de un susto todas las dudas y frustraciones se te vienen encima. Ya no estaba asustada, sino aburrida. Supuse que el gran problema era que necesitaba algo más excitante en mi vida. Deseaba con enormes ganas salir de esta ciudad y dedicarme a cosas realmente muy distintas a las que había hecho hasta ahora. Entonces pensé en aprovechar el tiempo de alguna manera, para distraerme. Me debatía entre leer por enésima vez mi novela preferida de Agatha Christie, *Hacia cero*, que dejé sobre la mesita de noche (el mismo ejemplar que leí por primera vez cuando tenía doce años), o en retomar el expediente de Albert MacArthur, el odioso hombre que maltrata a su hijo, y de quien separamos. Este es el último caso que procesé en la Oficina de Atención Social. En el fondo sabía que no iba a decidirme por el expediente MacArthur, ya que últimamente el trabajo no me resulta gratificante. Me pongo triste cada vez que cojo un expediente. Me frustro y vuelvo a pensar en mi elección; y no quiero volver a sentirme así. A veces pienso que todo me sale mal en el trabajo, aunque me digan lo contrario y crean que soy muy capaz.

Cuando pienso en mi madre siento una rabia que me duele. El doctor Lipman dice que debo cerrar esa herida de una vez. Es como cuando uno desde hace muchos años ha esperado una disculpa, o al menos un reconocimiento de la verdad, y este nunca llega. Mi mamá sabía lo que hacía Richard y siempre lo aceptó. Prefería hacerse la vista gorda y ser su cómplice. Y yo no entendía, y sigo sin entenderlo, cómo era posible que no me defendiera a mí. Es que uno siempre anda creyendo que la justicia es un principio para todos, y no es cierto. Por pensar de esa forma tan fatalista es que el doctor Lipman dice que debo superar la relación con mi madre. Supongo que en algún momento lo haré.

Me quedé acostada, sin decidirme a hacer nada, y hasta rechacé la lectura de Christie. Recuerdo que lo que me encantó de ese libro fue el personaje del asesino. Creo que hasta me enamoré de él de inmediato. Debe ser muy serio enamorarse así de un hombre tan peligroso, pero yo lo estuve al menos mientras me devoraba las páginas.

Por alguna razón volví a pensar en Frank. Lo había visto hacía exactamente un mes en el bar Otelo, cuando estaba tratando de arreglar las cosas con Jimmy, con quien había roto mi propio récord de duración de una relación amorosa, y al final terminé, aunque sin ningún pesar. Volví a recordar en detalle aquel encuentro la noche del bar, cuando salí sola con la excusa de fumarme un cigarrillo, porque Jimmy nunca fumaba, y encontré casualmente a Frank. Nunca más había querido verlo después de aquello que pasó entre nosotros hacía ocho años, pero tenía que reconocer que al encontrarlo él removió esa vieja atracción.

Días después el timbre del teléfono me asustó, y recuerdo que en lo más profundo deseé que fuera Frank Gunn. Y el deseo se cumplió esa vez. Era él quien me llamaba. No podía creerlo. Es cierto que con toda intención, en aquel encuentro en el Otelo, le di mi número de celular. Pero era una casualidad extraordinaria que precisamente cuando estaba pensando en él, él me llamara.

—Julie, ya no soporto más la situación con el bruto de mi padre. ¡Ahora me ha enviado al primo de su segunda esposa a pedirme dinero! El inútil de James, que ha vivido con él algunas temporadas, se atrevió a visitarme en la oficina. ¡Le he enviado a paseo de inmediato!, ¡pero es que no puedo soportar la desfachatez después de todo lo que le hizo a mi madre…! Y pensé que la única persona en el mundo que puede entenderme eres tú, en parte por tu propio pasado en tu casa, por lo que hemos vivido juntos. No sé por qué hago esto, Julie, pero necesitaba hablarte. Sé que perdí la oportunidad de tenerte y que ahora estás con alguien, pero como me diste tu número de móvil pensé que no te importaría que en ocasiones conversáramos cuando lo necesitemos, cuando yo lo necesite.

Esas fueron parte de las palabras que escuché. Y entonces, un mar de emociones me sorprendió. Era la voz de Frank, la misma de hacía casi una década. Los mismos altibajos. Me sentí muy unida a él. Recuerdo que lo consolé y le dije que no les prestara atención a los intentos desesperados de su padre por sembrarle culpa por haberle dejado solo a su suerte. Le dije muchas cosas, como amiga, como alguien a quien le seguía importando. Estuve a punto de decirle que ya no estaba con Jimmy Randall, y que formalmente habíamos terminado, pero no lo hice en ese momento.

Luego, cuando terminamos de hablar, miré dos rasguños que mi gata Bernarda me había hecho en el brazo, y pensé que el maltrato hacía heridas perennes, y que por eso yo estaba unida a Frank; porque el pasado nos juntaba sin remedio. En el fondo me sentía muy cerca de Frank todavía. Mucho más de lo que había estado alguna vez de Jimmy. No puedo negar que estaba emocionada.

Creo que al final me venció el sueño y que la última cosa en la que pensé fue en ese agente despeinado con cara de *hippie* de mala conducta que miraba la foto de Gail en el avión. Tal vez lo hice porque su trabajo me parecía turbador y yo necesitaba que algo me inquietara.

Hans y Anne llegaron a la casa de Elaine Sue Perales, la última víctima.

Hans se detuvo a observar la calle. Era una zona residencial, sin ningún comercio cercano. Solo una pequeña tienda ubicada en la esquina. Pero nadie desde allí pudo ver nada en la noche. Sin embargo, habría que confirmarlo. Se escuchaban unos perros ladrando en la lejanía. Un coche a alta velocidad hizo que Hans levantara la mirada y se diera cuenta de algo en lo que no había reparado; los depósitos de basura. Tal vez si alguien después de una juerga hubiese salido a botar la basura…, se dijo.

Hans tenía la sospecha de que el asesino se llevaba a las mujeres de sus propias casas. Era algo que no podía quitar de su cabeza, aunque no contaba con ninguna prueba para confirmarlo. Nadie en el caso de las otras chicas había visto ni oído nada extraño. Pero ahora él tenía la ventaja de estar en el lugar de los hechos, a pocas horas de haber sucedido lo que para él inició como un rapto y luego evolucionó hacia un asesinato.

Cotten llamó al celular de Anne. Había confirmado que la última persona que vio con vida a Elaine fue un compañero de trabajo, que la llevó a su casa desde el aeropuerto. Este se llamaba John Skinner, y eso había sido a las 7:40 de la noche. Era reservada y no sabían mucho de ella, solo que venía de Arizona. Su supervisor la había llamado al móvil en la noche, a las 9:20, porque debido a un imprevisto con un vuelo, buscaba que en la tarde ella volara a Miami, pero Elaine no le contestó. Trabajaba en Easy Panam, la nueva línea aérea de bajo costo, que llevaba seis meses funcionando. Por otro lado, el celular de la víctima se encontraba apagado y no era posible rastrearlo. De acuerdo con la triangulación, la última vez que estuvo encendido fue en su propia casa. Elaine no tenía Instagram ni Facebook. Solo Twitter, con 122 seguidores, la gran parte con apellidos Perales y Jefferson. La mayoría eran familiares y, efectivamente, vivían en Arizona. Sin embargo, a Cotten le llamó la atención —y se lo hizo saber a Anne— que uno de los seguidores en Twitter era el hijo de Matt Busch, uno de los accionistas principales de la Easy Panam, quien hacía siete meses casualmente había estado en Phoenix. Se llamaba Justin Busch.

—Pero eso no es todo. El encargado de Recursos Humanos de Easy Panam me confirmó que la recomendación para contratar a Elaine Perales había salido de la propia directiva —dijo Cotten.

—Entiendo. Le diré a Rice que le haga una visita a Justin Busch —respondió Anne.

Hans notó cierto regocijo en ella. Le pareció que a Anne le gustaba incomodar a la gente poderosa. Él sabía quiénes eran los Busch y sabía que su fortuna era de carácter dudoso, por lo cual habían sido investigados por el FBI.

Anne puso al tanto a Hans de los detalles de lo dicho por Cotten. Él estuvo de acuerdo en entrevistar a Busch, aunque el asesinato de Elaine fuese tratado como uno más de la serie que había iniciado con Megan Zing. No sería la primera vez que un sujeto asesina a varias personas para confundir a los investigadores policiales, haciéndoles pensar que es un asesino serial, cuando lo que quiere es asesinar únicamente a una de ellas. Sabía por experiencia que no había que dejar ningún área sin investigar, por muy improbable que pareciera.

Tocaron a la puerta de la casa, pero nadie respondió. Secretamente, ambos deseaban que aquella puerta no se abriera. No querían tener que darle la espantosa noticia a algún familiar que estuviese allí por casualidad. Esperaban que fuese cierto que Elaine vivía sola, así como Megan y Alice.

Al cabo de un rato decidieron entrar. Anne tenía la autoridad para hacerlo en compañía de Hans, si ella misma llevaba el registro de actuaciones al ingresar en el área de interés forense. Le entregó a Hans un par de guantes y unos envoltorios plásticos para los zapatos. Hans rompió el cristal de la ventana lateral, junto a la puerta principal, y metió el brazo para abrirla. Fue una empresa sencilla y no se les hizo necesario esperar al equipo. Entraron y caminaron por un estrecho corredor y escucharon la televisión encendida. Con mayor estado de alerta continuaron caminando y llegaron a un salón pequeño que contaba con un sofá, una mesita, una lámpara de pie y, un poco más allá, una mesa circular junto a tres sillas de madera clara. Sobre la mesa encontraron una cena medio consumida; un sándwich de berenjena a la mitad junto a dos tallos de apio y un vaso cuyo contenido parecía jugo de tomate. Hans le preguntó a Anne si las casas de Megan y Alice mostraban señas tan claras de haber sido abandonadas intempestivamente. Ella respondió que solo la de Megan. Que también allí había restos de una cena en la mesa, el lavavajillas abierto y un café servido en la máquina.

—Yo también pienso que las saca de sus casas, que las rapta primero. Aunque no hay señales de lucha —dijo Anne, adivinando lo que había en la mente de Hans.

Este asintió y por primera vez esbozó algo similar a una sonrisa.

—Megan Zing era una mujer sumamente metódica y ordenada. Lo hemos comprobado en las pesquisas posteriores al descubrimiento de su cadáver. Puse una legión de investigadores a escarbar en su vida y en la de Alice. Necesitaba comprender en qué se parecían, y para ello entrevistamos amigos, hermanos, compañeros de trabajo, vecinos. Siguiendo, por cierto, tus recomendaciones en cuanto a la reconstrucción rápida del ámbito de las víctimas, de las cuales hablas en los seminarios. Aunque no encontramos similitudes, sí puedo decirte cómo eran ellas. Y ni en mil años alguien como Megan Zing habría salido de casa dejando la puerta del lavavajillas abierta y los platos sobre la mesa.

—No saldría de casa, pero sí abriría la puerta a alguien que tocara con insistencia, dejando la cocina en ese estado, ¿verdad? —preguntó Hans.

—Pues sí —respondió Anne—, sobre todo si es alguien inesperado. Quiero decir que si yo, siendo Megan, espero una visita planificada, procuraría dejar todo en orden antes de recibirla, y eso incluye recoger la mesa.

—A menos que el visitante se hubiese adelantado a la hora acordada —concluyó Hans.

Anne asintió, pensativa.

Recorrieron la sala, el comedor, la cocina. Hans tomó varias fotos con su teléfono.

—Llamaré a los muchachos de investigación forense para que hagan el registro visual —le dijo Anne, como queriendo invitarlo a que no perdiera tiempo tomando fotografías.

Hans abrió la puerta de la refrigeradora. El contenido le

reafirmó lo que pensaba de Elaine luego de ver la mesa. Vegetales, frutas, leche de soya. Ningún producto de origen animal, ni lácteo.

Luego cruzó la puerta junto a la cocina, la cual conducía a una habitación, mientras Anne se quedó atrás revisando un escritorio que había junto a la puerta que daba a una pequeña terraza.

8

Hans Freeman sentía esa imperiosa necesidad de meterse en la cabeza de las víctimas, de la que nunca ha podido desembarazarse.

Miró alrededor en el cuarto de Elaine. Movió algunos objetos y no fue capaz de descubrir nada. Un aspecto valioso es saber descifrar las casas de las víctimas, sus zonas de confort, sus gustos, sus hábitos; y el mejor lugar para descubrir eso es en sus habitaciones. Entonces comenzó a hacerse una imagen de Elaine. Era alguien a quien no le gustaba llenarse de objetos. Era práctica, iba a lo suyo. Además, tenía poco tiempo en la ciudad. Si era reservada, como dijo Cotten, era porque estaba enfocada en objetivos y no para hacer amigos. Era una mujer bonita, por lo que tal vez utilizara esa característica como una ventaja. Quizá sí tenía una relación con el hijo de Matt Busch, pero en su cuarto no tenía fotos ni recuerdos. Había ropa de buena calidad, dos uniformes de la línea aérea envueltos en plástico, un perfume francés, varios pares de zapatos más bien clásicos, un cofre de madera laqueada que guardaba unos pendientes de oro pequeños y una pulsera de Swarovski.

Sobre la cama vio una computadora portátil cerrada. Hans pensó que ya los muchachos del Departamento Forense vendrían y harían lo necesario para revisarla.

Miró al techo y se fijó en una lámpara blanca, cuya forma le hizo recordar un racimo de uvas. Se imaginó a Elaine mirándola antes de dormir, feliz de estar en casa y no volando… o tal vez le gustase volar porque todavía no tenía tanto tiempo en la aerolínea como para haberse cansado de atender los caprichos de los pasajeros. Era solo una muchacha normal que llegó de otra ciudad porque aquí se le presentó una oportunidad de trabajo para el cual tal vez no estuviese tan calificada. Ella no rechazaría la ocasión, con o sin la ayuda del chico Busch.

¿Por qué la escogiste a ella?, ¿por qué ella?, ¿qué hizo?, se preguntaba Hans como hablando con el asesino. Se dijo que las tres víctimas eran muy diferentes. Megan era una mujer de treinta y cinco años, menuda y muy delgada, blanca, de ojos y pelo marrones. Era dependienta en una farmacia. Alice era, por el contrario, bastante alta y corpulenta, de piel oscura. Trabajaba en la universidad. Era empleada administrativa del rector. Y ahora Elaine…

Tal vez lo importante no consistía en lo que eran, sino lo que no eran. O lo que no tenían. Ninguna parecía tener una relación de pareja estable, o si la tenían, podía ser con hombres casados o comprometidos. Al menos no había una relación que implicara la presencia de objetos de convivencia con otra persona. Eso daba una ventaja al asesino porque nadie llegaría a casa en la noche. Era posible que el asesino fuera una persona paciente, que hubiese estado observando a sus presas desde hacía tiempo. Tal vez había intentado conocerlas y todas lo rechazaron, y por razones diferentes. ¿A qué clase de hombre rechazaría Elaine?, se preguntaba Hans. A alguien ordinario, se respondió. Los gustos de la chica, las sábanas de un solo color que no eran fáciles de encontrar en cualquier tienda, el azul tenue de las paredes de su habitación, los accesorios discretos en su cofre, hablaban de una persona que pensaba que «menos era más». Debía contar con una buena imagen de sí misma. Y Alice rechazaría a un hombre poco inteligente, acostumbrada a relacionarse en un ambiente académico; y Megan rechazaría a un hombre desordenado, trabajando en un local farmacéutico y siendo tan ordenada, como decía Anne.

Vinieron a Hans los recuerdos de los salones de clase en la universidad y luego en el FBI, cuando estudiaban casos para comparar víctimas, para establecer posibles patrones.

De pronto sintió una profunda pena por Elaine, y por su familia cuando supieran la noticia. Pena por esa mujer que apenas empezaba a vivir. Y entonces, sin que él lo buscara, volvió el mismo espantoso recuerdo que frecuentemente le aturdía; la cara de aquel niño que golpeó liderado por Terence Goren y que casi muere. Y él allí, pateándolo y golpeándolo sin detenerse, y luego quedándose parado sin saber qué hacer, junto a Goren, al ver que ya el niño no reaccionaba. En ese momento pensó que estaba muerto y se vio a sí mismo como un asesino. Esa fue la última vez que participó en las palizas; ese fue el final de una lista de acciones que incluían varios robos a tiendas y casas de ricos, y otras golpizas. Pero su existencia posterior había sido un intento desesperado de arreglar ese acto que casi le cuesta la vida a ese niño que no les había hecho ningún daño.

Para Hans, todas las víctimas de los asesinos seriales eran un poco como aquel niño que casi mata. Entonces se puso las manos sobre el pecho, mientras continuaba de pie en la habitación, y cerró los ojos. Quería pensar como Elaine, mirar lo que Elaine miraba, saber por qué había sido escogida por el asesino, y por qué el asesino estaba tan interesado en que conocieran la identidad de las víctimas de inmediato, para lo cual dejaba el carnet de identificación junto a los cuerpos.

9

Hans salió de la habitación y le hizo una pregunta a Anne.

—¿Qué opinas?

Ella entendió que la pregunta se refería a cuál era su idea de Elaine Perales. Comenzaba a darse cuenta de cómo funcionaba la mente de Hans Freeman, y entonces respondió.

—Es una mujer ordenada, metódica, todas sus facturas están en orden por fecha, hasta las de arreglos y fumigaciones de casa. Si tenía algo con Busch o con alguien más, no hay señales. Era discreta…

Mientras Anne hablaba sobre el perfil de Elaine, Hans se distrajo mirando la puerta de la entrada principal y la pared junto a ella en el pequeño corredor. Vio dos finas manchas negras sobre la pintura blanca, como de un tipo de fricción que él conocía, pero que no pudo precisar, y continuó escuchando a Anne.

—Juliet está investigando sus cuentas bancarias. Allí sabremos si contaba con alguna «ayuda económica extra» más allá de su sueldo. Además, están siguiendo el protocolo de estudio de las víctimas en casos complejos; historial médico y laboral. Eso hicimos con las otras dos mujeres, pero no encontramos nada en firme.

—¿Has comprobado el acceso por la terraza? ¿Es posible que alguien entrara por allí?

—No. El seguro estaba puesto. Además, hubiese visto de frente al intruso. Habría alguna muestra de lucha, pero todo está en perfecto orden. A menos que el perpetrador se diera a la tarea de acomodarlo todo, pero no lo creo.

—Yo tampoco. Creo que el sujeto tocó a la puerta. Que ella le abrió con confianza. Tal vez lo conocía. Lo dejó pasar y, una vez adentro, le inyectó en el cuello con una aguja con etorfina, que la inmovilizó, tal como hizo con Megan y Alice según demostraron las autopsias. ¿Cómo hizo el asesino para conocer a tres mujeres tan diferentes, que no tienen nada en común, solo la ciudad de residencia y el hecho de que vivieran solas? —preguntó Hans un poco para él mismo, un poco para que Anne le escuchara.

Iba a completar la frase diciendo que también había que incluir en esa lista a Gail Whitman, pero no quiso tocar un aspecto en el cual no había aún logrado consenso.

—¿Hemos terminado aquí? Ya los muchachos están listos para entrar junto al coordinador forense.

—Sí. Dile al cuerpo forense que quiero filmación de las paredes junto a la entrada. De todo esto que está aquí, de la cocina, la sala, el comedor, el baño y la terraza. Que esta vez traigan a los perros detectores de cadáveres. No creo que las mate en sus casas, pero debemos asegurarnos. Quiero que me entregues los informes del registro de las casas de Megan y de Alice.

Anne comprendió que había sido un fallo no enviarle los informes de las visitas a las casas de las otras víctimas junto con el dosier, pero no lo hizo porque no vio en ellos nada importante.

—¿No te has preguntado por qué pone la identificación de las víctimas junto a ellas? Tal vez nos esté dejando en sus casas algo para que lo descifremos. Algo que no podemos comprender así, a simple vista —dijo Hans mientras salían.

Una vez afuera, dijo en voz alta.

—Estoy seguro de que estuviste aquí, maldito. Estoy seguro de que la sacaste de aquí narcotizada. ¿Por qué querías que viniéramos? ¿O nos estarás observando en este momento?

A Anne esa idea le pareció inquietante, y miró a todos lados en la calle.

Pasé toda la mañana distraída, más que de costumbre. Madison, mi amiga y compañera de trabajo, me lo reclamó. Si antes la oficina me asfixiaba, ahora lo hacía mucho más. Cuando iba por la segunda taza de café y ya me había comido unos cuantos granos de café tostado, tomé una decisión: buscar a Frank y contarle que ya no estaba con nadie. Lo que él me había dicho en la noche era cierto. Nosotros teníamos la habilidad de entendernos mucho mejor que como lo intentábamos hacer con otras personas. Al menos en mi caso. Creo que, en parte, también quería contar con alguien para poder hablar de Gail. Podría haberle contado a Madison todo lo sucedido. De hecho, ella sabía lo que Frank me hizo. Una vez, entre copas, se lo dije. Ella no se alarmó. Es lo bueno de Madison, que nada la alarma. Uno puede contarle que es terrorista y planea matar a miles de personas, y se queda como siempre; mirándote con la misma cara, y pidiendo otra margarita. Pero Madison no iba a servirme esta vez, porque no había conocido a Gail, y no despierta el mismo interés no conocer a las víctimas. Además, no había compartido los años escolares con ella. En cambio, Frank sí lo había hecho y tal vez me dijera algo que yo no recordara. Yo estaba segura de que el agente del FBI establecería una conexión entre el asesino serial y Gail. Y quería descubrir por qué. Desde cierto punto de vista, yo tenía una ventaja sobre él. Yo había estado presente en su historia, había visitado su casa, habíamos paseado, celebrado, y nos habíamos contado secretos. Aunque no lo reconociera abiertamente, me emocionaba pensar que el asesino serial hubiese sido el mismo asesino de Gail. Pensé que tal vez hasta yo misma podría conocerlo. Volvió a mí esa sensación angustiante de haber estado vigilada en casa desde mi regreso, pero en ese momento no comprendía el peligro en el que me hallaba.

Madison pasó nuevamente frente a mí e hizo el gesto que hacía cuando descubría alguna picardía. Movió la cabeza de un lado a otro y dibujó una sonrisa. Luego me hizo señas de que la coordinadora andaba por allí, y de que al menos simulara que estaba trabajando.

A la hora del almuerzo ya no quise dilatar más mi decisión, no fuera a ser que me arrepintiera, y me dirigí al lugar de trabajo de Frank. Quería tomarlo por sorpresa. Sabía que ahora estaba trabajando para Otto Dupont, el dueño de los grandes almacenes de ropa que había hecho fortuna en Kansas, porque la noche del Otelo él me lo dijo. Ambos fuimos compañeros de Klaus, el hijo de Otto Dupont, en la Wichita Heights High School.

Estuve todo el trayecto pensando en cómo iba a abordar a Frank y qué le diría. Tomé la decisión de adoptar una actitud natural y decirle lo que se me ocurriera en el momento.

Llegué a un edificio ostentoso. Ese es el mejor calificativo a mi juicio para todo lo que tiene que ver con los Dupont. Una mezcla de construcción romana de utilería con los mejores acabados, pero sin ninguna esencia de grandeza; mármol, palmas traídas no sé de dónde, fuentes enormes que hubiesen lucido mejor en una plaza. El encargado de la recepción, el típico policía con delirio de autoridad, me miró de arriba abajo y me preguntó a dónde me dirigía. Le dije que venía a ver a Frank Gunn por un motivo personal. Entonces él tomó el teléfono sobre el mostrador, marcó un par de números, me preguntó mi nombre y me anunció. Luego, como si hubiese perdido una batalla, alargó el brazo y agarró un carnet de visitante. Me lo extendió y me pidió que firmase el registro. Creo que comprenderíamos mucho de la naturaleza humana si hiciésemos estudios de las personas que tienen espacios reducidos de poder. Los vigilantes, por ejemplo, siempre me han parecido personajes siniestros.

El hombre me dio unas indicaciones sobre cómo llegar a la oficina de Frank. Las seguí un poco insegura, porque aquello era un laberinto de mármol y palmas. En algunos momentos me pareció que estaba metida en el Hotel Overlook, aunque renovado. Soy muy fantasiosa y me gustan las películas de terror como *El resplandor*.

En el piso once, luego de caminar por algunos pasillos y de salir del campo de observación de una mujer elegante que me miró como si fuera una amenaza, pude distinguir a Frank, quien me levantaba la mano en el umbral de la última oficina. Lo vi sonriendo y yo también sonreí. Apuré mis pasos y llegué a su encuentro. Él me besó muy cerca de los labios al saludarme. Me invitó a pasar y a sentarme. Su oficina era un encanto. Había un gran ventanal curvo que mostraba gran parte de la ciudad. Era totalmente diferente a lo que esperaba. Estaba llena de colores y de mucha claridad. Era de grandes proporciones y tenía al menos cuatro mesas de trabajo para costura, dos de ellos repletos de telas, otro de patrones y otro de papeles. Era impresionante. Lo felicité por su excelente trabajo.

Me pidió que saliéramos a la terraza de la oficina. Lo hicimos, y nos apoyamos en la barandilla y él sacó un cigarrillo. Me ofreció uno, pero lo rechacé. Lo vi encenderlo y moverse como antes lo hacía. Vino a mi mente un dulce recuerdo de Frank, cuando yo lo admiraba porque era sensible, creativo y sincero. Era lo contrario a los otros chicos que conocía en la escuela. Creo que por eso nos hicimos novios tan pronto. Éramos inseparables. No podía negar que Frank era la persona más significativa en términos positivos de mi pasado. Una vez me dijo que él me había querido desde la primera vez que me vio, y eso fue cuando tenía siete años. Me pareció un dislate. Pero así era Frank, intenso y distinto. Y me pareció maravilloso que esa intensidad se hubiese visto premiada, porque lo veía muy bien, allí en la telaraña Dupont. Aquel edificio era como una gran telaraña costosa que vigilaba Wichita.

Nos mantuvimos unos minutos en silencio. Sin pensarlo toqué con mis dedos la cadena que me había puesto en la mañana, y que él me regaló cuando cumplí dieciséis años. Tenía un dije en forma de culebra, pequeña, sinuosa. Aún la conservaba.

Él la vio pendiendo de mi cuello y se quedó pensativo.

Luego le dije que había visto a Gail. Se quedó impávido al oírme, y no era para menos. Tal vez pensó que estaba enloqueciendo, entonces le expliqué que la vi en una fotografía y le conté cómo me enteré después de que ese hombre en el vuelo era el investigador Hans Freeman, quien venía por el caso de los asesinatos recientes.

—¿Por qué alguien del FBI que viene a investigar los asesinatos de esas pobres mujeres tendría una foto de nuestra Gail? —le pregunté.

Frank no supo responderme. Se quedó mirando el horizonte y soltando la última bocanada de humo.

Entonces llegó intempestivamente Klaus Dupont. Nos sorprendió a ambos. Se acercó como un gato silencioso, y cuando nos dimos cuenta, estaba justo detrás de nosotros. No logré descifrar la emoción que vi en su semblante. Siempre me resultó odioso, engreído. Pensé que tal vez escuchó parte de la conversación que había sostenido con Frank. A la vez me acusé de paranoica.

Klaus me saludó con exagerada deferencia, como disimulando cierto desagrado, le dijo algo a Frank acerca de una nueva producción de vestidos casuales y luego se fue.

Le dije a Frank que nunca hubiese pensado que él terminaría trabajando para Klaus Dupont, con lo mal que nos caía a ambos en la escuela. Él sonrió y me abrazó, como queriéndome decir que todavía era una niña ingenua. Me preguntó cuándo volveríamos a vernos. Le dije que pronto, y que ahora le tocaba a él sorprenderme.

Cuando salí del majestuoso edificio, vi llegar al viejo Otto Dupont. Me pareció más pequeño que como lo recordaba. Y también vi salir a Klaus y quedarse parado junto a las escaleras, y me di cuenta de que me observaba fijamente.

Luego tomó el celular para hacer una llamada, sin quitarme la amenazante mirada de encima.

Hᴀɴs sᴇ ᴇɴᴄᴏɴᴛʀᴀʙᴀ en el Departamento revisando los casos de Megan y Alice.

Los comparaba con lo que sabían hasta ese momento sobre Elaine. Se decidió a volver a empezar desde el principio, y comenzó a escribir en la pizarra las características de las víctimas. Luego se distanció de la pizarra y dijo en voz alta:

—Eran mujeres independientes, con trabajos diferentes, en diferentes zonas de la ciudad, y ningún antecedente institucional en común. Si no se parecían en casi nada de lo que hacían o tenían, tal vez deba pensar en que el parecido está oculto, en que el parecido está en algo que ninguna de ellas estaba dispuesta a hacer.

Recordó las conversaciones que había sostenido con su amiga antropóloga de la universidad. Ella decía que había similitudes silentes entre los pueblos que explicaban muchas cosas. Tal vez este era el caso de las víctimas.

Sintió ganas de salir a la azotea y fumarse un cigarrillo, pero las espantó como pudo.

Llamó a Juliet Rice, quien fue la primera a la que vio

llegar. Algunas veces Hans necesitaba hablar para alcanzar nuevas conclusiones. Le pidió que se sentara en la misma silla que ella había ocupado voluntariamente la noche anterior. Pensó que de esa manera estaría más cómoda, porque sabía que las personas tenemos una particular manera de apropiarnos del espacio y nos encanta repetirla tal como lo hicimos la primera vez. Le preguntó si había visto algo que le llamara la atención, ya que estuvo presente cuando ingresó el equipo forense a las casas de Megan y Alice, y ya que se había encargado de tomar el registro fílmico y fotográfico de la escena.

—Sí, estuve registrando la cadena de órdenes junto con Anne. Y luego me encargué de filmar la habitación de Megan Zing y de Alice Copperfield. Se tomaron muestras, pero no se encontró ADN ni huellas de alguien diferente a las víctimas. No conseguimos nada en firme. Tampoco en las escenas donde dejó los cadáveres.

—Pero yo pregunto si algo te llamó la atención en la escena, lo que fuera.

—Lo siento. Nada —respondió Juliet, apenada.

Sabía que el agente Hans esperaba más de ella, y no estaba segura si estaba en capacidad de cubrir sus expectativas. Por eso se aventuró a decir algo más.

—Ambas mujeres tenían en casa computadoras portátiles. Al principio me llamó la atención que no se las llevara. Si como creen Anne y usted el asesino las sacó de su casa, entonces si dejó eso allí era porque a través del análisis de los equipos portátiles no llegaríamos a él. No encontraríamos en ellas ninguna pista, ni imágenes ni correos electrónicos, ni nada. Como efectivamente ocurrió. Los muchachos del laboratorio informático no encontraron nada de utilidad. Pero me llamó la atención porque pienso que esos artilugios tecnológicos dicen mucho de los usuarios, y entonces pensé que al asesino no le importaba escarbar en la vida de las víctimas, y dado todo el tiempo que se toma con los cuerpos, uno pensaría que construye con ellas un nexo no del todo irrelevante. Veo una contradicción allí, que no sé cómo explicarla mejor...

—Tengo la impresión de que no estamos buscando bien, pero entiendo lo que quieres decir. Y es un buen punto, esa inconsistencia que me ha ayudado a ver algo más claro. Si al asesino no le interesó esa premisa que has dicho: «los artilugios tecnológicos dicen mucho de los usuarios», a nosotros sí debería interesarnos. ¿Podría pedirte que coordinaras un análisis más exhaustivo de las computadoras portátiles y las redes de Megan, Alice y Elaine para reconstruir las posibles actividades y el mundo de intereses que pudieron desarrollar en los últimos seis meses? Es decir, considera a cada víctima como una línea de investigación independiente hasta conocer exhaustivamente cómo eran ellas, y ya luego nos encargaremos de buscar similitudes ocultas, si es que las hay. Utiliza a todos los analistas que quieras. ¿Me comprendes?

—Sí.

—Como sabes, Anne me ha autorizado para volver a remover y volver a investigar lo investigado hasta ahora, desde otra perspectiva. Te lo dirá en cuanto llegue. También necesito mirar las entrevistas que han realizado a las personas cercanas a las víctimas. He sabido que han seguido con la debida atención la reconstrucción de los vínculos cercanos, pero quiero saber qué tanto abarca ese radio de estudio. También quiero mirar las grabaciones que hicieron del interior de las casas de las víctimas. ¿Podrías conseguirlas para mí?

—Seguro. Iré ahora mismo a Análisis Forense —respondió Juliet soltando el bolígrafo que manipulaba y saliendo a cumplir todos los encargos.

Hans la vio irse y luego se quedó mirando a la pizarra. Se

sacudió el pelo con las dos manos, como queriendo mover las ideas dentro de su cabeza.

Un detective desde afuera lo vio hacer ese movimiento y le pareció bastante anormal. Se dijo que con razón afirmaban que la gente del FBI era diferente.

Hans pasaba de una interrogante a otra a medida en que avanzaba el día. Pasó horas mirando las imágenes de las víctimas en la sala de análisis mientras el edificio se iba vaciando.

¿Por qué cortarles los pies y hacerles perforaciones en esas áreas específicas, y luego dejarlas desnudas y colgando? ¿Y por qué esa posición de las manos y la cabeza?

Volvió a acariciar la teoría de la motivación religiosa, aunque consideró que en una crucifixión la cabeza miraría hacia abajo, no hacia arriba, y las muñecas tendrían que estar heridas. Se concentró en los rostros de las mujeres y se dio cuenta de que el resto del cuerpo lucía más limpio y que los rostros estaban maquillados, manchados. Recordó que encontraron el pelo de Elaine sudado. Entonces miró las fotos de la cuerda que rodeaba el cuello de Elaine y llamó inmediatamente a Anne, quien todavía estaba en el Departamento.

—Quiero tener acceso a los objetos encontrados en los cadáveres de Megan Zing y Alice Copperfield y conversar con el forense encargado.

—Los objetos están en resguardo en el Departamento de Ingresos Forenses y puedes verlos cuando quieras, y puedo enviarte el listado con las pruebas codificadas junto con el reporte, el cual creí haber incluido en el dosier. Pero el forense Jeremy Jobs, encargado de los casos, ya se ha ido a casa. A primera hora de la mañana le podrías hablar —le respondió Anne.

Hans resopló contrariado y se jaló el lóbulo de la oreja izquierda hacia abajo como hacía cuando las cosas no salían conforme a su gusto.

—De acuerdo —respondió resignado.

Luego se dio cuenta de que eran pasadas las diez de la noche.

Anne lo invitó a tomar un trago porque le parecía que era un hombre demasiado atormentado y que no era sano aferrarse al trabajo con tanta obsesión. Hans aceptó la invitación, pero una vez en el bar no pudo dejar de hablar de los casos, e insistió sobre la similitud de las manchas circulares hechas con sangre en la ropa que cubría el cuerpo de Gail Whitman y las perforaciones en los cuerpos de las otras mujeres asesinadas. Tomó un portavaso que había en el mostrador, sacó su pluma y dibujó una silueta, una figura de mujer, y señaló las zonas donde los cuerpos fueron perforados. Anne, quien llevaba varios tragos de ginebra encima, hizo un ademán de obstinación y no se contuvo.

—¿Por qué el empeño de relacionar los casos? —le preguntó con una voz que sonó mucho más aguda que de costumbre.

Hans se ofuscó, dejó la jarra de cerveza casi llena y salió del lugar sin responder. No tenía ganas de volver a explicar lo mismo.

En la esquina del bar encendió un cigarrillo, pero lo apagó con los dedos inmediatamente porque pretendía dejar de fumar. Se dio cuenta de que tenía ceniza en sus manos y se limpió en la chaqueta a cuadros que llevaba puesta, que lucía pasada de moda. Apartó un rizo de pelo que le caía sobre el ojo, y tuvo la sensación de que al hacerlo se había manchado la cara con la ceniza. Lanzó una exclamación en voz baja y decidió ir de una vez a casa de Gail Whitman.

No pensaba renunciar a la convicción de que la muerte de esa muchacha, hace ocho años, era el inicio de todo.

EL HOMBRE BAJÓ del auto en medio de la oscuridad, y supo que perdería el vuelo a Phoenix porque algo estaba mal con una de las ruedas. Tomó el teléfono para hacer una llamada, pero antes de marcar vio las luces de un vehículo que se acercaba lentamente. Este llegó a su lado y se detuvo. Por un segundo tuvo la idea de que estaba en peligro, y sin quererlo se fijó en las minúsculas gotas de rocío que había sobre el capó; sintió frío y se estremeció. La ventanilla bajó y por suerte era una persona que él conocía.

—¿Qué te ha pasado? —preguntó el recién llegado.

—Hola. No sé, es algo en la rueda delantera —respondió, disimulando el alivio que experimentaba porque no le hacía ninguna gracia quedarse botado a esa hora de la madrugada en la solitaria interestatal.

—Ya te ayudo —le dijo el hombre con una sonrisa.

Estacionó más adelante y se bajó llevando en la mano una llave de cruz. Caminó despacio hasta donde estaba parada su víctima. Desde el día anterior se preguntaba si iba a ser capaz de acabar con él, por completo y de una manera diferente, a fuego lento. Después de todo, se decía que la muerte de los gusanos como ese no era solo para imaginarla, sino para producirla intencionalmente.

—¡Vaya que viajas preparado! No te recordaba aficionado a los autos. ¿Cuánto tiempo llevábamos sin vernos…?

Lo golpeó en la cabeza con un movimiento rápido, lleno de vitalidad. El golpe lo aturdió y luego sintió otro, arriba, que dolió aún más. El asesino sintió el metal de la llave como si fuera parte de su mano, como una prótesis que lo hacía poderoso. No sabía que iba a disfrutar tanto ese momento; le latían las sienes y un leve escalofrío dejó su piel erizada. Sentía un placer casi sexual y una fuerte presión en el vientre. Volvió a golpearlo, esta vez más fuerte, y luego pasó una de las puntas de la cruceta sobre el párpado cerrado y el pelo del hombre que yacía en la carretera.

Debía darse prisa. Lo arrastró hasta la puerta abierta del auto y escuchó el ruido que hacía el cuerpo al rozar el asfalto. Lo estaba logrando, pero debía hacerlo más rápido. Podría pasar un auto, aunque, tal como él había comprobado, a esa hora se desplazaba uno cada quince minutos.

Con dificultad y agarrándolo por los brazos, lo subió al asiento trasero. Tenía listas unas esposas ligeras, de policía. Se las colocó en las muñecas y le inmovilizó los pies usando una soga. El hombre seguía inconsciente. Él sabía que continuaría así por algunas horas, y que cuando despertara, entonces comenzaría su venganza. Ahora era mejor que él, aunque ese imbécil lo hubiese despreciado y dicho que no servía para nada. Precisamente por eso iba a disfrutar el desconcierto en su mirada cuando volviera en sí. Y luego la impotencia que iba a sentir hasta su muerte. Lo primero que le quitaría sería la mitad de la lengua, por todas las idioteces que la gente como él decía tan libremente.

Condujo durante una hora y media y llegó a una instalación abandonada que olía a trigo y a excremento de vaca.

~

Cuando la víctima despertó, supo que estaba acostada y aquel olor desagradable fue su primera percepción. Luego sintió un fuerte dolor en la cabeza. Quiso tocársela, pero entonces se dio cuenta de que le era imposible, y comenzó a padecer lo que sería el nuevo estado que tendría en los próximos trescientos setenta días. Estaba atrapado en una especie de armadura de madera y cuero que le recubría todo el cuerpo y lo inmovilizaba por completo. Creía que la punta de los dedos de las manos y los pies estaban afuera del demencial traje porque allí no sentía el calor húmedo del encierro. Intentó inútilmente soltarse, quitarse aquello de encima, pero luego de varios minutos desistió y quedó en total oscuridad sin saber qué hacer. Al menos podía respirar. Trataba de mantener la calma. Creía que estaba solo porque no escuchaba nada. Entonces oyó unos pasos acercarse. El captor soltó una carcajada y lo destapó, levantando una especie de ventanilla desplegable de cuero que le cubría los ojos.

—¿Qué opinas de mi invento? —le preguntó, pletórico—. Esta armadura no tiene las virtudes de las de metal y tal vez sea presuntuoso de mi parte llamarla así, pero no era mi intención darte movilidad, sino restártela. Podríamos tal vez decir que es una singular camisa de fuerza, pero muy elegante, tanto que, si pudieras verte, dirías que pareces un *stormtrooper*. La punta de los dedos es lo único que tienes afuera, ya verás por qué. No creo que vayas a necesitar guantes en el futuro, ni tampoco calcetines.

Fue cuando el hombre dentro de la horrible coraza quiso hablar, pero sentía la lengua dormida y se imaginó que él le había administrado alguna sustancia que lo tenía entumecido, aturdido.

—Perdona, había olvidado que de ahora en adelante no vas a poder hablar muy bien y será un problema entenderte. Es que te he dormido y he realizado algunos cambios en ti.

Entonces le mostró un trozo de carne metido en una *ziploc*, de las pequeñas. Movió la bolsa de un lado a otro frente a sus ojos, acercándola y alejándola con un balanceo infantil, lleno de crueldad. Cuando el hombre cautivo comprendió lo que había en ella, agrandó los ojos por el terror que le causó tal descubrimiento.

Ese era el momento que el asesino estaba esperando, esa expresión de pánico y sometimiento. ¡La había imaginado tantas veces! Disfrutaba cuando las personas desagradables se veían disminuidas. Esa mirada de terror en él le hacía mucho bien porque le dejaba una sensación de vértigo placentera.

—Sabes que la lengua no solo se necesita para hablar y besar, sino para masticar bien, así que ahora deberás tener mucho cuidado cuando tragas, porque no queremos que te pase nada tan definitivo como la muerte. No por ahora, mi buen amigo —le dijo y luego se carcajeó.

Esto sucedió justo un año antes de que el asesino de Wichita matara a Megan Zing.

PARTE II

1

Hans llegó frente a una casa ubicada en una pequeña calle entre la Clarendon y la Danbury, muy cerca del Denise Park, donde él recordaba haber ido un par de veces porque allí vivía una chica que le encantaba, llamada Molly. Miraba a todos lados y sentía que cada trozo de ciudad formaba una gran marea que caía sobre él. O tal vez no había sido buena idea tomarse tantas cervezas con Anne, porque eso pudo ponerlo melancólico.

Apagó el auto, se acomodó el pelo hacia atrás mirando la imagen que reflejaba el espejo; se bajó y se dirigió con lentitud hacia una de las dos casas que se encontraban en la calle, a ambos lados de un gran álamo que parecía un vigía. No tuvo que mirar el número porque sabía que la casa correcta era la que tenía la cerca descuidada. La otra se veía arreglada y llena de vida. Hans miró antes de abrir la pequeña reja donde había una pelota de colores que golpeaba la cerca de la entrada. Le pareció que el viento la había traído hasta la casa de Gail y tuvo la impresión de que nada podía estar más descolocado que un símbolo de alegría y movimiento como ese, cerca de aquella casa tan apagada y gris. Continuó caminando y notó que el sendero que conducía a la puerta estaba lleno de polvo. Como si nadie hubiese entrado o salido en mucho tiempo.

Tocó el timbre. No se escuchó ningún ruido. Se quedó mirando por unos segundos la pared junto a la puerta porque mostraba restos de pintura azul descascarada sobre unos de pintura ocre, y recordó que de pequeño le gustaba buscar figuras en los muros que tenían esa apariencia tan ruinosa. Entonces escuchó unos pasos dentro de la vivienda; lentos, cansados.

Abrió la puerta una mujer que parecía confusa. Era como un ser etéreo. Pero lo más extraño fue que actuó como si lo estuviese esperando. Lo invitó a pasar sin preguntar siquiera quién era ni de dónde venía. Esa naturalidad con la cual lo trató le causó escalofríos, además de su semblante fantasmal.

—¿Es usted Valerie Crawford? —le preguntó, intentando desembarazarse de la impresión al ver su apariencia.

—Sí —respondió ella con una voz que sonó como una fina campana de cristal.

—Buenas noches. Soy Hans Freeman, agente del FBI. —Le mostró la identificación que sacó del bolsillo interno de su chaqueta y continuó hablando—: Estamos investigando algunos nuevos aspectos que pudieran estar relacionados con la muerte de su hija Gail.

La madre de Gail ni siquiera observó lo que Hans le mostraba y no desvió la mirada de sus ojos, le sonrió y le indicó con la mano por donde caminar. Atravesaron un angosto recibidor y terminaron en un saloncito oscuro que contaba con una lámpara de mesa que estaba encendida. Era una lámpara que parecía el ojo de la casa, con la pantalla llena de pequeños vitrales verdes y amarillos, como los ojos compuestos de las moscas.

Hans imaginó que estaba entrando en una edificación donde se había condensado toda la tristeza del mundo. Muchas veces le sucedía que a través de su alocada imaginación parecía que cruzaba un túnel pavoroso, donde era preciso caminar para ver la luz al final. Esa era la gran virtud de Hans: una imaginación tóxica que se alimentaba de una refinada empatía con los familiares de las víctimas y algunas veces con los asesinos, que luego le permitía separar el heno de la paja —como decía su madre— y quedarse solo con aquello que lo podía conducir a resolver los casos. Cuando visitaba las casas de las víctimas, se preguntaba si el asesino había estado allí. Y ahora, mirando los objetos que lucían como sombras en la casa de Valerie, también se hacía preguntas inquietantes; ¿miraste esa lámpara como yo lo hago?, ¿te sentaste en ese sillón?, ¿sentiste ganas de matar estando aquí?, se cuestionaba en silencio mientras la mujer lo escrutaba.

Ahora Hans empatizaba con el sufrimiento de Valerie Crawford y con la tristeza que se respiraba en aquella silenciosa sala.

—Mi hija Gail no está muerta —dijo la mujer y dibujó una nueva sonrisa en su rostro, pero a Hans le pareció una sonrisa agridulce, muy cargada de melancolía. Estaba seguro de que ella no había podido soportar la muerte de su hija, y eso era lo que se respiraba en ese lugar oscuro y silencioso tan parecido a una tumba.

La madre de Gail hablaba con voz blanda y mostraba una actitud complaciente, pero también se percibía en ella cierta aspereza. No le quedó otro remedio que asentir con un gesto, queriendo decirle que lo entendía.

—No crea que estoy loca, aunque me gustaría estarlo para no recordar. Le digo que mi hija no está muerta porque la recuerdo todos los días como si estuviera aquí, como si el tiempo se hubiese detenido el diecinueve de marzo de ese horrible año, apenas una semana después de su cumpleaños. Esa tarde todavía había un trozo de pastel en la mesa, uno que ella había dicho que se comería al volver a casa. Muchas veces al día repito ese momento exacto, cuando salió por aquí y se detuvo justo allí, se apoyó sobre el pasamanos de la escalera y levantó la pierna izquierda para ajustarse mejor el zapato. Para ese tiempo ya había cambiado su apariencia y se vestía con ropas muy largas, de una talla mayor. Nunca entendí por qué ese cambio. Recuerdo que pensé que alguien cercano la estaba influyendo. Aunque a Gail le gustaba cambiar, le gustaba abandonar cosas y personas. Era así desde pequeña cuando jugaba. —Sonrió y sus ojos brillaron—. Algunos de sus juguetes lo eran todo para ella durante unas horas, y al día siguiente ni siquiera los recordaba. Supongo que hay gente que es así. ¿Quiere usted tomar algo?

—Es muy amable. Un poco de agua estaría bien.

—También le traeré café porque me parece que necesita despabilarse. Nada de capuchino ni cosas raras. Ni tampoco esas cápsulas que le quitan el sabor al café. Le traeré uno bueno y cargado, como de seguro lleva tiempo sin tomar.

La mujer le dio la espalda y caminó en dirección a la cocina. Hans la vio irse y se sintió aliviado, había terminado por hacerlo sentir incómodo, y no entendía del todo la razón. También le parecía que quería lucir más vieja de lo que en realidad era. Y entonces cayeron sobre él las primeras sospechas. Las dudas que tejía sobre las personas eran un combustible para su razonamiento, y nadie estaba a salvo de ellas. Primero sospechaba de todos sin poder evitarlo y luego clasificaba a los sospechosos en inocentes y culpables. Porque para Hans todos éramos culpables de algo, pero solo le interesaba descubrir a aquellos cuya culpa tenía que ver con un asesinato.

Entonces se preguntó por qué Valerie no había ventilado la casa, por qué no había intentado deshacerse un poco de la tristeza. ¿Por qué no encendía las luces y abría las ventanas? Tal vez exageraba el papel de madre sufrida por alguna razón inconfesable. Pero inmediatamente se reprendió a sí mismo al pensar así. No era quién para decirle a la madre de la chica Whitman cómo continuar viviendo luego de que a su hija la habían asesinado. Entonces comprendió que lo peor del tormento por el cual tuvo que haber pasado aquella mujer era no entender la razón por la cual alguien mataría a su joven hija. Recordó las declaraciones del caso. Recordó lo que Valerie Crawford había dicho y que él leyó varias veces: «Si al menos comprendiera la razón por la cual le hicieron eso a mi chica». Entonces la exoneró de sospechas. Solo alguien que no tenía que ver con la muerte del ser querido sería capaz de plantear la necesidad de querer saber cómo murió. Era cierto que ayudarla a comprender eso le traería un poco de paz. Descubrirlo era la mejor manera de airear aquella casa sumida en la desgracia desde hacía ocho años.

Hans miró a todos lados en la pequeña sala. Desde allí escuchaba el ruido que Valerie hacía en la cocina y comenzó a percibir el suave olor del café. Miró una repisa llena de osos de cerámica. Había también una máquina de coser junto a una estantería de libros. Parecía que Valerie se distraía cosiendo. Se la imaginó haciéndolo allí, sentada hora tras hora. Tal vez era por lo que había sufrido, pero le seguía pareciendo una mujer asfixiante, y entonces creyó entender a Gail. Si era una chica rebelde, debió haber tenido muchos conflictos con Valerie. Él había pedido solo agua y ella decidió que también le traería café. Aún peor, decidió que él «necesitaba» una taza de café. Que decidan las necesidades de uno es de las formas más terribles de opresión para cualquiera. Tal vez por eso aquella chica comenzó a vestirse de una manera inusual para su edad y para la moda de ese entonces. ¿Sería que era su madre quien le hacía la ropa? Hans movió la cabeza en señal de desaprobación ante la idea. No creía equivocarse: Valerie era una mujer dominante, aunque estuviese metida en un disfraz de suavidad, y eso podía llegar a ser muy violento para un chico o una chica. Eso podría haber desencadenado que Gail Whitman se metiera en líos, queriendo escapar de la exagerada atención de su madre. Tal vez la joven se había rodeado de personas peligrosas en ese intento desesperado por salir del ámbito de control de Valerie Crawford.

Mientras ella volvía, aprovechó para mirar la estantería sobre la chimenea y reconoció la foto que había aparecido publicada en los periódicos. También se fijó en otro retrato donde aparecía la chica Whitman con un grupo de jóvenes. Se acercó y tomó el portarretratos entre sus manos. Vio unos ojos verdes que le resultaron familiares. Estaba seguro de que era la chica del avión.

Entonces escuchó los pasos aproximarse. Puso el portarretratos en su lugar y se separó un poco de la chimenea. Cuando ella volvió al salón, ya se encontraba en medio de la habitación, en el mismo lugar donde lo dejó.

—¿Por qué no se ha sentado, inspector? Disculpe, pensé que le había dicho que podía sentarse para que estuviera más cómodo. Estoy distraída, así que perdóneme otra vez.

—No se preocupe, porque la estaba esperando —respondió sin quitarle la mirada de encima.

Valerie volvió a sonreír, y, cada vez que lo hacía Hans reafirmaba que estaba conmocionada. Se dijo que tal vez si no viviese sola habría superado más rápido el dolor. Después tuvo la certeza de que aunque pudiera vivir con alguien —con algún familiar—, de seguro ella no había querido hacerlo. Y tal vez eso era lo mejor para todos en esa familia, pues ella estaba como muerta en vida.

Se sentaron en el lúgubre salón e hicieron silencio como si estuviesen en un acto funerario.

Hans dio dos sorbos de café y tuvo que reconocer que le hicieron bien. Luego tomó el vaso de agua y consumió la mitad del contenido. Volvió a ponerlo sobre la mesita que había cerca de la silla, que estaba cubierta con un mantel de encaje. Cuando iba a empezar a hablar, notó que Valerie tenía entre las manos un objeto que en ese momento no pudo reconocer. Ella lo tocaba con la punta de los dedos índice y pulgar. Era algo oscuro, muy fino, como una cobertura de plástico o tal vez un pequeño trozo de tela opaca.

—Esto es lo que me queda de Gail. Es un globo que infló para la fiesta de Vicky, la hija de mi hermano. Él me ha dicho que me vaya con él a Kentucky, pero no he querido hacerlo. —Apretó el trozo de látex que tenía entre las manos, como si este le diera algún consuelo o como si fuera una máscara de oxígeno manipulada por un moribundo, y continuó hablando —: Gail quería mucho a Vicky, quien vivía aquí al lado. Después ellos se mudaron, pero yo quise quedarme. Ese día, el día que vi por última vez a Gail, estuvo ayudando a mi cuñada a arreglar el patio para la fiesta e infló este globo con el aire de sus pulmones. Fue lo único que me quedó de ella... y también lo he visto perderse, se ha ido poniendo pequeño, poco a poco, desinflándose. Pero creo que todavía conserva aire, y por eso no puedo desprenderme de él ni siquiera cuando duermo. Algunas veces hasta he pensado en coserlo a la palma de mi mano.

Hans se imaginó aquel pedazo de látex ennegrecido, de un color morado oscuro, cosido en la blanca y delgada mano de la mamá de Gail y sintió repulsión ante esa imagen. Entendía que la idea que había expresado Valerie reflejaba su desequilibrio. Entonces sintió pena por la desequilibrada señora Crawford. Y pensó en prometerle que atraparía al hombre que había matado a su hija, pero se detuvo porque sabía que no podía hacerlo. A los ojos de aquella mujer, el responsable de la muerte de Gail estaba preso, y él no debía decirle ahora que eso no era cierto.

—Tal vez usted entonces sí descubra la verdad —le dijo Valerie mirando encima de su hombro, como si viera a alguien más detrás de él.

—¿Cuál verdad? —preguntó Hans, aunque se temía la respuesta.

—La verdad sobre la muerte de mi hija. No es cierto que la mató y la destrozó ese vago. Sabe, yo he ido a verlo y estoy segura de que no ha sido él. Además, la misma Gail me lo ha dicho. Algunas veces planta ideas en mi cabeza mientras estoy allí sentada, cosiendo. Ella me acompaña y le gusta la sala así, con poca luz.

2

—Yo tampoco lo creo. Le aseguro que haré todo lo posible por descubrir la verdad sobre la muerte de Gail.

Ella comprendió que podía confiar en él.

—Desde que le vi llegar, lo supe. Supe que era usted un enviado de Gail. Sé que usted va a descubrir quién le hizo eso.

—¿Notó algo raro en Gail en los últimos días o semanas antes de su muerte? Conozco la declaración que hizo a la Policía, y no tiene que volver a decirme lo que dijo antes. Me refiero a que tal vez con los años ha podido recordar algo que no supo precisar entonces. Con el tiempo a veces uno puede aclarar las ideas.

—No noté nada, y no sabe cuánto he pensado. Solo que…

—Dígame —se apresuró a decir Hans, mostrando un brillo genuino de interés.

—Que he pensado que Gail algunas veces decía las cosas de una manera muy brusca. ¿Sabe? La gente no busca la verdad, ni quiere que le digan con claridad algo que se piensa, y Gail tenía la costumbre de hacerlo, de exponer cosas desagradables que la gente no quería aceptar. Yo creo que eso la llevó a la muerte. No sé si me explico, pero no puedo hacerlo mejor.

—No se preocupe, porque se explica muy bien. ¿Quiénes son los jóvenes que acompañan a Gail en esa fotografía que tiene usted allí sobre la chimenea? —preguntó Hans.

Valerie se levantó con agilidad, con un ímpetu que parecía haberle nacido de pronto, como si hubiese rejuvenecido, y llegó hasta donde estaba el portarretratos y lo tomó. Luego se dirigió hasta donde estaba sentado Hans y se lo ofreció.

—Quédese con la foto si le sirve. El chico que está junto a Gail se llama Elvin Bau, y había sido su novio. Lo fue por un tiempo, aunque me parecía un chico débil y sin criterio. Pero era peor si me oponía abiertamente, porque Gail no era de las chicas a las cuales se puede manejar con facilidad. La otra muchacha que está del otro lado, junto a mi hija, se llama Julia Stein. Lo siento, pero no conocí a ninguno de los otros.

Hans asintió, pues le pareció natural que Gail no quisiera que su madre conociera a sus amigos, para que no pudiera entrometerse en sus relaciones. Le pidió a Valerie que le mostrara la habitación de Gail, y esta lo condujo hasta ella.

A Hans le pareció que el lugar se encontraba intacto, igual a como la chica debió haberlo dejado. Hasta había ropa colgada en el clóset, un cuaderno abierto sobre la cama, unos pósteres de Harry Potter y el Colegio Hogwarts. Le pareció comprensible que Gail se hubiese visto seducida por la magia del autodescubrimiento de esa literatura. Había algunos otros libros, pero no demasiados. Además, un trozo de corcho pegado a la pared, encima de un pequeño escritorio, que sostenía una lámpara que rotaba desprendiendo sombras debido a las figuras que tenía repujadas en la pantalla; dos cofrecitos de bronce que contenían pulseras y anillos ennegrecidos y baratos; una crema corporal Victoria's Secret prácticamente sin uso; una cajita de música; un ejemplar de *El cuervo* de Poe y algunos lápices. Junto al escritorio había una silla blanca con un cojín cubierto de una tela clara con motivos florales.

Se fijó que, en la otra pared de la habitación, la más alejada de la cama, colgaba un cuadro dibujado a carboncillo con un marco ancho y brillante.

—¿La policía visitó esta habitación? —preguntó Hans.

—No lo hicieron —dijo Valerie mirando hacia abajo, a la alfombrita de *The Nightmare Before Christmas*—. No sé por qué a Gail le gustaban estas cosas tan tétricas —dijo, haciendo alusión a la película de Burton y luego llevando la mirada a la pared pintada de rosa claro.

Hans se temía esa respuesta, y le dolió. La investigación del asesinato de Gail Whitman se había resuelto demasiado rápido porque el mismo se adjudicó a la pareja de maleantes adictos que operaba en la zona donde fue encontrado su cadáver. A la misma pareja que se inculpó por las agresiones de las prostitutas de las afueras de la ciudad que se venían cometiendo desde años atrás. Las mujeres, lamentablemente, no habían podido describir con detalle a sus atacantes y solo dijeron que eran dos hombres vestidos de negro, con las caras cubiertas con pasamontañas. Se argumentó que Gail había sido confundida con una de ellas y que esa vez se les había pasado la mano en la agresión. Hans seguía lamentando los errores cometidos en ese entonces. Quiso excusarse con Valerie por ello, pero se quedó callado.

La habitación de Gail confirmó la idea que él tenía del carácter de la chica. Era inteligente y con personalidad definida. Y como había dicho su asfixiante madre, tal vez sí tenía la costumbre de decir siempre lo que pensaba. Él también creía que eso podría haberla llevado a la muerte, de alguna manera.

Al salir de la casa Whitman, volteó y miró a Valerie Crawford. Luego buscó la pelota que había visto al entrar, pero no la encontró. Creyó verla detenida junto al tronco del álamo, como si el viento ahora soplara en otra dirección.

Entonces guardó la fotografía que Valerie le había permitido conservar. La que mostraba a la chica bonita del avión junto a Gail Whitman. Valerie había dicho que su nombre era Julia Stein.

3

Tarde o temprano, Frank y yo volveremos a estar juntos. Siento que no hay manera de evitarlo. Tenía esperanzas puestas en la relación con Jimmy, pero en el fondo sabía que eran inútiles. Él es demasiado rígido para mí y espera una persona más conservadora que yo. Me pareció haber visto resentimiento en él al final. Pero tal vez fueron ideas mías. Me dijo un millón de veces que no quedaría ningún problema entre nosotros a raíz de la ruptura. Tengo el defecto de que a veces creo lo que quiero creer. Y esta vez quisiera creer que Jimmy no está molesto conmigo, porque fui yo quien terminó la relación. La verdad es que hubiese podido seguir con él, pues era un buen conversador y un hombre inteligente, pero hubiese sido un error. Hubo un momento, una mañana en su casa, en esas vacaciones que pasamos juntos, cuando me dije que debía sentir algo más por él para seguir. Por eso Madi dice que espero demasiado de la vida. Además de que algunas veces quedé con la triste sensación de que Jimmy no me decía todo lo que pensaba y guardaba secretos.

Tomé la decisión de darle una nueva oportunidad a Frank, de una vez. Presentía que toda la vida me había esperado y todavía más; algunas veces me convencía de que ha estado informándose de mis relaciones y en más de una oportunidad hasta he tenido la idea de que estuvo a punto de acercarse a mí, pero no lo ha hecho. Creo que estaba aguardando a que yo diera el primer paso. Él siempre ha creído que yo soy su mujer ideal, por lo cual seguramente pensará que cuando yo decida ir por él, será ese el momento adecuado, y no antes. Ese momento llegó. Estaba nerviosa pero decidida. Ahora éramos distintos los dos, más maduros que cuando teníamos diecisiete años.

Fui a visitarlo de improviso a su casa. Yo sabía dónde vivía porque cuando nos vimos en el bar me lo dijo. Había ido a verlo a su oficina hacía apenas un día, pero ese fue un primer encuentro que quedó inconcluso por culpa de Klaus Dupont. Solo una primera aproximación fallida y ya tenía la impresión de que, si quería volver con él, tendría que tomar la iniciativa de forma más efectiva, pues tal vez Frank pensaba que yo todavía estaba con alguien más, y quedaba de mi parte aclararle que no era así.

Era una bonita casa pintada de gris claro y azul, con las puertas de un gran garaje independiente color verde oliva. Quedaba en la calle Ponderosa y tenía un jardín perfecto, lleno de cortezas de pino que dibujaban varias figuras geométricas en la arena y que terminaban en una jardinera llena de flores blancas, que antecedía a una pared cubierta de piedra plomiza, con una discreta caída de agua. Eran detalles que delataban el buen gusto de Frank y que hacían destacar su casa de entre las otras de la calle, tan comunes.

Él abrió la puerta y me besó. Luego me invitó a pasar. Llevaba puesto un bonito suéter ligero y gris con unas finísimas rayas de un tono aún más claro. Se le veía muy bien.

El interior de la casa era tal como lo esperaba, y eso era lo que me gustaba de Frank, que yo sabía lo que le complacía, que era totalmente conocido y sin secretos, y eso me daba seguridad. Era como si una parte de mí se hubiese quedado siempre con él. Supongo que eso pasa cuando uno se hace amiga de alguien desde los siete años, y lo ve todos los días, y luego esa persona te confiesa que te ama desde el día que te conoció. Creo que eso es una fuerza a la cual uno no puede resistirse.

La sala de la casa de Frank era enorme y hermosa, llena de luz. No había fotos ni retratos, ni ninguna representación de un ser humano. Un solo cuadro de grandes proporciones colgaba de una pared. Era abstracto y en él prevalecían los colores rojo, blanco y negro. Me condujo al comedor, donde había una mesa blanca y sobre ella una botella de vino tinto y dos copas. Frank me preguntó si me gustaba la casa. Le dije que muchísimo. Él sonrió y me dijo que luego la conocería mejor, y me invitó a pasar al salón. Allí nos sentamos en un sofá negro, muy cómodo, que quedaba justo en frente de una pantalla enorme de LCD que colgaba en la pared. Supuse que ese era el pasatiempo preferido de Frank cuando llegaba a casa. Además, la sala de su casa no tenía nada más. Solo el sofá, una mesita en donde pusimos las copas y la gran pantalla. Él pareció leer mi mente y me habló con una entonación que denotaba seriedad.

—Esta casa te está esperando. La compré hace poco tiempo y no la he llenado de objetos porque quiero que lo hagas tú, a tu gusto. Lo que ves es lo único que yo necesito.

No supe qué contestar y preferí tomar la copa de vino, aunque hubiese dado lo que fuera por un martini. Siempre me pasa lo mismo. Tengo la sensación de que voy tripulando una pequeña balsa y que es alguien más quien decide a dónde virar; como si mi destino fuese ser conducida. Pero no es que me lo propongo así, porque, al contrario, me gusta decidir por mí misma, pero parece que tengo un problema de lentitud al hacerlo y alguien siempre se me adelanta. Ahora era Frank quien lo hacía. Estaba allí diciéndome que esperaba que yo decidiera cómo decorar su casa, y no sabía cómo sentirme al respecto, porque no forma parte de mis metas en la vida decorar una casa. Puede que ni siquiera sueñe tanto con poseer alguna. De hecho, las grandes tiendas de cosas para el hogar me ponen triste. Cuando entro en alguna, quiero salir corriendo a algún bar o alguna librería, me da igual. En los bares y en las librerías me siento yo misma.

—¿Recuerdas aquella película que vimos en la sala de los Dickinson que a nadie le gustó, pero a nosotros nos encantó? —preguntó.

—Claro, aquella de la catástrofe, pero no recuerdo el nombre. Lo que pasa es que ese mismo año fue la sexta de Harry Potter y todos estaban demasiado centrados en ella. Como si no pudiera gustarles también otra cosa —le respondí, y en seguida me di cuenta de que era un comentario estúpido, pero tenía que decir algo, porque prefería que la conversación no volviera al asunto de mi participación en la decoración de la casa.

—La he comprado. La película. Para cuando pudiéramos verla los dos aquí.

Decidí dejarme llevar. Si Frank tenía la seguridad de que estábamos predestinados, entonces, ¿qué peligro podría haber en que yo también comenzara a verlo de esa manera?

Me tomó de la mano y me dijo que quería mostrarme algo.

Nos dirigimos al taller justo al lado de su casa. Era la misma estructura de puertas verdes que yo había creído un garaje. Allí hacía trajes a la medida. Siempre fue muy hábil en ello. Desde joven tenía una incomparable habilidad con las manos y una vista de lince, además de que era un genio creativo. Recordé cómo se llevaba las agujas y los alfileres a la boca, y como eso le producía callos, y cómo andaba por allí siempre con los dedos y la cara manchados de carboncillo, haciendo bocetos de trajes y vestidos hermosos. Hasta me había arreglado una blusa negra de lunares blancos que yo adoraba, y que antes había hecho para mí. A él le parecía divertida mi manía por vestirme con ropa negra y blanca, y nunca me criticó por eso. Recuerdo que la madre de Gail sí lo hacía, y con bastante frecuencia.

Atravesamos el lugar, que estaba repleto de patrones y telas sobre varias mesas y sillas. Había una máquina de coser que lucía de tecnología avanzada, aunque no sé mucho al respecto. Llegamos junto a un armario que estaba cerrado. Frank me dijo que tenía que confesar algo. Cuando lo hizo, reconozco que me emocioné, aunque no supe por qué. Abrió una de las puertas y luego la otra, y allí estaban; al menos quince vestidos cubiertos por un plástico azulado. Eran negros con algunos detalles en blanco y otros en rosa o salmón. No podría estimar cuántas horas tuvo que haber dedicado para hacerlos. Los moví y observé uno a uno. Eran sencillos y hermosos. Cada uno me pareció una obra de arte. Sobre todo, me gustó uno que estaba lleno de encajes, con alto cuello y mangas largas de blonda. Me imaginé con él puesto y llevando las perlas de mi abuela.

—Son todos para ti. Te quedarán maravillosos, porque te mantienes igual de hermosa.

Entonces nos besamos, allí frente al armario lleno de creaciones hechas a mi medida que de seguro yo me probaría al día siguiente. Creaciones que me esperaban, quién sabe desde cuándo y quién sabe cuánto estarían dispuestas a continuar esperando. Yo estaba abrumada y me sentí una tonta por haber perdido tanto tiempo en volver con Frank Gunn. Apenas había reaparecido en mi vida y ya me sentía muy cercana a él. Creo que lo hice desde que lo vi en el bar hacía un mes, así que, aunque no me hubiese llamado dos días atrás, yo lo hubiese buscado.

4

Hɪcɪᴍᴏs el amor en el taller y después en su cuarto. Me desperté en la madrugada y él aún dormía.

Estaba con el mismo Frank que antes era violento y manipulador, que había sido capaz de ese peligroso arrebato, pero que ahora me resultaba diferente. Parecía seguro de lo que quería de la vida, y parte importante de lo que quería definitivamente era yo. Me sentí bien, porque había mucha atracción entre nosotros y porque él me había esperado durante años. Lo veía pleno y lleno de vitalidad, como si tuviera todo lo que necesitaba, y eso es lo contrario a lo que me pasaba a mí.

Quise volver a dormir un rato más, pero no pude conciliar el sueño. Di vueltas en la cama, aunque menos de las que hubiese querido, pues no quería despertarlo ni incomodarlo. En un momento volví a pensar en Gail y en el hombre del FBI. No comprendía por qué la foto de mi amiga estaba en poder de alguien que buscaba cazar al asesino en serie. Y no comprender algo así me ponía más inquieta. Entonces decidí hacer algo al día siguiente que desde Navidad no hacía: visitar a mi mamá. Podría declararme enferma en el trabajo y llegar a Park City en quince minutos. Iba a ser desagradable volver a pisar aquella casa, porque en mi cabeza esa siempre sería la casa de Richard. Pero además de que me gustaría ver a Patrick, quien se acababa de mudar allí junto con su esposa Madeleine, estaba la razón principal: buscar en las cajas viejas. Tal vez en aquellas cajas guardé cosas de Gail que ya yo había olvidado. Además, frente a la casa todavía vivían Dorothea y Margaret Bau. Margaret era la amiga inseparable de Gail, porque había sido novia de Elvin, su hermano, del cual ahora nadie sabe nada. Recuerdo que padecí algunos celos por esa relación entre ellas, que se había hecho tan estrecha; era muy extraña, además, porque Margaret siempre me ha parecido bastante retorcida. Definitivamente, si algo podría averiguar, sería desde «la casa de Richard», aunque eso significara revivir los terribles fantasmas de mi pasado.

Sentí el abrazo de Frank. Se había despertado. Creo que ese abrazo espantó los malos recuerdos.

Dos horas más tarde estábamos en la cocina, terminando el desayuno. Entonces Frank me condujo al taller otra vez. Supuse que quería que antes de irme me llevara los trajes que había hecho para mí, pero me dijo que me sentara en una silla vienesa que estaba junto a unos vitrales que descansaban sobre una de las paredes. Me pareció que era una ventana de alguna iglesia o algo parecido. Pensé que tal vez Frank lo estaba usando de inspiración para crear alguna línea de ropa o de accesorios para los Dupont.

Me dijo que me quedara inmóvil unos momentos. Se dirigió a un mueble de madera que había junto al armario donde estaban mis vestidos y sacó un cuaderno de dibujo. Entonces comprendí que quería dibujarme como solía hacer antes junto al río, y lo complací.

Frank sacó sus carboncillos de un estuche que estaba sobre una de las mesas y comenzó a dibujarme. Al cabo de unos minutos me preguntó si había conseguido vivir la vida de aventuras que buscaba en el tiempo que habíamos pasado separados, tal como en las novelas que tanto comentaba desde niña. Le dije que mi vida no había cambiado mucho, y sonrió. Yo también lo hice.

Por ahora no le contaría a Frank lo que iba a hacer. No quería decirle hasta que no tuviera más información sobre Gail. Ya le había contado lo del agente del FBI en la terraza de los Dupont y no lo vi muy interesado. Frank algunas veces era distante e indiferente en cuanto a determinados temas, y cuando algo no le interesaba, tenía la manía de limpiar sus lentes, aunque estuvieran en perfecto estado, mientras uno le hablaba, como si no estuviese prestando atención.

Me pregunté si aún mantendría esa antipática costumbre.

5

DESDE MUY TEMPRANO Hans había llegado al Departamento de Homicidios con la idea fija de abordar al doctor Jeremy Jobs apenas apareciera. Estaba en conocimiento de todos los detalles de las muertes de las chicas, pero buscaba algo más, algo pasado por alto que pudieran decirle los cuerpos. Antes había ordenado a la agente Rice la investigación exhaustiva del mundo de intereses de las víctimas porque tal vez de allí pudieran obtener alguna pista, y creía que el equipo local podía llevar a cabo de forma efectiva esa tarea al mando de Anne. No esperaba tanto que el asunto de la relación de Elaine Perales con el hijo de Busch lo condujera a ningún lado, sin embargo, también se encargarían de eso, para no dejar ningún cabo suelto…

El doctor Jeremy Jobs era un hombre muy alto y robusto, pero parecía portador de una cabeza reducida, de esas que creaban los pueblos indígenas shuar. En resumen, era un hombre de apariencia algo siniestra. Hans recordó fugazmente la ilustración que había en uno de sus maltratados libros de escuela que explicaba la práctica de reducir las cabezas de los enemigos de esas tribus. También el caso del asesino serial de Whittier, en Alaska, que momificaba las cabezas de sus víctimas. En muchas ocasiones se veía asaltado por recuerdos de lo que encontraba cuando visitaba las escenas de los crímenes, y esos recuerdos venían a engrosar la imaginación tóxica, de la cual no se podía desprender y sobre la cual había teorizado su gran amigo y mentor Harold.

Se encontraba fascinado mirando al doctor Jobs porque era realmente infrecuente la proporción entre la cabeza y su ciclópeo cuerpo. Pero pronto salió de esa fascinación porque debía hablarle sobre la investigación, ya que él se había encargado de los análisis de los cadáveres, las escenas y los objetos encontrados en ellas. Quería saber si habían hecho estudios exhaustivos de los trozos de cuerdas con los cuales el asesino colgó los cuerpos sin vida de las víctimas, porque no encontró nada al respecto en el informe.

—Hemos analizado las cuerdas, pero no encontramos ni huellas ni rastros biológicos —dijo Jeremy con una voz extraordinariamente fina, en actitud retadora.

Hans insistió en saber si habían analizado los compuestos de otra naturaleza no biológica. Jeremy Jobs lo negó, pronunciando un «no» rotundo y mirándolo con una gran indignación. Hans esperaba que el hombre continuara hablando y justificando algún reclamo del tipo «ustedes los del FBI creen que nadie sabe hacer su trabajo», pero en ese momento llegó Anne y moderó la tensa atmósfera.

—Hola. Estaba conversando con el doctor Jobs sobre las cuerdas —dijo Hans.

—¿Sí? —preguntó Anne, mirando al forense y comprendiendo que había llegado en el momento preciso para evitar un problema.

Hans, para justificar el empeño que lo movía, les explicó

que las fotos de las víctimas no mostraban algo que él mismo corroboró en el cuerpo de Elaine Perales.

—Es que la condición de los rostros era diferente. Era algo que no pude ver en las fotos de los cuerpos de Megan y Alice, pero que podía verse directamente en el cadáver, y por eso fue que lo noté en la escena.

Anne lo miraba sin entenderle y el doctor Jeremy Jobs lo hacía con mayor antipatía.

—Eso es así porque la causa de la muerte es la asfixia mecánica, tal vez producto de sofocamiento con un plástico o tela pegada a las fosas nasales y a la boca, como describí en el informe que estoy seguro usted ya leyó —dijo con palabras secas, y luego se volteó y se dirigió a la mesa donde hacía la limpieza de los utensilios para analizar evidencia.

Hans asintió, pero enfatizó su presunción de que luego de matarlas el asesino no quitaba el plástico inmediatamente. Limpiaba el cuerpo, lo mutilaba y lo perforaba, pero por alguna razón no miraba sus rostros, porque, en caso contrario, estos hubiesen tenido la misma condición de limpieza o arreglo de los cuerpos.

Anne comenzó a comprender el punto de Hans. Y, extrañamente, el forense se volteó como impulsado por una energía repentina, miró a Hans con ojos de complicidad y continuó lo que él creía era la idea que quería expresar.

—El asesino retardó todo lo posible el retiro de ese hipotético plástico o tela —dijo de manera concluyente con un timbre de voz más alto aún.

—¡Exacto! —respondió Hans sabiendo que había ganado un importante aliado—. Tengo la esperanza de que el trozo de cuerda, siendo el único objeto cercano al rostro presente en los cadáveres, recoja algún residuo, alguna pista de ese momento final en el cual el asesino apartó el plástico.

Entonces Jeremy se convirtió en una especie de traductor de los pensamientos de Hans y se dirigió a Anne con soltura.

—Él intuye que ese fue un momento de debilidad del asesino —dijo y luego sonrió—. Por eso me pide que haga un nuevo análisis más exhaustivo a las sogas —terminó exclamando, como renunciando a la infeliz idea de que el agente del FBI cuestionaba su trabajo.

—Muchas gracias, doctor Jobs. Le agradezco que me haya entendido a la perfección. Veo que hace su trabajo con pericia y por ello me atrevo a pedirle eso.

El hombre asintió y se dirigió al cuarto de evidencias.

6

Hans conduio a Anne a la sala de análisis, junto a su oficina.

—Anne, ¿podrías pedir que agrandaran esta fotografía?, es decir, ¿podrías buscar el archivo electrónico para que lo hagamos nosotros? —le preguntó y acto seguido caminó hasta la mesa que mostraba un centenar de hojas de papel escritas y otras cuantas con imágenes impresas, al menos tres tazas de café a medio andar, una lupa y un cenicero con cinco cigarrillos sin consumir, pero con la punta estrellada contra el recipiente.

Anne pensó que la obsesión de Hans con el caso no iba a ceder hasta que encontraran algo en firme. Sintió lástima por él mirando aquel desorden peor que el que dejaba su hijo Matthew en el cuarto. Se dijo que podría ser considerado una mente brillante en el Buró, pero que definitivamente era un alma atormentada.

Hans le mostró una de las fotografías de la cuerda que rodeó el cuello de Megan Zing que había tomado de la mesa, pero Anne no comprendió la idea que rondaba su cabeza y se quedó mirándolo por unos segundos sin saber qué decir.

—Está bien —le respondió y se dirigió hacia la salida.

—Es que he notado algo… —le dijo él, intentando explicarse antes de que ella cerrara por completo la puerta.

Se quedó solo, mirando la imagen que le había mostrado a Anne. Tomó la lupa, se tumbó en la silla que estaba junto a la mesa y que había ocupado horas antes, y la puso sobre una zona de la fotografía. Él había notado una marca que parecía una letra o un número muy pequeño, pero necesitaba mayor amplificación de la imagen. Tal vez era un cuatro…, aquel trazo podía ser el número cuatro, pero también podía ser una mancha cualquiera.

Se sintió impaciente mientras esperaba a Anne. Al fin escuchó sus pasos y la vio venir a través de los cristales. Ella traía en la mano una computadora portátil. Entró en la oficina, cerró la puerta y se acercó a la mesa donde él estaba. Hans se levantó y le ofreció sentarse en la silla que ocupaba. Ella se sentó y abrió la computadora.

—¿Es esta? —preguntó.

—Esa es —respondió Hans, de pie junto a ella y aproximándose a la pantalla. Entonces Anne se levantó y le pidió que se sentara. Para sí misma se decía que la situación era parecida a cuando entregaba a Matthew un juguete recién comprado y luego disfrutaba viéndolo jugar. La verdad era que Hans se le parecía mucho.

Él se acomodó rápidamente, emocionado, y estuvo seleccionando un área de la imagen y amplificándola. Luego sonrió y dio un golpe fuerte a la mesa.

—¡Aquí está! ¡Lo sabía! —gritó.

Los investigadores del Departamento que estaban afuera de la oficina levantaron la cabeza por el ruido, y Cotten, quien apenas iba llegando al escritorio que ocupaba, corrió hacia donde estaban ellos y abrió la puerta de un golpe.

—¿Qué pasó? —preguntó con expectación y con los ojos exorbitados.

Anne ya se encontraba inclinada sobre la pantalla de la computadora y Hans había alejado la silla de la mesa para poder contemplar su descubrimiento desde mayor distancia. Eso lo hacía con frecuencia cuando lograba resolver un acertijo. Era como un pequeño rito de victoria parcial.

—Es un número grabado. Es el número cuatro y se ve claramente —dijo la agente con asombro.

Cotten miró a Hans con una sorpresa que luego se transformó en respeto. Pensó que si no hubiese sido por la persistencia del investigador del FBI, no hubiesen descubierto esa seña en la cuerda. Tuvo la peregrina idea de que los cazadores de asesinos debían ser tan obsesivos como lo eran los mismos homicidas por cazar.

—Hay que mirar las otras dos cuerdas, porque podría ser una secuencia de números —dijo Cotten.

—Así es. Pero no perdamos tiempo viendo las fotografías. Las he mirado sin descanso y no hay nada. Vuelvan a fotografiar con mayor resolución la cuerda que el asesino utilizó con Alice y pidan al doctor Jeremy la otra cuerda usada con Elaine. Él debe estar haciendo un nuevo análisis sobre ella. Yo los esperaré aquí.

Cotten se dirigió rápidamente a la puerta y Anne lo siguió.

7

Mientras Anne y Cotten volvían del encargo, Hans meditaba sentado en la oficina. Lo hacía en soledad y no deseaba escuchar ningún ruido. Sentía que desde afuera lo miraban, y hasta eso lo distraía. Entonces se levantó y cerró las persianas para que no pudieran verlo.

—El número cuatro…, ¿qué significa para ti? No es tu cuarta víctima, si contamos a Gail sería la segunda, a menos que no conozcamos a todas tus víctimas. ¿Será eso? —preguntó Hans al aire.

Comenzó a dar vueltas en la habitación como una fiera enjaulada y miró el cenicero. Sintió que no soportaría muchas horas sin fumarse un cigarrillo. ¿Qué más daba?, y encendió un Camel. Lo aspiró como si fuera un pez a quien milagrosamente lo llevaran de nuevo al mar.

—Un bendito número cuatro —dijo y se acercó a la ventana.

La abrió y se quedó viendo las nubes en el cielo mientras fumaba el Camel, que le supo a gloria. Entonces por un segundo se acordó de Fátima. Pero fue solo un recuerdo repentino, como una ola que lo cubrió y que luego desapareció para volver a su mente el cuello de Elaine y la soga, el mentón hacia arriba y el pelo sudado. Estaba seguro de que iba a descubrir la debilidad del asesino, porque intuía que se estaba acercando.

—Mirar su rostro es una debilidad para ti. No puedes hacerlo, lo haces solo al final. ¿Las conocías bien?, ¿te recuerdan a alguien?, ¿o solo conocías bien a Gail?, ¿qué demonios podían tener en común esas mujeres? —exclamó en voz alta y a solas.

Perdió el sentido del tiempo, como le sucedía en muchas ocasiones cuando se ensimismaba. No sabría decir cuánto tiempo transcurrió, pero cuando volvió a sentarse en torno a la mesa de trabajo, vio la puerta abrirse y aparecer a Cotten y a Anne. El primero traía una cámara que lucía sofisticada, a la cual trataba con sumo cuidado. Pensó que seguro era de su propiedad y la había prestado voluntariamente para la investigación criminal del Departamento. Entonces tuvo la convicción de que el agente era un hombre adinerado al cual le volvía loco la tecnología, y se imaginó su casa llena de artilugios de última generación. Como el personaje de la *hacker* Abby Sciuto en la serie *NCIS*, o su compañero Bob Stonor en Washington.

—Ya vamos a ver si hay algo más —dijo Anne.

Cotten conectó el cable que salía de la cámara a la computadora que Anne había dejado sobre la mesa. Al cabo de poco tiempo estaban los tres mirando la pantalla mientras Cotten conducía el visor. En un momento congeló la imagen y los tres distinguieron el número dos. Era la grabación de la cuerda con la cual el asesino había colgado a Alice.

—Increíble cómo no vimos esto antes —se reprendió Anne.

—La escritura es mínima. Me pregunto con cuál tecnología tendría que contar para grabar esos números sobre las cuerdas —dijo Hans.

—Tal vez esté acostumbrado a hacer miniaturas, cuenta con buenos lentes y con puntas finísimas como agujas para dibujar —respondió Cotten.

Por último, analizaron las imágenes de la cuerda de Elaine y descubrieron el número siete.

Hans se levantó de la silla y escribió con números grandes la secuencia numérica descubierta, «472», y se alejó de la pizarra para ver los dígitos, como si eso ayudara a su razonamiento.

—¿Por qué has escrito «472» en lugar de «427», sin respetar el orden en el cual el asesino mató a las víctimas?

—Perdona, no ha sido intencional —respondió—, mi amiga, la dislexia me acompaña desde niño —dijo y dibujó una sonrisa en su rostro mientras volvía a la pizarra y corregía el error.

Anne pensó que quizá era la primera vez que lo veía sonreír, y le pareció curioso que el estoicismo de Hans Freeman se viera suspendido un segundo solo a través del reconocimiento de un error, de una debilidad. Incluso le pareció rejuvenecido luego de la sonrisa.

Los tres se quedaron mirando la secuencia numérica como quienes admiran un acto de magia. Anne rompió el silencio y pidió a Cotten que averiguara qué podía significar la secuencia de los números «427», y si la misma podría tener relación con algún registro o documento de las víctimas, o con alguna dirección o fecha relevante para alguna. Le dijo que acordara con Rice la investigación. Cotten asintió y salió de la oficina. Los investigadores lo miraron interesados y Cotten lo entendió: de ahora en adelante, el agente del FBI Hans Freeman comenzaría a generar admiración en el Departamento después de esos hallazgos.

8

Hans salió del Departamento pensando en los números que el asesino había escrito en las cuerdas. ¿Por qué lo habría hecho? Tal vez una fecha... podrían ser tantas cosas, se dijo con desaliento. No se dio cuenta de que Anne lo estaba siguiendo. Cuando iba a subir al auto, la vio mirándolo. No quiso devolverse para hablarle. Le hizo un gesto, poniendo su mano izquierda junto a la oreja en señal de que luego la llamaría. No tenía ganas de decirle a dónde iba. Pensaba que lo malo de ser tan maternal era la necesidad de controlar, y él no estaba dispuesto a dejar que alguien conociera todos sus pasos, aunque este alguien fuera la agente encargada del caso. Anne se le quedó mirando con una leve frustración y diciendo en voz alta «te escapaste».

Él se dirigió a la Wichita Heights High School para obtener más información sobre Gail Whitman. Él sabía que comprender el primer delito era fundamental para la caza del asesino. Esperaba hablar con algún profesor que la conociera. En cuanto entró al colegio, se sintió mal; lo atacó una punzada de dolor en las sienes y una tensión en el estómago. Esos ambientes, con sus sonidos característicos de voces de niños entremezcladas, le hacían recordar los abusos cometidos por él y sus amigos, sobre todo hacia aquel tímido niño que casi matan. Eso lo perseguía e inundaba su cabeza algunas veces con la viva imagen del rostro ensangrentado, el tabique roto, los pantalones orinados y los gritos —sobre todo los gritos—, que incluso algunas noches lo despertaban. A medida que pasaba el tiempo no disminuían los aterradores recuerdos, sino que, al contrario, se hacían más presentes y también más complejos. Hans sabía que en cada asesino que pretendía cazar, en realidad estaba cazando a Terence Goren, y un poco a él mismo.

Desde hacía mucho tiempo no visitaba una escuela porque siempre le pasaba lo mismo, y entonces decidió que cuando saliera de ahí no iría directamente al Departamento, sino que pasaría a visitar a su amigo Harold Winter. Eso le calmaría el desasosiego.

Continuó caminando por el corredor que estaba lleno de gente, y que conducía a los salones de clases, hasta que llegó a un área silenciosa y cruzó a la derecha buscando la Dirección. Cuando encontró la puerta que mostraba el rótulo de aquella oficina, la cruzó y vio sentada en un escritorio a una mujer rubia y menuda que llevaba el pelo recogido en un moño que le pareció demasiado prensado; tanto que sus ojos se veían alargados y extendidos hacia atrás, hacia la implantación lateral del pelo. Se dijo que debía ser una mujer muy rígida, y, según él, la rigidez era la madre de todos los vicios. La mujer de cabeza prensada y nariz aguileña le preguntó qué deseaba y le dirigió una mirada que, tuvo que reconocer, demostraba amabilidad.

—Soy el agente Hans Freeman, del FBI. Quisiera hablar

con el director de la escuela —le dijo y mostró la identificación.

Ella se asombró, pero disimuló muy bien la impresión. Solo que Hans sabía descifrar las emociones de las personas con las cuales hablaba, y lo notó.

Al cabo de pocos minutos se encontraba sentado en el despacho del director de la escuela. Era un hombre que lucía cansado. No era para menos, porque ser director de una institución como esa debía ser un trabajo agotador, casi un tormento.

Le explicó el motivo de su visita, pero únicamente le dijo que necesitaba hablar con maestros que hubiesen conocido a la estudiante Gail Whitman, pues contaban con nueva información relativa a su asesinato. Le dijo que la joven Whitman fue alumna de la escuela en el 2010, el mismo año en que fue asesinada, y que había estudiado allí desde que tenía catorce años. El hombre, de manera diligente, buscó en su computadora la base de datos del personal que laboraba en la escuela por entonces, ya que él ni siquiera vivía en Wichita en esa época. Le dijo que el maestro que contaba con mayor antigüedad, y que tal vez era la persona indicada para lo que él quería, era Trevor Clifford, quien dictaba las clases de Matemática. También estaba la maestra de Deportes y la de Literatura, pero que Clifford era del tipo de maestro que se interesaba por los alumnos y que estaba seguro de que recordaría a la joven.

—¿Se encuentra aquí en este momento? —preguntó Hans.

—Sí —respondió el director, miró su reloj de pulsera y continuó —: en cinco minutos estará terminando la clase. Lo llevaré al salón para que hable con él.

—¿Y las otras dos maestras?

—La maestra Cecil Tyler está de permiso, y la maestra Claire Randolf se encuentra en una actividad extraescolar con los chicos de Teatro. Pero puedo darles sus señas.

—Las necesito. Veamos entonces a Trevor Clifford.

Cuando iban a salir del despacho, miró al director, ya que este elevó la voz, diciendo: «Pero si aquí mismo está Trevor, tal parece que lo hemos llamado con el pensamiento». Entonces volteó y vio entrar a un hombre de mediana edad, de aspecto jovial, de cara redonda, calvo y de baja estatura.

—Casualmente íbamos a buscarte. El agente Freeman, del FBI, quiere hacerte unas preguntas sobre una exalumna de esta institución. La señorita Gail Whitman.

Hans notó cómo los músculos de la cara de Trevor Clifford se tensaron al escuchar las palabras «FBI» y «exalumna». Le pareció que el hombre se alarmó, pero luego, al escuchar de quién se trataba, dicho sobresalto pasó. Se dijo —fiel al principio de sospechar de todo el mundo— que tal vez Clifford tenía algún secreto que manchaba su reputación en la escuela, y que sería un encargo para el equipo en Washington averiguar su pasado.

No pudo sacar nada en claro de la conversación con él. Dijo recordar muy bien a Gail Whitman. La describió como una jovencita con una inteligencia muy por encima del promedio. A los ojos de Hans, lo que fuera que ocultaba el maestro, no parecía tener relación con Gail. Al menos así pensó en ese momento.

Cuando manejaba a casa de Harold se sintió más aliviado. Ya había salido de la escuela y esperaba no tener que volver a ella. Llamaría a las maestras, y si alguna recordaba a Gail y tenía algo que decir, las citaría en otra parte. Continuaba convencido de que el entorno que debía escrutar era el de Gail Whitman. Allí estaba la clave.

—Eras una muchacha inteligente, según tu maestro de Matemática, y alguien que decía lo que pensaba de una manera muy directa, según tu madre. Tal vez ambas cosas te llevaron a la muerte. La pregunta es si tu asesino te conocía bien —dijo Hans en voz alta y dio un suave golpe al volante mientras conducía.

9

Últimamente le dejaba la ventanilla de cuero de la armadura abierta, lo cual agradecía, para no quedarse en esa oscuridad. También abría la parte de debajo de la máscara cuando lo alimentaba con aquella asquerosidad. Era comida de vacas, estaba seguro. Era ese olor que él tanto odiaba y que le iba asfixiando, y que probó la primera vez, no sabía cuántos días atrás. De no comerlo, hubiese muerto de hambre. Y esos tallos punzantes que le hacían daño en el lacerado paladar; las hojas que sabían a lo que huelen los insectos al aplastarlos, y las amargas flores deshechas que se perdían en medio de tanta dureza. Y el jugo de tomate podrido, además del vaso de agua salobre que le daba cada día.

Había adivinado que estaba en una especie de granero abandonado. Lloraba hora tras hora por lo que hacía con él, por saberse alimentado como si fuera una bestia. Él conocía a su captor, y aunque no sabía cuántos días llevaba metido en aquel espantoso lugar, sí sabía por qué. Esa era prácticamente la única certeza que tenía. Sabía la razón por la cual él lo odiaba tanto.

Las semanas pasaban y perdía la esperanza de que alguien llegase a liberarlo. ¿Por qué no estarían buscándolo? Al menos su madre tenía que haber iniciado un rastreo. No podía ser que lo hubiese dejado desaparecer de esa forma sin preocuparse un poco siquiera. A menos que creyera que él estaba en alguna playa disfrutando de la vida. Esa idea le desesperaba aún más. Los días pasaban y solo transitaba por dos estados anímicos; la desesperación y la resignación. La pregunta que rondaba su cerebro antes de dormirse era siempre la misma: ¿Hasta cuándo me tendrá aquí?

Creía que llevaba más de tres meses encerrado, pero narcotizado y confundido no podía asegurarlo. Nada de lo que cometió en el pasado le hacía merecer ese horrendo castigo, se decía, en manos de ese loco a quien había visto desde niño, aunque sin detectar en él ninguna rareza.

En un momento se despertó, pues el asesino lo movió con brusquedad, y no sabía si era de día o de noche. Entonces lo escuchó hablarle.

—He construido un nuevo juguete y con él estarás más cómodo. O al menos será más fácil para mí alimentarte. Es una silla como la de los enfermos encamados, pero, por supuesto, estarás amarrado. Eso eres después de todo: un enfermo peligroso lleno de groserías y brusquedades. No creo que vuelvas a caminar, y supongo que ya sabes por qué. Vas a ir desapareciendo poco a poco. Una vez vi una película sobre un hombre que enfermó por una radiación, e iba menguando... ¡Allí estás otra vez abriendo los ojos de esa forma tan cómica! Si pudieras ver cómo estás, lo poco hombre que eres. Era eso lo que decías de mí, ¿verdad? Que era un afeminado que no merecía acompañarte. Sé que tu cultura general deja mucho que desear, eras el más ignorante de la clase, pero me pregunto si sabrás algo de los eunucos. ¿Sabes que perder parcial o totalmente los genitales es la experiencia más terrorífica a la cual puede ser sometido un hombre? Ya llegaremos a ello, porque todavía nos queda mucho tiempo.

El asesino disfrutaba muchísimo el juego con el hombre cautivo. Hacía cuatro meses lo tenía encerrado en la caseta. Le gustaba aprovechar el tiempo que transcurría entre ir y venir al granero abandonado, e inspirarse para disfrutar la victoria, y por esa razón, durante la hora de camino, la música de Wojciech Kilar o algún audiolibro que le estimulara eran su compañía. Ese día, cuando se cumplían cuatro meses del cautiverio, lo acompañó en el auto el audiolibro de Stephen King *Pet Sematary*. Le encantaba imaginar que algo como lo que le pasaba al padre del niño muerto en esa historia estaba sucediendo en la cabeza de su víctima: que no podía resignarse a su nueva situación, ya que esta era agónica, insoportable. Hubiese dado lo que fuera por meterse en la mente del hombre que tenía cautivo y que estaba transformando en un monstruo irreconocible. Leyó mucho sobre torturas y situaciones límites, tanto que él mismo se había asombrado de la cantidad de libros que compró. Ese era un tema que lo había cautivado desde niño.

Decidió mientras conducía, ya muy cerca de su casa, que lo dejaría pasar unos días de hambre y que cuando volviera a hacer el viaje al granero escucharía algo de Ray Bradbury. La ciencia ficción era maravillosa y había sido su compañera de habitación por años. El hombre que estaba partiendo en pedazos era el más peligroso villano, y él, el mejor de los superhéroes.

Al llegar a casa, se dio una ducha y preparó un cuscús de vegetales mientras miraba la televisión. Daban un programa muy ordinario y decidió apagar el aparato, con rabia.

Continuó cocinando y sin querer se cortó el dedo índice, esperó a que apareciera la sangre, se quedó mirándola correr hacia abajo, hasta la palma de la mano abierta. Sonrió, y entonces buscó una bandita en el gabinete de la cocina. Se lavó la herida, pero su cabeza estaba en el granero, con el hombre de los dedos amputados. Ese recuerdo lo ponía de buen humor, pues lo estaba fragmentando, lo estaba partiendo, se estaba vengando con estilo. Terminó de preparar la cena y se sentó a comer el pescado que había preparado. Se le estaba haciendo cada vez más difícil ingerir carne.

Entonces, frente a la botella de vino blanco que acompañaba su plato de cuscús, se dijo que en la próxima visita mezclaría la carne, la piel y las uñas del miembro recién amputado con el forraje para bovinos que le hacía comer.

—Será divertido, desde niño siempre fue una puta bestia, igual que él... —se dijo, pensando en otra persona significativa en su pasado.

Terminó de tomar el último trago de vino, metió los platos en el lavavajillas y se fue a la cama muy complacido.

—¡Hombre!, has ganado kilos. Se ve que el FBI no te ha puesto a ejercitarte tanto como debería —dijo Harold y le dio un abrazo.

—Y tú estás viejo —dijo Hans correspondiendo con la misma intensidad al abrazo de su mentor.

Realmente lo quería y le emocionaba encontrarse con él. Lo vio envejecido, con unos grandes surcos que cruzaban su rostro, pero con la misma mirada profunda en sus ojos celestes. Y como siempre, desde hacía al menos catorce años, estaba acompañado de su inseparable amigo, el fiel perro Leroy. Hans recordó cuando lo vio por primera vez. Era un cachorro que cabía en la palma de su mano.

Todo seguía idéntico en la casa de Harold. Olía a tabaco hasta en el pelo del viejo Leroy. Su mentor aún estaba en forma, tal vez porque todos los días seguía corriendo. Aún era un hombre fuerte. Seguía siendo el recto hombre que le había cnscñado a pensar.

—¿Cómo estás, querido hijo? —preguntó con palabras llenas de ternura.

—Bien, bien. Me las arreglo.

—¿Cómo vas con el «dilema de Hans»?

Sonrió inmediatamente. Desde hacía años, Harold había teorizado sobre la motivación de Hans para atrapar asesinos y sobre su particular método. Para él, la clave de Hans era la fantasía. Afirmaba que, cuando estaba armando un caso en su cabeza, tenía que padecer una etapa especulativa, algunas veces desesperante, que se abalanzaba sobre él, donde venían a su mente imágenes desagradables y sospechas exageradas, para luego dar paso a las sospechas útiles y decantadas que lo conducían a avanzar en las investigaciones y que lo llenaban de gratificaciones. Pero si estas gratificaciones no llegaban pronto, entonces se frustraba, se hacía menos efectivo y la etapa especulativa delirante tomaba aún más fuerza. Ese era el «dilema de Hans», quien para resolver los casos debía ser capaz de soportar entrar en los oscuros recovecos de la maldad humana. En pocas palabras, debía volverse a enfrentar a lo que Terence Goren representaba para él.

—Mírame, aún sigo atrapando a los malos.

—Estoy seguro de que lo haces. Siempre vas a hacerlo, y eso es lo que me preocupa algunas veces.

—Sabes que tienes un enorme poder sobre mí, así que no te preocupes, porque entonces yo empezaré a preocuparme también.

Se sentaron en unas cómodas sillas de lona en la terraza de la casa. Harold retomó la conversación.

—La verdad es que no está tan mal lo que haces. Lo que no tiene remedio es la falta de imaginación, y no el exceso de ella. Ya ves cómo está este país, lleno de gente temerosa que no se imagina nada que no sea el peligro que le traen los demás. Y los políticos allí, promoviendo esa desconfianza para ganar votos. Así que creo que trabajas por la mejor razón posible, y tú sabes que yo también lo hacía, que no es otra que encerrar a la gente que es verdaderamente peligrosa para que los demás, los inofensivos, podamos vivir en paz y con confianza.

—Tú me conoces más que cualquier otra persona —dijo Hans, aceptando lo que él decía.

—¿Y Fátima? —preguntó con picardía.

—Ya Fátima no está conmigo. Creo que lo que tú llamas mi dilema no terminó siendo de su agrado. No pudo soportar mis ausencias y mis manías.

—Lo siento —dijo Harold.

Y era de verdad. No quería preocuparlo, pero le parecía que no era bueno para su salud mental estar solo tanto tiempo.

—Solo quiero darte un consejo de viejo. Deja de buscar al Hans Freeman que debió ser. Cuando no avanzas en los casos todo lo que deseas, comienzas a culparte y vuelven los viejos pecados, que hacen más daño que bien.

—Lo sé, Harold —reconoció Hans mientras acariciaba a Leroy, que se había sentado junto a él.

Pasaron el resto de la tarde tranquilos, conversando sobre las nuevas formas de investigación del FBI, y luego tocaron el tema de la madre de Hans. Harold le demostró que le hacía muy feliz saber que su madre estaba bien. Tomaron varias cervezas, que iban apilando en el piso, junto a las sillas que ocupaban. Desde hacía tiempo que Hans no se sentía tan tranquilo. Eso siempre le pasaba cuando estaba con su amigo, porque sentía que podía descansar de los cálculos, las sospechas e ideas desagradables.

Hubo un momento de silencio en el cual Hans deseó con intensidad que Harold viviera mucho tiempo más. Se sintió como un niño, sumergido en ese deseo, y luego secó sus ojos mientras Harold miraba a Leroy porque no quería que su viejo y buen amigo le viera llorar.

—Leroy está cansado ya. Cuando mira la correa de paseo, la reconoce, pero ya ni siquiera se levanta ni ladra. Aunque uno sabe que la recuerda. Creo que el pasado lo mantiene vivo. Cuando vea que sufra sin remedio, voy a dormirlo —dijo Harold y levantó la correa, que había sacado de alguna parte sin que Hans se diera cuenta.

Entonces pensó que era verdad que Leroy reconocía la correa, el paseo. El perro mirando el objeto en la mano de Harold de una manera especial le recordó a la bella muchacha de ojos verdes que tenía a su lado en el avión, y que aparecía en la foto que le había dado Valerie Crawford. Era la misma mirada de Leroy, como si reconociera algo importante e íntimo. Se dijo que había sido un idiota por buscar en la escuela el rastro de Gail, cuando estaba en otra parte.

Lo próximo que haría sería contactar a Julia Stein.

Algunas veces necesitamos un objetivo más claro para superar los traumas. Al menos yo lo necesito. Por eso de camino a Park City estaba asustada, pero logré controlarme. Jamás pensé en volver voluntariamente a casa fuera de las fechas familiares. Cuando Richard murió —solo entonces—, volví a ver a mamá a la cara.

Pero ahora me movía algo más fuerte: las ansias de descubrir cosas. Pensé que el encuentro con Frank y lo bien que nos había ido me había llenado de energía. También lo hacía por Gail, quien fue una buena amiga para mí. Me parecía una mueca del destino que el día en que Frank me atacó fuese el mismo día que la mataron. Tal vez por eso creía que le debía algo, porque ella estaba muerta y yo había logrado sobrevivir.

Entonces planifiqué qué hacer en casa, al llegar. Tendría que hablarle a mamá, obviamente, pero solo lo indispensable. Suponía que Patrick estaría allí junto con su esposa, Madeleine. No era que me cayera mal, pero me hubiese gustado que tuviera más personalidad.

Al cabo de quince minutos llegué. Noté que estaba muy

bien arreglado el jardín. Mamá siempre fue buena para cuidar objetos y mala para cuidar personas. Yo todavía tenía llaves, así que entré. Escuché un ruido en la cocina. Era ella. Se me acercó y me dio un beso en la frente. Eso me extrañó, y no supe qué sentir. Creo que me inundó algo desde abajo, como un líquido caliente desde las piernas que corría hacia arriba como lava, pero no producía dolor, solo desconcierto. No me dijo nada después del beso y se devolvió a la cocina, que olía a pastel de manzana. Me odié por ello, pero me moría por volver a probar el pastel de manzana de mamá. A los tres nos gustaba, sobre todo a Richard.

Me di cuenta de que Patrick no andaba por allí ni tampoco Madeleine. Decidí subir de una vez al ático para comenzar a revisar las cajas viejas, mientras lo hacía, me fui llenando de un vago temor que iba creciendo hasta hacerse punzante. Cuando abrí la puerta, lo sentí pegado a mi espalda. Estaba sudando frío y las manos me temblaban. Inspiré y espiré en tres ocasiones para que el aire inundara mis pulmones y lograra tranquilizarme. Sabía que lo peor era transitar por esa horrible escalera porque lloverían sobre mí los malos recuerdos. Así que cuando cerré la pequeña puerta del ático se acabaron los temblores.

Estuve segura de que nadie entraba allí desde hacía mucho tiempo. Seguramente desde que Richard se había caído. Sacudí la cabeza para olvidar eso y continué avanzando. Todo estaba empolvado, lleno de telarañas. Encendí la luz y escuché un ruido que provino de la lámpara en el techo. No supe qué lo produjo y pensé que tal vez fuera una mariposa, pero me extrañó porque no creía que nadie hubiese subido allí recientemente. Quiero decir que esos animalitos se pegan a las bombillas buscando la luz y no tendrían que revolotear cerca, si la bombilla no se había encendido hacía años.

A menos que mamá o Patrick hubiesen estado allí, buscando algo…

Estuve al menos una hora encerrada en el ático viendo papeles viejos, mis cuadernos de notas, los vestidos y el uniforme de la escuela. Encontré unas fotos donde aparezco horrible con un peinado que no me favorecía para nada. Había una donde estábamos Gail, el chico Bau, que fue su novio, otros muchachos de la escuela, de los cuales no recuerdo ni siquiera sus nombres, y yo. Creí recordar que la fotografía fue con motivo de una obra de teatro o algo así. Abrí la cuarta y última caja y encontré un escrito de Gail en una tarjeta que me regaló el día de mi cumpleaños. Recordé que Gail no salió a celebrar conmigo esa tarde porque tenía algo que hacer, o algo así me había dicho. Pensé que tenía otro novio que no era Elvin Bau, pero nunca quiso decirme. Además, en esos días llevaba cosas nuevas; una falda costosa, una pulsera hermosa… ¡Claro que era eso! ¡Gail estaba relacionada con alguien y no quiso decirme nada! ¿Cómo pude obviar eso en mi memoria?

Volví a poner todo en su lugar, menos la tarjeta de Gail, que guardé en el bolsillo de mi blusa. Me asomé por la ventanita redonda del ático, pero el polvo no me permitía ver nada a través de ella. Busqué algo para limpiarla y encontré una tela sobre una mesa. La agarré, pero luego la reconocí. Era una camiseta de Richard. Sentí una espeluznante alarma y la solté de inmediato. Luego me dije que tenía que sobreponerme, y la volví a tomar. Era solo un trozo de tela que usó alguien que ya no podía hacerme daño. La apreté con fuerza y rabia y caminé hasta la ventanita. Quité el polvo con la camiseta y luego abrí, y el aire me pegó en la cara. La verdad era que estaba sudando a chorros, pero ni siquiera había reparado en ello. Cuando me lleno de emoción, me pasa eso, prácticamente no siento nada en mi cuerpo. Conocí a una mujer que fue sobreviviente de un tiroteo escolar, y ella también lo dijo, que aunque una bala le había impactado la pierna no sintió nada hasta llegar al hospital. A mí podría pasarme algo así.

Miré la casa de los Bau, que parecía detenida en el tiempo. La blanca cerca perfecta, los pinos a los lados y las paredes circulares. Recordé que muchas veces soñé con que aquella era mi casa, esas mismas muchas veces que quise escapar de la mía.

Hubo un ruido afuera, como cuando un saco de arena cae. Me quedé expectante, pero no escuché nada más. Entonces alguien me tocó la espalda. Me asusté y di un salto. Era Patrick. Me preguntó qué hacía en el ático. Me pareció que la idea de que yo estuviese hurgando por allí le resultaba sumamente incómoda. Podría decir que hasta le noté un tono amenazante.

En ese momento no sabía la razón y le respondí que solo estaba recordando.

Patrick cambió la entonación. Lo que fuera que le había molestado parecía haberse esfumado, y me invitó a comer fuera de casa. Me dijo que apenas llevaba cuatro semanas allí y ya no soportaba las impertinencias de mamá y los ataques velados que dirigía a Madeleine. Mamá sabe atacar de una manera tan refinada que solo se da cuenta el agredido, y para los otros presentes, ella es una dulce señora. Esa es de las cosas más desquiciantes de Maggie Olson, mi madre.

Acepté gustosa la invitación. Aquella era una excelente oportunidad para sacarle a Patrick lo que supiera de Gail. Él era buen amigo de los Bau. Hasta recordaba que algunas veces había ido a acampar con Gerard Bau, el padre de Margaret y Elvin. Me parecía bien, pues así no estaba en casa a expensas de Richard.

Fuimos a un restaurante de comida tailandesa que se encuentra en Eastborough. Creo que quería irse lo suficientemente lejos de casa como un pequeño acto de liberación de mamá, y en ese momento pensé que Patrick no duraría mucho viviendo con ella. En definitiva, pretender vivir todos en esa casa era un terrible error, y no sé a quién se le había ocurrido esa idea. Yo conocía ese restaurante porque estaba de moda y allí celebramos el cumpleaños de alguien de la oficina. Era bastante bueno.

Durante la comida, a la cual nos acompañó su esposa, lo bombardeé con preguntas sobre Gail y Elvin. Lo noté esquivo y no supo o no quiso decirme nada. Cambiaba el tema cada vez que yo dejaba colar el nombre de ella y se ponía nervioso cuando mencionaba a Elvin, y desviaba la conversación haciendo comentarios sobre el *pad thai* que estábamos comiendo. Madeleine no comió nada porque dijo que la comida *thai* le hace mal. Me pareció una desconsideración de parte de Patrick haber propuesto ese restaurante sabiendo que ella iría con nosotros. Fue cuando comencé a pensar cosas desagradables sobre mi hermano menor que me dolieron.

Llegó un mensaje a mi celular y ella brincó. Parecía un conejo asustado. Lo tomé y vi que tenía un mensaje de Frank: «El hombre barbudo del FBI ha estado en la escuela preguntando por el entorno de Gail. Parece que tienes razón. Besos». Lo leí y volví a poner el teléfono sobre la mesa. Luego Patrick se levantó y dijo que tenía que hacer una llamada, se fue, y entonces Madeleine me tomó del brazo y me dijo algo extraordinario.

—Una vez Patrick tomó de más y me confesó que Gerard Bau era un hombre muy distinto al que aparentaba ser y que junto con Otto Dupont, en el club, hacía cosas terribles y criminales con la gente.

Madeleine miraba al lugar por donde Patrick había salido con insistencia. Tuve la terrible impresión de que mi hermano menor no trataba bien a su esposa. ¿Sería posible ese horror? No sería la primera vez que sucedía que un hombre de buen talante y aparente buen humor fuera una bestia puertas adentro. Yo lo sabía.

—¿Cuál club? —pregunté.

—No lo sé. Supongo que el club al que ellos iban con los torneos y los viajes. Me refiero a ese hombre Gerard y a Otto Dupont, yo no lo sé… no le digas a Patrick que te he dicho esto.

Entonces lo vio venir y se apartó de mí. Agarró el vaso lleno de agua y tomó un poco.

¿Por qué Madeleine estaría tan aterrada? Yo sabía cuándo una persona estaba padeciendo un ataque de pánico. También había sentido miedos profundos, y eso era lo que veía en ella, y tal vez era lo que vi en Gail al final. Sabía que había pasado algo por alto, pero entonces no pude traer a la memoria lo que era.

¡Ojalá hubiese podido recordar mejor a mi buena amiga Gail!

13

HANS VOLVIÓ AL DEPARTAMENTO, después de devorar un gran bistec casi crudo en Kobe Steak House.

Juliet Rice tocó a la puerta de la oficina de Hans, llevaba en la mano una portátil.

—Aquí están las fotos que pediste —dijo y se dirigió a la mesa en torno a la cual hacían las reuniones.

—Vamos a verlas —dijo Hans, animado.

Estuvieron unos minutos mirando las imágenes en la computadora de Juliet. Hasta que Hans señaló un punto en la pantalla con el dedo índice.

—¿Lo ves? Las mismas marcas que había en casa de Elaine Perales.

—Es verdad. Son iguales —dijo Juliet, entre asombrada y satisfecha, y soltó el bolígrafo que llevaba en la mano.

En ese momento llegó Anne y la pusieron al tanto.

—Esto confirma que el asesino las visita en sus casas. La pared de casa de Megan y la pared de casa de Elaine tienen las mismas marcas. Pero ¿qué podría hacerlas? —preguntó Hans.

Juliet se sintió mal por no saber contestar.

—Le pediré a Cotten que no solo siga investigando los lugares donde fueron encontrados los cuerpos, sino también las casas de las víctimas y sus cercanías. Conseguimos las grabaciones de seguridad de unas zonas cercanas. El doctor Jobs está haciendo el análisis de la cuerda que encontramos en el cuello de Elaine. Todavía no tiene nada —dijo Anne.

—Parece que el sujeto se queda con el teléfono de las víctimas. No los hemos encontrado en ninguna de sus casas, ni en sus autos, ni en las oficinas donde trabajaban. En las computadoras no hay nada hasta ahora. Nada que las asocie. Entrevistamos a Busch, y reconoció que tenía una relación con Elaine Perales, pero el fin de semana de la muerte de Elaine dice que estaba en Texas. Estamos comprobando la coartada —informó Juliet.

Hans asintió y se quedó callado, buscando que Anne y Juliet notaran que quería quedarse solo. Anne fue la primera en hacerlo, y al cabo de unos minutos dieron por finalizada la reunión de avance.

Cuando Hans vio salir a Anne de la oficina sintió ganas de detenerla e invitarla a acompañarlo a casa de Elvin Bau, el joven que fue novio de Gail Whitman, pero en el último momento decidió no hacerlo porque aún no la había convencido de que el asesinato de la joven Whitman y los otros tres tenían relación.

Se quedó solo, pensando. Se decía que el asunto era poder explicarse convincentemente por qué el asesino había esperado ocho años para volver a asesinar; primero a Alice hacía exactamente un mes, después a Megan hacía dos semanas, y luego a Elaine el mismo día que él llegó a Wichita. Si tan solo supiera por qué esperó tanto para volver a matar y por qué ahora lo hacía dejando un mínimo intervalo de tiempo. Tal vez el asesino se estaba transformando, estaba viviendo un cambio para sí mismo y era preciso matar para producirlo. Pero a Hans le preocupaba la frecuencia de los asesinatos. Se dijo que tal vez para este homicida la muerte de Alice había sido una nueva forma de principio, un nuevo capítulo en su vida.

En cuanto a la motivación que lo conducía a matar, no tenía claridad aún, y eso lo contrariaba. Decidió ir de una vez a casa de los Bau para no sucumbir ante la frustración que sentía, pero cuando se dio cuenta de que eran las nueve y media de la noche prefirió dejar la visita a Dorothea Bau para la mañana siguiente. Además de que la casa estaba en Park City, a veinticinco kilómetros de distancia del Departamento, y de ninguna manera llegaría a una hora prudencial.

Entonces se fue al hotel y dedicó parte de la noche a mirar las fotos de las marcas de las paredes de las casas de las víctimas y a atormentarse preguntándose qué las produciría. Se quedó dormido sobre la cama con la portátil en el regazo y con el informe que el centro nacional para el análisis de crímenes violentos del FBI había publicado, con la compilación de cuatrocientos ochenta crímenes cometidos por noventa y dos asesinos seriales. Lo había estado consultando para obtener alguna luz en relación con la motivación del asesino y a la elección de las víctimas. Hans se hacía muchas preguntas y casi no tenía ninguna respuesta.

—¿Por qué les cortas los pies?, ¿son tu *souvenir* acaso?, ¿qué haces con ellos? No te interesa la agresión sexual y eso te ubica entre solo el veintidós por ciento de los asesinos seriales. Las duermes para que no sufran tanto... —se repitió en voz alta hasta quedarse dormido.

A las cuatro de la mañana despertó, preparó café y luego de tomárselo se metió en la bañera para intentar relajarse. Sabía que necesitaba hacerlo para poder pensar con mayor claridad. Estaba embotado y le molestaba que las ideas estuviesen entumecidas en su cerebro, producto del cansancio. Cuando sintió el agua caliente, pensó en Fátima. Ella era sobre todas las cosas un maravilloso mecanismo para desestresarse. Desde que estaban juntos se habían espaciado los dolores de cabeza que sentía por la falta de sueño. Era cierto que debía cuidar su salud un poco más y tal vez también su apariencia. Tampoco quería parecer tan raro como Monk, el famoso detective de la serie de televisión que veía junto con su mamá. Pensó que al salir del baño la llamaría para saber cómo seguía de la alergia, aunque suponía que estaba mejorando, y se sumergió por completo en el agua caliente de la tina, mirando el apoyabrazos, que también le recordó a su madre y a las barandas que había instalado en la casa que le compró, pues ahora presentaba mayor dificultad para caminar.

De pronto emergió y gritó: ¡Una silla de ruedas hace esas marcas!

—Gracias, mamá —dijo en voz más baja.

El recuerdo de ella sonriendo, sentada en la silla y tomándole la mano, lo hizo comprender. El asesino sacaba a las mujeres de sus viviendas utilizando una silla de ruedas, y debido a la clara pintura de las paredes de las casas de Megan y de Elaine, y a la estrechez de los pasillos que conducían a la puerta de salida, la silla de ruedas dejó un rastro. Lo había adivinado cuando recordó las marcas en las paredes de la casa que él compró para su madre.

Entonces salió de inmediato de la bañera, se colocó la toalla a la cintura, se sacudió el pelo con otra toalla pequeña y buscó en la habitación en la mesita de noche el celular. Llamó a Anne y le dijo que entrevistara de nuevo a los vecinos de las víctimas y que preguntara específicamente si habían visto a alguien conducir una silla de ruedas las noches de las desapariciones de las mujeres.

14

Hᴀɴs ᴇsᴛᴀʙᴀ de mejor humor por el descubrimiento que acababa de hacer. Iba camino a Park City, a casa de los Bau. Cuando llegó a la dirección, se bajó del vehículo y se detuvo frente a una edificación blanca que le pareció muy brillante. Tanto como una perla. Era una casa de paredes curvas. Desde el principio le resultó antipática la construcción.

Tocó a la puerta y escuchó una voz rasposa del otro lado del intercomunicador pasado de moda.

—Buenos días. ¿Qué desea?

—Vengo a hablar con la señora Dorothea Bau. Soy Hans Freeman, agente del FBI.

No había terminado de pronunciar esas palabras cuando escuchó el sonido de la puerta, indicativo de que se abría. Empujó la reja y entró en el jardín. Había una escultura espantosa en medio de unos arbustos: era un hombre alado. Continuó caminando por un sendero de baldosas de terracota y llegó hasta la puerta principal. Entonces esta se abrió y apareció una mujer de rostro amargo que apretaba los dientes, de unos cincuenta años. Detrás de ella vio a una chica que se parecía bastante a la mujer y que mostraba una expresión burlona que no tenía la madre, como de hiena. Supuso que la joven, de unos veinticuatro años, era Margaret, la hermana de Elvin. Tenía una sonrisa desagradable dibujada en el rostro, que parecía perenne y maliciosa. Como si la fuente de alegría para ella fuese retorcida. Como Goren…

—¿Por qué el FBI viene a mi casa? —dijo con frías palabras Dorothea al cerrar la puerta, una vez que le permitió el paso a Hans, sacándolo de sus reflexiones iniciales sobre la hija.

—Porque estamos investigando las circunstancias de la muerte de la joven Gail Whitman —respondió Hans.

—Eso. Esa chica hasta muerta sigue siendo un problema para mi familia. La verdad es que no tengo idea de qué vio Elvin en ella. Pero en realidad a esas edades uno comete un error tras otro. Venga por aquí.

La mujer mostró hacia dónde debían caminar. Terminaron en un salón atestado de cosas que parecían traídas de muy lejos. La verdad era que el estilo decorativo de los Bau le parecía espantoso, sobrecargado. Encima de la repisa, junto a la chimenea, había trofeos que supuso fueron otorgados a Gerard Bau por competencias deportivas de un club.

Una vez en el salón, Dorothea le indicó dónde sentarse. Era una mujer tan exasperante como su casa.

Margaret se acomodó junto a la madre.

—Si quiere hablar con mi hijo, está perdiendo el tiempo. Yo también quisiera hablarle, pero desde hace más de un año no se comunica conmigo. Lo último que supe era que estaba en un barco, o algo así.

—Es un barco mercante de Rusia —dijo Margaret y Hans reconoció la voz rasposa que había escuchado antes.

—Ella sabe más de él que yo misma. ¿Y qué pueden querer ustedes averiguar sobre Gail Whitman si su caso fue resuelto? Esa chica era una pésima compañía, bastante maleducada y muchas veces insolente. No es que me complazca que terminara como terminó, naturalmente.

—Era interesante —dijo Margaret mirando fijamente a Hans y sin dejar de sonreír.

Él tuvo la impresión de que la joven escondía algo y de que le daba placer hacerlo.

Aquella pareja le producía una pésima sensación. Sobre todo, la hija. Eran como Moiras modernas.

—¿Por qué te parece que era interesante? —le preguntó Hans, arrugando un poco el entrecejo.

—Por inteligente. Las personas inteligentes no aburren tanto como las otras.

—No fue tan inteligente para discernir que transitar sola aquella calle era un error fatal.

—Eso no es justo, mamá. Nadie podría saber que iba a ser confundida con una prostituta. ¿O es que ahora creen que no lo fue? —dijo Margaret y Hans notó un minúsculo son de chanza en el comentario. Tuvo la convicción de que era de las personas que disfruta con los errores de los demás.

—¿Reconoces a quienes están en esta fotografía? —preguntó a la muchacha y le extendió la foto.

Entonces estudió su rostro mientras ella miraba hacia abajo, hacia la imagen que estaba entre sus manos. Se convenció de que sobre todo era una muchacha alérgica a la felicidad de los demás, tal vez porque se consideraba en desventaja; tal vez se creía poco atractiva, aunque Hans no lo pensaba así.

—Claro. Los conozco a todos. Esta es Julia Stein, este es mi hermano, pero eso ya usted lo sabe; este de aquí es Joshua Grimes, ella es Laurie Backland y el más pequeño es Robert Hastings. De todos, la única que sigue aquí en Wichita es Julia Stein Olson.

15

Cuando llegué a casa aún no se me había pasado esa desagradable sensación que me quedó desde la comida con mi hermano y Madeleine. No quería ni pensar que Patrick fuera abusivo con ella. Él fue testigo de los malos tratos de Richard y él conoció, aunque muy pequeño, el infierno en casa. ¿Podría Patrick convertirse en victimario? Esa pregunta me atormentaba. Entonces decidí no encerrarme. Dejé el auto en casa y me fui caminando al Otelo. Supuse que caminar me haría bien. Me dije que cuando estuviera allá llamaría a Madison para contarle lo que estaba haciendo. Me hace bien hablar con Madi cuando estoy confundida.

Al cabo de doce minutos estaba cruzando la puerta del bar. Aquel mismo lugar donde hacía poco tiempo me había reencontrado con Frank. Miré el teléfono para comprobar si no tenía algún mensaje suyo. Lo último que me escribió fue lo del agente del FBI y me extrañó que no me invitara a su casa o que no quisiera acordar vernos otra vez. Quizá me estaba dejando espacio para que yo llevara las cosas a mi ritmo.

Le pedí un martini a la chica de la mariposa verde tatuada

en el cuello, que frecuentemente me atiende y a la cual nunca he preguntado su nombre. Ella sabía que yo tomaba martini como lo hacía papá. En lugar de aceitunas pedía que lo preparara con un trocito de cebolla. Papá me convenció de que ese era el trago original y hasta creo haberlo confirmado porque leí que así lo preparaban, en una de las novelas de Agatha Christie. Siempre que tomo el primer martini de la noche recuerdo a papá. Creo que era maravilloso. Tal vez algo débil de carácter y muy interesado en las canciones tristes. Buscaba con afán la música nostálgica para sentir algo. También lo recuerdo en las mañanas apenas despierto y lo saludo, imaginariamente. Es para mí como saludar las cosas buenas que podrían sucederme ese día. Él murió muy pronto y nunca supo de los abusos de mi hermano Richard. Sé que todo hubiese sido diferente en casa si papá hubiese vivido más.

De pronto el bar se llenó de gente. Creo que porque estaban dando un juego de fútbol del Liverpool, y cuando eso pasaba aparecían muchos entusiastas seguidores, como si estuviésemos en Inglaterra. La ginebra comenzó a hacer efecto en mi cabeza. Pensé en Frank otra vez y, aunque no quería hacerlo, volví a recordar el ataque de aquella noche cuando lo dejé. Me decía a mí misma que parecía profundamente arrepentido y que debía quitarle importancia a ese hecho de hacía tanto tiempo. Frank me conocía desde siempre, y es un gran consuelo tener al lado a alguien cercano que no tiene secretos. Me sentí mejor, chocando la fría copa contra mis labios y recordando los besos de Frank. Iba a pedir el tercer trago cuando, repentinamente, decidí no hacerlo. Me dije que ya era hora de volver a casa. No me gustan mucho los locales cuando están llenos de gente. Además, ya había conseguido lo que quería, que era olvidar las dudas acerca de Patrick. La ginebra helada es maravillosa para producir olvidos y para hacerme entrar en lo que el doctor Lipman llama la etapa de la huida. Él dice que soy autodestructiva y que busco peligros y luego no sé qué hacer con ellos. Dudo y huyo para entonces buscar un peligro aún mayor.

Es como una espiral, y la verdad es que tengo que aceptar que soy así. He investigado, y son rasgos de la personalidad seductora. Es lo que podríamos llamar «La peligrosa espiral de Julia Stein». Ahora seguro estaba pasando por la etapa de la duda y la huida del peligro. Porque sospechaba que mi hermano era violento y que guardaba secretos, y eso era tan insoportable para mí que no pude ni siquiera llegar a casa y dormir. Luego me dije que me estaba ahogando en un vaso de agua con lo de Patrick, porque todos tenemos secretos, y que tal vez no deseaba hablar del pasado por cualquier tontería y no porque él fuera alguien peligroso, ni ligado a Gerard Bau en cualquier horror, ni mucho menos relacionado con lo que le pasó a Gail.

La verdad es que los martinis de la chica de la mariposa verde eran unos maravillosos compañeros para dejar de pensar en las sospechas que hieren. Lo único comparable a ellos es Madi, que es como un martini humano: refrescante, sin prejuicios y sin asombros. Iba a llamarla para que fuera al bar, pero al final no lo hice. Tal vez si lo hubiese hecho, ella hubiese sabido que alguien estaba siguiéndome, acechándome.

Continué un rato más sentada en la barra y me di cuenta de que el lugar comenzó a vaciarse. O al menos el ruido de las voces iba cediendo y comencé a escuchar una canción que me gustaba, pero que no logré identificar. De pronto recordé el vestido de encaje que Frank hizo para mí. Me hubiese encantado llevarlo puesto en ese momento porque me sentía atractiva. Tal vez la «mariposa verde» cargó demasiado los tragos.

No creo que mi apariencia sea tan competitiva en términos de belleza, pero el hecho es que parece que le gusté a un hombre que estaba sentado al final de la barra. Me miraba con insistencia, y él también me resultó interesante. Vestía una bonita chaqueta negra, tenía el pelo oscuro y largo y era muy alto. Me gustaba su nariz recta del tipo griego. O más bien, el conjunto que hacían su nariz y sus labios, al menos desde donde yo lo veía. Pasaron unos minutos y la chica del bar me dijo algo, con una sonrisa pícara en la cara.

—Deberías acercarte a él. O dar más señales para que él se te acerque. Normalmente no hace lo que está haciendo contigo.

—¿Él? —le pregunté correspondiendo a su sonrisa.

—El mismo. ¿No sabes quién es? —me preguntó asombrada.

—No.

—Es Matt Busch. De la línea aérea de bajo costo. Se viaja bien allí, aunque te cobran hasta por respirar.

Volví a mirar al hombre. Pero entonces una idea me heló la sangre: podía ser el asesino de Wichita. Enseguida me avergoncé de mis propios pensamientos, tan cobardes y paranoicos. Entonces me dije que ya estaba bien de riesgos por ese día, le pagué los tragos a «mariposa verde», que por primera vez se había atrevido a servirme de informante, y salí del bar.

Dicen que camino muy rápido, y debe ser cierto, pues dejo atrás a las personas que me acompañan. De pronto me di cuenta de que estaba sola en la calle por la cual crucé para acortar camino a casa. ¡Me molesta sentir miedo! Me molesta que el temor defina por dónde debo o no debo caminar, y entonces continué como si nada. Pero era verdad que estaba asustada, porque alguien me estaba siguiendo. Escuchaba las pisadas detrás de mí, pero tenía demasiado miedo para voltearme. Vino a mi mente una imagen espantosa; mi cuerpo sin vida y sin pies colgando de un árbol. Intenté calmarme y apuré aún más el paso, pero quien me seguía también lo hizo.

Entonces estuve segura de que se trataba del asesino. Me sentí atrapada, no podía respirar y estaba desesperada por escapar. Quería que apareciera alguien entrando o saliendo de alguna de las casas, pero eso no pasó.

Comencé a correr, aunque, ya era inútil. Él me alcanzó. Me tomó por detrás y yo imaginé por un nanosegundo la cara del hombre de la barra, su bella nariz y sus labios estirados y anchos, y pensé que esas mujeres también se habían visto atraídas por ese sujeto y que por ello habían muerto. Pero yo me defendería hasta el final. Entonces fue cuando comenzó la etapa de la confrontación, que forma parte de la espiral psicológica que ha descrito el doctor Lipman y que tiene lugar dentro de mí.

16

Era Albert MacArthur, el padre del niño maltratado y mi último caso en la oficina. No sé por qué me fijé en sus orejas enormes y en un hilo de saliva que había en la comisura de sus labios.

Me tomó fuerte por el brazo y luego me agarró con las dos manos, presionaba con rudeza. Me dijo que iba a matarme. Me invadió un valor extraño, como una sensación incandescente. Solo se me ocurrió responderle que si lo hacía jamás volvería a ver a su hijo. Que una cosa era ser adicto a las drogas y otra bastante peor era ser un agresor o asesino. No sé de dónde saqué tanta firmeza, pero logré que me soltara. De todas formas, no creo que se hubiese atrevido a hacer nada más. Y para mí lo más importante era que no iba a ser yo la cuarta o la quinta víctima del asesino serial. Era como si pudiera enfrentar cualquier cosa menos a ese asesino. Porque estaba convencida en ese momento de que Albert MacArthur no era el hombre que perseguía el FBI. Es extraordinario de dónde sacamos algunos convencimientos, sin la más mínima prueba. Eso es porque todos tenemos en la cabeza una idea de cómo son los asesinos y algunas veces esa idea puede ser nuestra propia trampa.

El violento Albert MacArthur me miró con rabia, pasó el brazo por su boca, como secándose tal vez el sudor, y se fue caminando lentamente como una fiera herida. Suspiré aliviada y me di cuenta de que tenía la boca seca, y sentí la piel de mi rostro y mis manos muy frías. Entonces escuché unas voces. Un grupo venía caminando por un callejón que desembocaba justo donde estaba parada, y casi dan de bruces conmigo.

Uno de los chicos, que tenía la cara llena de pecas y una nariz muy pequeña, me preguntó si tenía algún problema. Le dije que no, que todo estaba bien.

Sentí a tope la adrenalina, y con ella experimenté placer y a la vez temor. Sea lo que fuere, ya no estaba metida en una gris rutina, porque en las últimas horas, desde que vi la foto de Gail en el avión, me habían pasado más cosas que en el último año: volví con Frank, me atreví a entrar a casa en Park City, Madeleine me había hecho una extraña confesión y ahora este sujeto me dio un susto de los mil demonios. Era como si estuviese viviendo mi propia novela de suspense.

Continué caminando y, mientras lo hacía, decidí ir a hablar con el hombre del FBI. Era lo que quería hacer por sobre todas las cosas. Porque yo conocía a Gail y le debía hacer justicia si es que su asesino todavía andaba suelto y no era aquel detenido. Y ahora sabía que el padre del novio de Gail estaba metido en algo oscuro en aquel club, si era verdad lo que me había dicho Madeleine. Además, sabía que Gail usaba prendas costosas y me preguntaba cómo pudo comprárselas, por alguna razón estúpida había olvidado eso. De todas formas, a mí ningún policía me entrevistó cuando ella murió. Tal vez si lo hubiesen hecho, hubiese podido dar esa información. Estaba segura de que si el agente del FBI tenía la foto de

Gail era debido a su importancia. Y además había ido a la escuela, según me contó Frank.

Cuando crucé la puerta de casa y pasé el seguro, tuve una sola convicción: no dejaría las cosas como estaban, porque había un asesino serial atacando mujeres. Experimenté un miedo tardío y mis piernas comenzaron a temblar. Por un momento me puse en el lugar de esas víctimas, pues, aunque mi enfrentamiento había sido con MacArthur, yo había padecido una horrible sensación al saberme atrapada, y algo así debieron sentir ellas. Esperaba que no. Esperaba que fuera cierto lo que había leído sobre que el asesino las dormía al principio y que les cortaba los pies *post mortem*.

Ya en la cama, después de haber tomado un baño y una pastilla de esas de componentes naturales para calmarme los nervios y poder dormir un poco, recuerdo que mi último pensamiento fue otra vez sobre Patrick, tal vez porque el efecto de los tragos había desaparecido. ¿Por qué no quiso decirme nada de lo que me dijo Madeleine?

Anne Ashton y Hans Freeman se encontraban reunidos en la oficina del Departamento de Homicidios.

—No hay nada en las grabaciones —dijo Anne, pero luego completó—, todavía. Seguimos analizándolas.

—Está bien —respondió Hans contrariado y mecánicamente se jaló el lóbulo de la oreja.

Anne lo vio más despeinado y desaliñado. Se preguntó si habría dormido algo. Pensó que este caso le estaba afectando demasiado y que tal vez no estuviera del todo equilibrado. Solo lo había visto una vez hablar con alguien al teléfono, que le pareció era su madre. Cuando habló con ella, sonaba cariñoso y diferente. Y también supo, porque lo dijo él mismo, que tenía un buen amigo en Wichita, lo cual le pareció natural porque el agente Hans Freeman había nacido y crecido allí. El mismo Hans le dijo que gracias a ese buen amigo él se había enderezado y se hizo policía.

El despeinado Hans Freeman cada vez más se constituía en un acertijo, pero le gustaba su perfume cítrico, clásico. Era descuidado, pero al menos era limpio.

—¿Has dormido bien? —se atrevió a preguntarle.

—Claro —respondió él, y aunque no lo demostró, le pareció agradable que ella se interesara.

Luego tosió ligeramente para aclararse la voz y se dispuso a resumir los avances del caso hasta el momento.

—Hemos analizado el entorno de las víctimas hasta ahora y no hemos encontrado nada que las asocie. Se que la agente Rice ha hecho un buen trabajo. He pensado, ¿qué clase de hombre selecciona a tres mujeres tan distintas como Megan, Alice y Elaine, e hipotéticamente todas ellas lo rechazan? Esto lo digo porque hay algo en la forma como deja los cuerpos que denota respeto hacia las mujeres, cierta admiración, y creo que el sujeto ha sido víctima de rechazo, de un rechazo femenino. No veo odio en la escena, veo respeto. Por eso al principio confundí las cosas con motivaciones religiosas.

Anne enarcó las cejas. Pensó para sus adentros qué valiente era la forma como demostraba respeto el asesino: cercenándoles los huesos y perforándoles el cuerpo. De acuerdo con lo que ella sabía, ambas acciones eran denigrantes. Pero no iba a contradecir a alguien que consideraba más formado que ella en esos temas. Entonces se dispuso a seguir escuchándolo con la mente abierta.

—He manejado lo que llamamos la psicología del rechazo. Siendo tan diferentes entre sí, para gustos, pasatiempos y rutinas, incluso en apariencia, tal vez lo coincidente entre ellas es lo que no les gustaba. Me pregunté, ¿a qué clase de hombre rechazarían las tres?; y llegué a la conclusión de que lo harían con un hombre desordenado, poco inteligente y de pocas ambiciones. De allí podemos sacar otras características asociadas. Pero yo sigo creyendo que Gail fue la primera víctima, y creo que en su entorno es donde encontraremos a este hombre. Tal vez incluso fue la misma Gail la primera persona que lo rechazó. Me encantaría de verdad que pudieras ver las cosas desde mi perspectiva…

Tocaron a la puerta de la oficina.

—Hay una persona buscando al agente Freeman —anunció un joven oficial de cara muy seria.

Hans vio a través del vidrio a Julia Stein, vestida completamente de negro. Parecía una mujer misteriosa, empecinada, sorpresiva y sobre todo interesada en detalles que la mayoría ignoraría. Recordó su mirada sobre la foto de Gail Whitman, y tal vez desde ese momento sintió que Julia Stein era especial. De esas personas que no puedes olvidar fácilmente, con las que intuyes que tienes algo que ver o que podrías tenerlo. Se le quedo mirando mientras caminaba hacia él, con determinación, con un empeño extraordinario… La joven que le resultaba inspiradora, aun sin conocerla, se le había adelantado porque él también iba a buscarla.

Entonces dejó a Anne y al oficial dentro de la oficina y se apresuró a salir. Cuando estuvo junto a Julia, la miró con curiosidad.

—Hola —dijo ella como si lo conociera de siempre y sonrió—. ¿Usted está estableciendo una relación entre la muerte de Gail Whitman y estas nuevas muertes? Yo sé cosas sobre Gail Whitman que puedo contarle.

PARTE III

1

—Deberías agradecer que no te hago pasar por episodios de dolor físico inaguantables. Solo quiero que comprendas, que abras tu mente a una forma diferente de desesperación. A ver si logro elevar un poco tu pensamiento, porque siempre fuiste tan básico como tu padre. Y, por ser así, a nadie haces falta. ¿O es que crees que alguien en este bonito mundo está pensando en ti en este momento? ¡Y si te vieran ahora, sin dedos...! Recuerdo que solías señalar así, levantando el dedito y poniendo tu cara de búho, pero ya no te pareces a ese atractivo muchacho de la escuela que se las daba de listo y que lo tenía todo.

La víctima sabía cuál parte de su cuerpo desaparecería la próxima vez porque el asesino se lo anunciaba al oído, y era lo último que escuchaba antes de perder la consciencia. Al hombre en cautiverio ya le habían amputado los dedos de ambas manos y de los pies. Había perdido la última esperanza de mantenerse con vida. Llevaba siete meses encerrado en el granero. Solo deseaba que su captor le administrara una mayor dosis de sedante que lo hiciera dormirse y no volver a despertar en ese infierno eterno que había construido para él. Quería pedirle que lo matara de una vez, pero ni siquiera podía hablarle.

Recordaba algunas palabras y frases, pero todo se le mezclaba como si se estuviera desintegrando, como si ya no supiera la secuencia de los eventos ni la diferencia entre la fantasía y la realidad. Su existencia se reducía a saber que perdía poco a poco las partes de su cuerpo. Entre recuerdos nebulosos aparecían las palabras del monstruo que lo estaba destruyendo: «Perderás el dedo anular…». «Le toca al dedito pequeño del pie izquierdo…». «No te desesperes que los ojos serán casi al final y todavía no has llegado allí…». «Ya puedes imaginar, aunque no te has caracterizado por tener mucha imaginación, cuál miembro te quitaré para dejar claro quién será ahora poco hombre…». «Se te saldrán los ojos cuando veas quién es mi acompañante en todo esto, ¿o es que no te has preguntado quién averió tu auto?».

Cada miembro que amputaba era una victoria para el asesino. Había comprado un refrigerador pequeño y en él guardaba la carne que quitaba del cuerpo de la víctima, que aún mantenía con vida. Dosificaba el consumo de sus propios miembros mezclándolo con el pasto. Cuidaba de dejar las uñas en el vaso de agua que le daba. Así podría verlas, al final, el sediento condenado. Era solo un chiste, como aquellos que él hacía, burlándose de todos sin conocer el valor de la amabilidad, sin que ninguna autoridad en la escuela se enterase de que era un patán en ciernes, como su padre. Lo peor era que todos creían que era un buen chico, formal y educado. Los sujetos como él eran asquerosos por dentro y había que hacerlos asquerosos por fuera, para descubrirlos. Eso pensaba el asesino mientras iba al granero. Ya llevaba diez meses haciéndolo y nadie había descubierto su juego.

Durante esta nueva visita había planificado coserle los labios y luego instalarle una sonda nasogástrica para que no muriera de inanición aún, y de allí en adelante solo alimentarlo con sueros. Había aprendido cómo hacerlo a través de un sitio en Internet y estaba seguro de que podría encargarse sin dificultad. También había adquirido un kit de instrumentos quirúrgicos que pagó a través de PayPal. Como siempre, lo tenía todo controlado.

Cuando terminó de coser los labios y de instalarle la sonda, se sintió con ganas de celebrar. Salió del granero y condujo de vuelta a Wichita. Pero una vez allí, en lugar de seguir la vía a casa, se desvió y quiso conocer el nuevo bar del cual le habían hablado en la oficina. Leyó una reseña en la prensa y le agradó bastante. Era estilizado: nada de música estridente ni de gente ordinaria riendo y hablando en voz alta y molesta. No podía soportar tales comportamientos. Eso lo había sacado de su madre, que era una mujer muy elegante, muy educada.

Cuando llegó, detuvo el auto y se lo entregó al chico del *parking*. Todo estaba perfectamente sincronizado, no tuvo que esperar para entregar el vehículo ni para entrar en el lugar, a pesar de que estaba de moda, tal vez porque era miércoles. El bar no lo defraudó. Era oscuro, elegante, lleno de muebles de buen gusto de tapicería con colores discretos, y ninguna disonancia en la decoración. Pidió un *bourbon* y miró alrededor. De inmediato el barman, un hombre menudo y calvo, de ojos grises y afilados, le sirvió el trago en un vaso corto de cristal verduzco, y puso justo al lado un pequeño recipiente de plata con dos cavidades que contenían pretzels y macadamias. Sonaba Norah Jones con *Those Sweet Words*, y la noche se desarrolló perfecta hasta que llegó una mujer muy alta que se sentó a su lado. Reía como una cacatúa y vestía un traje de pésimo gusto, naranja y marrón. Era como un reptil prehistórico que debió haber muerto hacía tiempo. No estaba bien que ella estuviese allí para empañar aquel lugar que le había parecido mágico. La miró con ira. Quería que notara su desagrado porque ella era un error que lo dañaba todo. Quiso agarrarla del cuello y tirar, estrujar sus labios y mancharle la cara con ese espantoso color lila que mostraba el labial que llevaba. Ni Tracy Chapman, que comenzó a sonar logró calmarlo, porque la risa de la mujer que intentaba sacarle conversación al barman se apoderó de él como un veneno.

Miró fijamente una botella de Absolut que estaba sobre la barra e imaginó que se la estrellaba en la cabeza con fuerza, y que los vidrios estallaban y le herían los ojos. Personas como ella eran las que estaban mal. La gente que destruía la atmósfera sutil, la suavidad.

De pronto ella lo miró y sonrió. Desde ese momento el asesino supo que debía sacar provecho a esa maravillosa habilidad que tenía de ocultar la furia que era capaz de sentir. Entonces el *bourbon* le supo aún más dulce. Era capaz de parecer inofensivo a los ojos de la gente que odiaba, y no imaginaba un poder más grande que ese. Le devolvió la sonrisa a la asquerosa mujer reptil, pensando en el hombre que estaba despedazando poco a poco en el granero. Solo él tenía esa forma de frenar el mundo y torcerle el brazo. Era un superhombre oculto, y brindó por ello.

2

Lanzar los dardos, mirar los círculos, apuntar mientras oigo mi lista de Spotify con los auriculares a volumen alto, las ideas brotan en mi cabeza. Ahora estoy más convencida que nunca de que, aunque Hans Freeman no me dijo nada sobre ello, el asesino de las mujeres y el asesino de Gail es la misma persona.

Di justo en el blanco mientras cantaba *Read My Mind* de The Killers. Esa mañana tenía buen tiro con los dardos, como si estuviera apuntando al asesino de Wichita y también a mi hermano Richard. Esperaba que involucrándome más en el caso del asesino serial dejaría de tener mis terribles pesadillas.

Canté a todo pulmón «You say I am falling behind, can you read my mind?», y lancé el dardo a Richard, quien siempre se alimentó del miedo que leía en mi mente. Haber volado junto a Hans Freeman había sido el comienzo de algo diferente y ahora era yo quien intentaría leer la mente de los demás. Fue cuando decidí hacer un plan que consistía en acercarme a Margaret Bau, para descubrir al verdadero asesino de Gail, pero primero hablaría con la hija de Otto

Dupont, usando como excusa que la Dirección de Servicios Sociales de la municipalidad estaba interesada en conocer los programas de ayuda que la Fundación Brother Dupont llevaba a cabo. Si algo sabía hacer yo era construir discursos. Estaba en conocimiento de que la hija de Otto Dupont, la insufrible muchacha alta que aún recordaba de la escuela, era la encargada de esa fundación.

Otra vez lancé un dardo y nuevamente di en el blanco. Me sentía inspirada. Después me tumbé un rato en el sofá. Me dije que tal vez lo del club que alertó Madeleine no era nada, sino una pista falsa, pero en el fondo no quería que fuera así, siempre y cuando no tuviese nada que ver con Patrick. Quería que fuera una información importante. Y también pensé que era difícil saber cuándo una pista es buena y cuándo es irrelevante, y que eso debía irlo aprendiendo con el tiempo, pues no todo era ímpetu y ganas. Me levanté del sofá otra vez. No podía quedarme quieta, estaba muy excitada, y entonces pensé en tomarme el segundo café del día. Mientras lo preparaba, volví a repasar por enésima vez ese corto encuentro con el agente Freeman. Me había parecido un hombre atormentado, pero, a la vez, comprometido y obsesionado por su trabajo. Me dije que yo también lo sería si mi trabajo se pareciera, aunque fuera un poco, al que él tenía. Madi una vez me dijo que la gente del FBI suele reclutar personas excepcionales y que no importa si esas personas no habían estudiado para ser criminalistas. Un novio de Quantico que tuvo se lo había asegurado.

Revolví el azúcar en la taza mientras fantaseaba con que Hans Freeman me reclutaba. De pronto, como un balde de agua fría que apagaba mi candente imaginación, pensé en Frank. Frank Gunn era la realidad y Hans Freeman era solo una ilusión. Pensé que debía contarle todo lo que estaba haciendo, que no era justo dejarlo afuera, ya que él también era buen amigo de Gail. Entonces lo llamé y le dije que me gustaría verlo en la noche; le encantó la idea.

Tuve que resignarme a trabajar y prepararme para ir a la oficina. Los dardos, The Killers y la emoción con la cual me había despertado producto de mi visita a Freeman tendrían que esperar. Me puse una blusa de seda blanca con dibujos de ramitas negras y unos *jeans* oscuros. También unos zapatos negros de tacón alto, para no parecerme a nadie en esa aburrida oficina. Salí de casa y conduje como una posesa. Llegué a la Dirección de Servicios Sociales e intenté disimular mi exaltación y comportarme como una persona normal. Me senté en el escritorio y miré los papeles que dejé sobre él, apenas dos días antes, y me dio la impresión de que habían permanecido allí desde hacía un siglo. Creo que inicié un estado de desdoblamiento para pensar, simulando que trabajaba. Era como si mi conciencia se hubiese desprendido de mi propio cuerpo y, aunque estuviese allí sentada, en realidad estaba lejos y enfrascada en mi encuentro con Freeman. Era verdad que él no había soltado prenda en cuanto a la razón por la cual miraba la foto de Gail cuando hablamos y le pregunté, pero también era cierto que estaba averiguando su pasado en la escuela. ¿Es que el FBI iba tras la pista de algún maestro? Recordé que el maestro de Matemática nos parecía siniestro y demasiado interesado en nuestras vidas, y que la secretaria de la dirección, llamada Darlene o algo así, era una verdadera bruja rígida, pero de allí a ser un monstruo, como el que estaba asesinando en Wichita, había mucha distancia. ¿Es que estaba segura de que el asesino serial de Wichita tenía que ser un hombre? Me reprendí porque tampoco podía pasarme la mañana inventando gente sospechosa y sacándola de mi pasado. ¿Pero por qué el asesino de Gail había matado a esas mujeres después de tanto tiempo? Además, estas eran personas que yo no conocía...

Se me pasaron las horas, no sé ni cómo llegaron las doce del mediodía, y todos en la oficina se fueron a comer. Creo que ellos piensan que no soy del todo humana. Confieso que no salir a almorzar a la hora que lo hace todo el mundo me hace sentir superior a ellos, algo irreverente, y eso me gusta. Otras veces creo que no lo hago porque me da miedo no encajar con ellos y que piensen que soy rara. Aunque los inhumanos son ellos, pues debe ser una pésima fortuna, una suerte infame, creer que la vida es resguardarse en un departamento como ese, esperando las horas de comer y de salida sin ningún otro interés. Yo ahora tenía algo que llenaba mi vida, que era descubrir la verdad sobre la muerte de mi amiga Gail. Develar si lo que hacían Gerard Bau y Otto Dupont tuvo relación con su muerte. Si quien mató a Gail era la misma persona que estaba matando mujeres en el presente, yo debía conocerlo, y lo más seguro era que tuviera que ver con el asunto de Bau y Dupont, del cual me había hablado la asustada Madeleine. ¿Y si era Elvin Bau el asesino? Nadie había sabido nada de él en mucho tiempo, según decían. Lo imaginé escondido en esa casa blanca de Dorothea, y ella diciendo que no lo había visto nunca más, e imaginé a la odiosa Margaret siendo su cómplice y escondiéndolo.

Suspiré ante tanta fantasía y decidí buscar una tercera taza de café. Rebusqué en un recipiente que guardo en la primera gaveta del escritorio y noté que estaba vacío. Lo intento conservar lleno de granos de café tostado. Comerlos me calma. Antes probé con las semillas de girasol por indicación de Jimmy, porque algunas veces me dejo llevar por lo que los demás me proponen, y para no consumir tanta cafeína, pues he notado a veces un leve temblor en mis manos. Pero las semillas de girasol no logran el mismo efecto. Así como la cafeína altera mi cuerpo, también altera mi mente y me hace pensar bajo una lógica diferente, más imaginativa. Y yo creo que eso es positivo, así que he vuelto a mis granos de café tostado como siempre, aunque Lipman diga que consumir tanto café al día es otra de mis prácticas autodestructivas.

Fue entonces cuando vi a Madi, quien se me acercó y me dijo que alguien venía a visitarme.

—¿Alguien? —pregunté con la esperanza loca de que fuera Hans Freeman.

Pero era Madeleine. Parecía que iba camino al patíbulo y que lo hacía con una enorme resignación.

La conduje a un saloncito que usamos para hablar en privado con los familiares en los casos que procesamos. Le pedí que se sentara junto a mí. Ella lo hizo y no me dijo nada. Solo me entregó un sobre. Recuerdo que era marrón oscuro, y siempre he detestado los sobres de ese color. Para mí significan trámites y reglas, signos de la maquinaria que aplasta a la gente en los departamentos. Lo abrí intrigada. Eran fotografías amarillentas de mujeres infelices posando golpeadas y con las ropas deshechas. Evidentemente habían sido atacadas, y se me ocurrió que el mismo atacante las fotografió. Las tiré sobre la mesa que estaba frente a nosotras porque tenía que soltarlas; estaba demasiado cerca el horror en mis manos, demasiado concentrado en esas imágenes. Tuve que salir corriendo porque tenía unas ganas terribles de vomitar. Creo que no había estado tan fría desde que Richard murió. Era como un témpano de hielo y no una persona de carne y hueso.

3

Anne le preguntó a Hans la razón de la visita de Julia Stein. Hans tuvo que contarle —con algo de pena— que la chica creía que tenía información valiosa en relación con Gail Whitman.

—Verás, casualmente viajó en el avión de venida a Wichita. Noté que miró como si reconociera la fotografía de Whitman, pero no cruzamos ninguna palabra. Luego he estado en conversaciones con la madre de Gail Whitman y he ido a la casa de su antiguo novio, llamado Elvin Bau. Él no está en la ciudad y no lo han visto en mucho tiempo, está desaparecido u oculto según dice su madre, pero me he entrevistado con ella y con una de las hermanas, Margaret. No te he puesto al tanto de esos movimientos porque aún no he podido lograr convencerte de que Gail Whitman es la primera víctima del asesino serial de Wichita, aunque no renuncio a esa idea —dijo Hans.

Anne lo miraba sin ninguna molestia. Entonces él continuó explicándose.

—El asunto es que esta chica, Julia Stein, era del círculo

cercano de amigos de Gail Whitman, y entonces ató cabos y se dio cuenta de que si yo había venido a investigar al asesino serial y tenía una foto de su amiga era porque algunos del FBI pensamos que los eventos están relacionados. Me contó algo de unas actividades de un club que frecuentaba el padre de Elvin Bau, Gerard Bau.

—Sé quién es Gerard Bau. No era una buena pieza, pero siempre estuvo amparado y nunca dio pie para llegar a tener problemas legales ni penales.

—Según la cuñada de Julia Stein, Gerard Bau y Otto Dupont estaban metidos en algo turbio que tenía que ver con algunas actividades en el club.

—Sí, sé cuál club. ¿Y has dicho Otto Dupont? —dijo Anne sin contener el asombro. Se estaba imaginando lo que vendría encima del Departamento si se demostraba cualquier cosa contra Dupont. Calladamente le pidió a Dios que lo que contaban no fuera cierto.

—Eso fue lo que dijo Julia Stein. Viéndolo bien, no tiene nada más. Ni una sola prueba... —se lamentó Hans.

—¿Y de dónde saca la cuñada la información? —preguntó Anne, mostrando actitud resolutiva.

—Simplemente se lo dijo. Según cuenta, el hermano de Julia Stein, Patrick, era bastante cercano a los Bau y en una oportunidad le dijo a su esposa que tanto Bau como Dupont no eran lo que aparentaban ser puertas adentro.

—¿Patrick Stein tampoco tiene información sobre el paradero de Elvin Bau?

—La chica no lo dijo, pero creo que no —dijo Hans, tomando conciencia de que debió preguntarle eso a Julia y no lo hizo.

—Y tú quieres ubicar a Elvin Bau, supongo —concluyó Anne.

—Sí. Al principio sin mucha alharaca, y luego como sea preciso.

—Bueno, hasta que no tengamos nada más... —dijo Anne, dejando la frase inconclusa.

—Lo sé —respondió Hans, resignado.

En ese momento Juliet Rice tocó a la puerta de la oficina, entró y transmitió una información.

—Dos técnicos ingresaron en las casas de Alice y de Megan para comprobar lo de la silla de ruedas. Confirmaron que la altura de las manchas coincide con el roce de una silla tipo estándar, y también encontraron unas huellas en una de las alfombras en la casa de Megan que coincide con el rastro que dejaría una de las ruedas de la silla. Se encuentran haciendo análisis microscópicos de esas áreas, pero puede tardar un poco porque uno de los mejores técnicos enfermó con una fuerte alergia, pues parecía que Alice había fumigado recientemente.

Hans se quedó pensativo al oír eso, como alelado, y luego se dio cuenta de que debía dar las gracias a Juliet por su buen trabajo.

Anne lo interrumpió cuando agradecía a Juliet.

—Entonces intentemos averiguar el paradero de Elvin Bau, que está «desaparecido u oculto» —dijo como si se hubiese quedado con esa idea en la cabeza, y como si ahora estuviese considerando la importancia de atender el asunto de Gail Whitman como parte de las investigaciones.

Hans en lugar de alegrarse porque Anne comenzó a ver las cosas desde su perspectiva, la escuchó, pero pensó en otra cosa. Recordó a Valerie Crawford y su manía de querer controlarlo todo; y la habitación tal cual Gail la dejó, el desorden, la ropa, la pared, las películas. Lo normal en una chica de su edad, pero había algo diferente, y era aquel cuadro de carboncillo desdibujado que contaba con un marco exagerado y rocambolesco. No era para nada el estilo de la muchacha, y eso era lo que le rondaba la cabeza y le incomodaba, pero no había podido traducir por qué. Entonces pensó que ese podía ser un perfecto escondite, tan a la vista y a la vez tan oculto…

Salió disparado ante la mirada asombrada de todos.

Llegó a la casa de Gail Whitman. Valerie Crawford le abrió la puerta como si para ella fuera un amigo cercano, y lo dejó pasar. Hans fue directo a la habitación de la joven muerta, levantó la pintura a carboncillo y detrás encontró un catálogo brillante, negro con las letras VP en color dorado. Pensó en las huellas y desfundó el pequeño cojín que había sobre la silla, y a través de la tela manipuló el catálogo. Mostraba chicas jóvenes en poses sugerentes. Comprendió el producto. Se relacionaba con la promoción de un centro de mujeres que se prostituían. Recordó lo que dijo Julia Stein. Tuvo la intuición de que ni la memoria de Gerard Bau ni la vida de Otto Dupont iban a salir bien paradas. Supuso que tal vez en casa de Elvin Bau, Gail había encontrado el catálogo y comprendió que era del papá de este. Supo lo que significaba, y eso podría ser un móvil. Entonces pudo ser que Gerard Bau hubiera sido descubierto por Gail, en lo que podría manchar su nombre, y la muchacha se convirtiera en un peligro potencial. Pensó que si Otto Dupont estaba mezclado también, según lo dicho por Julia Stein, podrían estar viendo solo la punta del iceberg. ¿Sería Otto Dupont el asesino serial?

—¿Usted conocía a Gerard Bau? —le preguntó a Valerie Crawford, quien se había quedado parada en el umbral.

—No lo recuerdo. Tal vez. Desde lo de Gail se me confunden los rostros, los nombres, todas las personas.

Hans comprendió que el estado de la madre de Gail no era el más adecuado para atacarla con preguntas en ese momento.

—¿Qué ha encontrado allí? ¿Eso que tiene en las manos? ¿Un libro de mi Gail?

—No es un libro. Es un catálogo de…

La mujer se volteó y se fue sin esperar a que Hans terminara de explicarse. Él comprendió que ella no quería saber nada que enturbiara la memoria de su hija. Nuevamente sintió lástima por ella. En ese momento sonó su teléfono. Era Anne. Atendió y le pidió que aguardase unos cinco minutos. Quería hablarle cuando estuviese fuera de la casa de Gail Whitman. Le dijo que él le devolvería la llamada.

Antes de salir de la casa, vio a Valerie sentada de espaldas y enhebrando. Se la imaginó cosiendo el trozo de látex en su mano, pero desechó esa horrible imagen. Sin embargo, tuvo la seguridad de que tarde o temprano lo haría.

Ella, sin voltearse, le habló.

—Puede llevarse de aquí todo lo que quiera. Pero no haga que la gente sepa cosas malas de Gail. Se lo agradecería, porque eso no podría soportarlo.

—No se preocupe. No lo haré —le prometió.

Hans cerró la puerta.

Mientras caminaba al auto, recordó los premios en casa de los Bau, y las palabras de Julia Stein otra vez le cayeron encima. Lo del club… era el Club City, el más antiguo de la ciudad. Él conocía ese escudo, que había visto en la casa de Dorothea Bau. Creía estar seguro.

—Anne, el club que frecuentaban Bau y Dupont que dijiste saber cuál era, ¿es el City? —preguntó Hans una vez que Anne le respondió la llamada, mientras él encendía el vehículo.

—El mismo. ¿Dónde estás?, ¿por qué saliste de aquí como alma que lleva el diablo? ¿Qué estás haciendo?

—Después te explico. Ahora te enviaré una secuencia de fotos de la portada y las páginas de un catálogo llamado VP.

Dile a Cotten que averigüe todo lo que pueda sobre él. Lo encontré oculto en el cuarto de Gail Whitman. Dile que utilice reconocimiento facial de las muchachas que allí aparecen y haga lo que sea para saber quién publicó el catálogo y encontrar a las retratadas. Pídele a Rice que investigue las fechas y los lugares de torneos del Club City y los compare con las fechas y los lugares de los ataques a las prostitutas. Intenta dar con el paradero de Elvin Bau. Por cierto, tengo que darte las gracias porque debido al comentario que hiciste sobre el asunto de que Elvin Bau estaba «oculto», y por la manera como enfatizaste esa palabra, vi con claridad lo que me perturbaba del cuarto de Gail. Aquella pintura al carboncillo era inconsistente con el gusto de la chica y la única razón por la cual estaba allí colgando en la pared era porque la consideró un excelente escondite. Era un lugar perfecto para ocultar algo a su madre, ya que esta nunca se imaginaría que era un refugio, y nunca lo tocaría para cambiarlo de lugar o para desecharlo, porque seguramente alguna vez le dijo que le parecía bonita. Gail sabía que su madre era un peligro para su intimidad, y que lo escarbaba todo intentando descubrir sus secretos. Supongo que Valerie todos los días revisaba la habitación de Gail, le revolvía los objetos, abría los cajones de la cómoda, miraba bajo la cama y el colchón. Lo irónico es que después de la muerte de la chica ha conservado la habitación tal cual ella la dejó. La gente muchas veces hace lo correcto por las razones incorrectas, y lo hace muy tarde…

—¿Y a dónde vas? —preguntó Anne cortante, quien no estaba segura de comprender todo lo que Hans acababa de decirle.

—Al Club City. Alguien tiene que haber visto u oído algo.

4

DESPEDÍ A MADELEINE CON UN ABRAZO. Aunque no fuera cercana a ella, la verdad es que le concedía valor para haberme traído el sobre. Nadie en la oficina se dio cuenta de la crisis que atravesé por haber visto esas imágenes tan horribles, porque el baño queda muy cerca del saloncito donde estábamos.

Repasé las palabras exactas de mi cuñada. Las que había pronunciado hacía pocos momentos.

—Patrick tenía esto en casa, escondido, pero algo tan espantoso tiene que descubrirse —me dijo.

—¿Pero por qué guardaría Patrick algo así? Él no podría… —le respondí preocupada.

—No podría estar metido en algo como eso. Eso ibas a decir. No lo sé. Ya no me habla, está distante, como si una sombra lo hubiese atrapado, una vieja sombra —añadió ella.

—Deberías preguntarle por qué tenía esas fotos. No quiero meterme en los asuntos de ustedes dos, pero yo creo que deberías hablarle de esto a mi hermano. No puedes andar por allí haciendo como si nada pasara. Eso no es sano ni para ti ni para él —le aconsejé.

—Él no sabe que yo las tengo. ¿Y si me dice que es cierto? ¿Que disfruta viéndolas? ¿Que Bau lo llevaba con él cuando era chico y era partícipe de ese salvajismo? Ves, las fotos son viejas, allí están las fechas en el dorso. Y tienen las firmas detrás, de Bau o de Dupont. ¡Lo ves! ¡Eran ellos! Y al menos Gerard Bau era cercano a Patrick. Yo primero pensé que lo era porque yendo a esa casa Patrick escapaba de la de ustedes, por lo de Richard.

—¿Qué te ha contado Patrick sobre Richard? —le pregunté sin más dilaciones.

—Que era un monstruo contigo —me dijo ella con una simpleza brutal, y en esas pocas palabras sentí que se resumieron mis años de niñez.

Recuerdo que entonces miré el dorso de las fotografías. Y ahora, estando sola, volvía a hacerlo. Las saqué de mi bolso, donde las había metido cuando Madeleine se fue, esperando tener más valor para volverlas a mirar. Y lo tuve. Allí estaba, observando aquello, esas expresiones de dolor en las caras, aquellos signos de maltrato, y sobre todo la mirada de una de ellas, que me parecía casi una niña. Era verdad que las fotografías estaban firmadas por detrás, o por Dupont o por Bau. Y tenían escritas unas fechas entre los años 2005 y 2010. Entonces una punzada de dolor ácido apareció en la boca de mi estómago porque volví a pensar en Patrick. Él sería solo un niño, pero en esas fechas era cuando más frecuentaba la casa de Gerard Bau. Pensé que debí haberle preguntado a Madeleine si él era violento con ella. Pero no tuve el valor de hacerlo. Al menos no mostraba signos de maltrato, pero había hombres hábiles para golpear en zonas que nadie vería.

Me aterraba la duda de que mi hermano fuera una mala persona. Vino a mi cabeza la frase de Faulkner en *Réquiem para una mujer*, que había leído hacía seis meses porque Jimmy la tenía en su casa. «El pasado nunca está muerto. De hecho, ni siquiera es pasado».

El problema era que, mientras tomaba el último sorbo de café frío y noté un ligero temblor en mi mano, pensaba que tal vez Patrick no era lo que yo creía, que tal vez el pasado de crueldad de Richard aún lo tenía atrapado, no como víctima, sino como victimario. Por eso, como decía Faulkner, ese pasado horripilante en mi casa no estaba muerto. Y por eso, yo me despertaba en las noches sintiendo que Richard seguía vivo. Tal vez Patrick aprendió la crueldad de Bau y de Dupont, y lo que uno aprende a cierta edad se queda con uno. Y por eso tenía esas terribles fotografías guardadas, porque disfrutaba mirándolas.

Sentí ganas de llorar. Tuve que salir a caminar. No podía estar sentada allí más tiempo. Terminé en la ribera del río. En la placita a la que siempre mis pies me llevaban cuando me sentía mal. Me fije en una mujer que vestía de rojo, y no sé ni por qué lo hice. No puedo entender cómo alguien puede vestir de ese color por gusto propio. La mujer se perdió de vista y, al mismo tiempo que desapareció, pensé que tal vez Gerard Bau le había dado esas fotografías a Patrick, pero que él no estaba de acuerdo con esos tratos. Algunas veces los hombres son muy cobardes para decir a un amigo —y mucho más si ese amigo es alguien que se admira— que no están de acuerdo con algo.

Entonces me pregunté quiénes serían las mujeres en las fotos. Volví a mirarlas y recordé la vez que Richard me golpeó muy fuerte en la cara, y volví a sentir el ardor y la indignación. Corrí veloz, corrí a la vera del río Arkansas. Yo sí creía, porque desde siempre he necesitado creerlo, que uno puede escapar del pasado.

5

Correr me calma. Parece que las ideas se asientan en mi cabeza y que, sobre todo, se ordenan. Entonces soy capaz de poner las dudas en su lugar, los miedos en el suyo, y la planificación de las acciones para lograr avances en otro lugar. Tal vez eso lo aprendí desde pequeña, gracias a Richard. La impresión de las fotos ya me había pasado y decidí hablar con mi hermano para aclarar su participación en ese feo asunto. Lo haría más tarde porque no me era fácil ir a Park City, y si le llamaba, estaba segura de que inventaría una excusa para no verme. Por lo pronto debía volver al trabajo. Eso hice e intenté retomar el informe del niño MacArthur. Sabía que debía reportar el desagradable encuentro con el padre del niño, lo cual no había hecho hasta ese momento porque la visita de Madeleine me había trastocado.

Llevé la tarde lo mejor que pude —disimulando— y a la hora de la salida fui a visitar a la hija de Dupont. No podía asegurar que mi hermano estuviera metido en algo malo, pero lo que sí sabía era que Gerard Bau y Otto Dupont lo estaban. El primero había muerto, gracias a Dios. Pero Dupont estaba vivo y coleando y se había librado de las consecuencias de sus actos. Además, pensé que él también podía ser el asesino. Recordé cuando lo vi entrar en el edificio, cuando salía de visitar a Frank. Pero me pareció débil. Repugnante pero envejecido. Entonces fue la primera vez que sospeché de Klaus Dupont. Pensé que tal vez su hijo había cristalizado una forma de violencia aun superior a la de su padre. Después de todo, Dupont golpeaba mujeres, pero de allí a cortarles los pies, hacerles agujeros y dejarlas colgadas, había un largo trecho. Era como si el asesino serial contara con un sentido de la estética todavía más perverso que el que mostraban las fotografías que Madeleine me había entregado. Sé que mi subconsciente me estaba jugando una mala pasada. Así como pensé que el antipático y retorcido hijo de Dupont podía ser el asesino serial, así parecía alertarme que podía ser que Patrick —mi querido hermanito— hubiese mejorado la crueldad de Richard. Esa terrible idea me acechaba desde dentro irremediablemente, aunque yo intentaba desembarazarme de ella y destruirla en vano, conduciendo todas las sospechas a los Dupont.

En ese momento no se me pasó por la cabeza llevarle las fotografías a Hans Freeman. Quería hacerme cargo del asunto yo sola.

¿Era Mary Ann o era Betty Ann? Intenté recordar el nombre de la hija de Otto Dupont, pero no lo logré. Tengo mala memoria para los nombres.

En pocos minutos estuve aparcando el auto en el estacionamiento del imperio Dupont. Esperaba no encontrarme con Frank porque tendría que explicarle rápidamente lo que quería manifestarle con calma cuando estuviésemos juntos. Volví a anunciarme con el mismo hombre de la recepción y me miró de la misma manera que lo hizo antes. Yo hubiese esperado que me dijera algo como «¿Viene nuevamente a visitar al señor Frank Gunn?», pero tal vez eso hubiese hecho alguien normal, y parecía que todos en ese lugar distaban mucho de ser normales. Todos, excepto Frank.

Mary Ann me recibió y tengo que reconocer que hasta me resultó simpática. Parecía muy competente en su trabajo, y también debo decir que su oficina era sencilla y sobria, muy agradable. Durante media hora estuve escuchando las maravillas de los programas de la fundación que ella conducía. Fingí interés de una forma convincente, creo. A medida que avanzaba la conversación se me empezó a meter una idea en la cabeza, ¿y si el asesino no era una sola persona y había la complicidad de una mujer? La verdad es que Mary Ann podría ser una compañera efectiva para cualquier cosa. Es de esas mujeres que dan esa impresión. Y, por otro lado, en la prensa no hablaban de asaltos sexuales en las víctimas, y eso podía significar la implicación de una mujer. Pensé en domesticar mis dudas, pues Mary Ann iba a darse cuenta de que no le estaba prestando atención.

Me ofreció una taza de café (otra más), y acepté pensando que mientras lo consumía era un buen momento para intentar saber cosas del pasado. Me las ingenié para preguntar por su padre y la amistad con Gerard Bau, pero Mary Ann no me dijo gran cosa. Solo que su papá había lamentado mucho la muerte accidental del señor Bau. Que solían ir al club con frecuencia, al ubicado en la calle norte de Broadway cerca del Old Town, y que hacían torneos de ráquetbol y *squash*, y que daban fiestas en los salones privados del club en el piso más alto. Me pareció que hablaba con alguien que de pronto comenzó a responder como si tuviera doce años, como si repentinamente hubiese perdido la madurez que había mostrado al principio.

Salí de la bonita oficina de Mary Ann agradeciéndole su tiempo.

Entonces lo vi. A Klaus Dupont. Creo que se dio cuenta de que le tenía miedo. Salí aprisa, sin siquiera saludarlo, y entré en el ascensor, pero él también lo hizo. No pude decirle nada porque mi lengua estaba paralizada, y la sentí pesada y pegada al paladar. Cuando se abrieron las puertas del ascensor, salí apresurada y él me siguió. Corrí hasta mi auto. Entonces él se detuvo y se quedó allí parado hasta perderme de vista. Ese momento fue como un *déjà vu*. Entonces me convencí de que Klaus Dupont era un asesino.

6

Hans llegó al Club City, ubicado en la calle N. Broadway muy cerca del Old Town. Lo recordaba exactamente igual a como lo veía; madera clara y árboles artificiales, y al entrar, un enorme caballo azul en una pintura. Parecía que el último decorador que trabajó allí lo hizo en los años setenta, y se había enfrascado en llenarlo todo con objetos de plata, vidrio soplado y porcelanas de Meissen. Hans imaginó los platos de comida que debían servir en el comedor de aquel lugar; los cócteles de camarones, el caviar, las salsas y las carnes bien hechas puestas en un plato con unas hojas de lechuga, bajo unos tomates cortados en forma de corona, y sintió desazón ante semejante imagen.

Siempre fue para él el lugar donde la rancia elite de Wichita se exhibía, pero sobre todo se cuidaba a sí misma. Se fijó en un globo terráqueo que estaba junto a la puerta y en una silla con un cojín forrado de satén azul de estilo barroco, y le pareció un signo de hipocresía. El globo terráqueo en la entrada, como si les importara el mundo o algo más que no fueran ellos mismos. En apariencia se hacían las cosas que se hacen en un club: jugar, hablar, comer, beber y socializar. Pero lo que realmente hacían las personas que iban a lugares como esos era protegerse de los cambios que se daban en la ciudad. El Club City era como una secta con creencias tradicionales, donde los creyentes se lamían las heridas entre ellos. Una sociedad neurótica dispuesta a hacer lo que sea por su seguridad. Hans conocía esas solidaridades mecánicas de sociedades como las del Club City, porque no solo las había estudiado en la universidad, sino que las había visto en acción cuando una persona poderosa era investigada o imputada.

Desde que cruzó el portal del City sintió cómo fue objeto de las miradas extrañadas y aprensivas de quienes allí estaban. Decidió no entrar a la edificación principal, sino hablar con un portero que tenía cara de no haber dormido bien desde hacía por lo menos un siglo. Era un hombre mayor y su pelo entrecano estaba semioculto detrás de una gorra azul y blanca. El hombre vestía un uniforme azul índigo bastante nuevo, y el contraste con lo deteriorado de su rostro y con lo encorvado de su figura completaba una imagen contradictoria.

—Agente Freeman del FBI. Quiero hacerle unas preguntas, señor...

—Tuscott. Reginald Tuscott. Ese también es el verdadero nombre de Ray Milland.

Hans enarcó las cejas.

—Fue mi madre quien me dio el nombre. Aprovechó que mi padre tenía el mismo apellido del actor y me puso Reginald porque quería que fuese tan rico como la estrella de cine. Ella siempre decía que se había dado cuenta de lo que valía Ray Milland desde que vio su primera película, en los años treinta, antes de que ganara el Óscar.

—¿Cuánto tiempo lleva usted trabajando en este lugar? —

preguntó Hans obviando la historia que el hombre le contaba sobre su nombre.

—Veinticinco años, señor. Y mi hermano, que en paz descanse, trabajó aquí por veintinueve años —respondió el viejo uniformado.

—¿Recuerda usted a Gerard Bau?

—La familia Bau… sé quiénes son. Ella no venía casi nunca. Una mujer áspera, yo creo que judía. Pero él lo hacía con frecuencia.

—¿Sabe usted qué es un catálogo VP? —preguntó Hans mirando fijamente al hombre para escrutar cualquier signo de reconocimiento que pudiera mostrar en su blanquísimo y arrugado rostro. Pero tuvo que reconocer que no encontró nada.

—No sé de qué me habla —respondió el hombre.

—¿Hay algún otro empleado que lleve quince años o más trabajando en este club?

—Casi todos cumplimos esa norma. Aquí mantienen a los empleados hasta el final, y eso es lo mejor. A menos que sea uno el que se quiera ir.

Hans asintió. Sabía que ese era un mecanismo de sobrevivencia de los lugares endogámicos como aquel; desconfiar de los desconocidos, y por ello no rotar ni siquiera al personal de servicio a menos que fuera estrictamente necesario.

—Entonces se lo preguntaré de otro modo. Si tuviera que conocer algunos gustos de caballeros miembros del club, que no sería conveniente que fueran ventilados al público, me refiero a caballeros que frecuentaban el club hace quince o veinte años, ¿con quiénes hablaría usted?

—Poniéndolo así, entonces hablaría con Josep Duncan. Siempre andaba averiguando de más y tiene muchas historias que contar. Está un poco mal de la cabeza y se le olvida lo que comió ayer, pero del pasado lejano lo recuerda todo. Lo puede encontrar si sigue por aquí y llega hasta aquella caseta. Lo verá fumando.

—Gracias —respondió Hans y se dirigió a donde Reginald Tuscott le indicó.

Cuando se encontraba un poco más distante del hombre, quiso sacarse la espina y molestarlo con un comentario que sabía iba a descolocarlo. No le gustaba la gente que se creía superior, y definitivamente donde menos se le esperaba podría encontrarse el espíritu de Adolf Hitler renacido. Entonces se detuvo y se volteó para hablarle.

—¿Sabe que Ana Frank tenía en el ático una foto de Ray Milland?

El hombre lo miró sorprendido y no dijo nada.

7

Josep Duncan resultó ser un hombre difícil. Las ideas en su cabeza no estaban claras y la breve conversación con Hans estuvo plagada de incoherencias y repeticiones. Sin embargo, obtuvo un dato que consideró importante. Hacía diez años habían despedido a un empleado, un hombre llamado Gary O'Connor, por decir algo inconveniente en contra de «los señorones» por quienes él estaba preguntando: Bau y Dupont.

Mientras Hans conducía, llamó a Bob Stonor, quien pertenecía al equipo del FBI en Washington y era un gran apoyo cuando debía investigar los datos de alguna persona.

—Bob, necesito que me digas todo lo que puedas de Gary O'Connor, un exempleado del Club City de Wichita.

—Dame diez minutos —respondieron al otro lado del teléfono.

Al cabo de ese tiempo le llegó un mensaje de voz, el cual escuchó con impaciencia.

Contenía lo que quería. El lugar de trabajo actual y los datos de su residencia.

Viró el coche y tomó la calle Broadway para dirigirse al

número cien y llegar al Petroleum Club. Era allí donde ahora trabajaba Gary O'Connor. Este era un edificio moderno que mostraba ventanales de vidrio y una estructura de metal que hacía que el interior fuese muy luminoso. El *lobby* central contaba con un techo altísimo que terminaba en un enrejado decorativo. A Hans le llamó la atención una escultura que se desprendía de un pilar central y que consistía en unos tubos platinos coronados por unos discos amarillos que le parecieron semejantes a radares. No podía imaginar un lugar más diferente al Club City. En medio de ese moderno *lobby* se encontraría la estructura interna que albergaba salones, supuso Hans. Preguntó a una mujer muy elegante, sentada en el área destinada a información para visitantes del club, por Gary O'Connor, mostrándole su credencial. Pensó que, al contrario de lo que había decidido en el City, informar aquí que pertenecía al FBI era un punto a favor. La llamativa mujer de tez morena y de origen latino disimuló el asombro que le produjo la credencial de Hans y le dijo que tomara asiento, que en breve Gary O'Connor lo atendería.

Hans se ubicó en unas sillas color naranja que se encontraban cerca del módulo de información y miró hacia arriba. El lugar le pareció una torre de cristal impresionante y se dio cuenta de que cerca de él había una copia de la escultura de arriba, pero esta mostraba los discos color mostaza.

A los pocos minutos vio venir hacia él a un hombre bien vestido, de mediana estatura y complexión atlética. Hans reconoció que no era como lo imaginaba.

—Parece que desea hablarme. Soy Gary O'Connor. Usted dirá.

Hans se levantó y le estrechó la mano.

—Tal vez sea mejor que vayamos a un lugar más reservado. Creo tener una idea de por qué ha venido a verme.

Hans lo miró extrañado. Entonces el antiguo trabajador

del Club City le indicó por dónde caminar, esperó que Hans iniciara el recorrido y lo siguió. Avanzaron por una pequeña rampa plateada que conducía al interior de la estructura donde Hans había adivinado se encontraban las oficinas y los salones de reuniones. Cruzaron a la izquierda y llegaron a una estancia acogedora que contaba con unos sillones de cuero acompañados de unas pequeñas mesas circulares. Al final podía verse una cafetería y un bar que le llamaron la atención. Era como si la parte del edificio que acababan de dejar fuese una cobertura moderna para este núcleo de madera que ahora visitaban. El corazón del Petroleum Club de Wichita, que Hans no conocía, olía a pino y a picadura de pipa y desde allí se escuchaba un rumor de voces característico de esos lugares, que era como un zumbido de abejas.

Para Hans, había diferentes tipos de club, así como diferentes tipos de personas, y el Club City le transmitía una pésima impresión. En cambio, este lugar que no conocía le agradaba mucho más. Estaba pensando en eso cuando Gary O'Connor le ofreció algo de tomar. Aceptó un escocés en las rocas. Debía reconocer que el lugar era atrayente, y el hombre con quien estaba le parecía inteligente y sagaz. Al menos esperaba que no fuera tan prejuicioso como Reginald Tuscott ni con «tantos pájaros en la cabeza» como Josep Duncan. Esa expresión era una de las preferidas de su madre y él la había adoptado con gusto.

—Quisiera saber la razón por la cual usted dejó de trabajar en el Club City.

—Me lo figuraba, y me agrada que por fin alguien me lo pregunte. Pero debe usted irse con cuidado. Si en algún lugar las paredes oyen, es en esta ciudad, y ya a esta hora deben saber que usted está aquí hablándome. Aunque no creo que eso le importe. Verá, una cosa es que un pez chico como yo no pueda enfrentarse a un pez grande como ellos. Y otra cosa es que lo haga usted que, —podríamos decir, se encuentra fuera de la pecera.

—Espero que pueda ayudarme a comprender algunos eventos que presumimos sucedían allí o eran efectuados por personas que frecuentaban ese lugar.

—Mire, Freeman. Ese club era una tapadera. Allí van niños a jugar, jóvenes a divertirse, las mujeres a hablar, a pasarla bien. Pero algunos hombres que se creen intocables, porque en parte lo son, estaban haciendo cosas terribles amparados en la discreción de la Junta Directiva que controlaban.

—¿Cuáles hombres?

—Otto Dupont y Gerard Bau. Llevaban chicas muy jóvenes y sostenían prácticas sexuales violentas con ellas, a quienes contrataban para tales fines. Lo hicieron una vez en el piso quinto, que para ese tiempo funcionaba como un área privada para ellos y sus depravaciones. Yo vi a una joven salir de allí muy malherida. Entonces le ayudé, la envié a casa de una buena amiga para que la curase y hablé con el presidente de la directiva del club. No con ellos, porque hablar con ellos hubiese sido inútil. Pero también resultó inútil la conversación con John Sayer, quien conducía la presidencia en aquel momento. Su esposa era prima de Dupont. Entonces me pidieron amablemente que dejara el trabajo y que no se me ocurriera tener la mala tentación de contar nada de lo que había visto. Y eso hice por temor a represalias. Me dieron buenas referencias para que encontrara ocupación rápidamente. Mucha gente que parece civilizada no lo es en realidad. La gente de ese club, por ejemplo. Luego salen de allí, van a sus simpáticas cabañas y a sus coloridas casas en la playa, pero tienen las manos manchadas de rojo sangre, y ni siquiera sus hijos lo saben.

—Admiro su sinceridad. En mi profesión no es común toparse con ella.

—Yo sabía que allí pasaba algo desde antes de comprobarlo. No por una razón determinada, sino por un conjunto de pequeñas cosas que me hacían sospechar y que a ciencia cierta no podría describirle. Me refiero al manto de complicidad que percibía entre esos dos sujetos. Sonrisas y palabras que dejaban sobrentendidas para hacer alarde de sus actividades con las chicas. También descubrí que eran asiduos a un lugar de peleas clandestinas en la calle 26, porque uno de los boxeadores vivía en mi calle. Era un chico sano que comenzó a dañarse por esas peleas y apuestas.

—¿Usted sabe algo de un catálogo con siglas VP?

—No, lo siento.

—Me gustaría que viera estas fotografías. —Le enseñó las imágenes que había grabado en el celular— Dígame si alguna de estas chicas es la que usted ayudó.

El hombre se tomó unos minutos para mirar lo que Hans había fotografiado del catálogo oculto en la pintura a carboncillo del cuarto de Gail.

—Estoy seguro de que es esta pobre chica de aquí. Esta es, sí, señor. No pensé volverla a ver…

—Tengo que pedirle que vaya al Departamento de Homicidios para tomarle una declaración. Si desea, puede ser anónima.

—Está bien. Lo haré. Ya era hora de que algo pasara… —respondió Gary como agradeciendo a Dios que él estuviese allí. Como quitándose un peso de encima.

Hans sintió mucha empatía con el testigo porque sabía lo que era cargar un sentimiento de culpa, la convicción de que en algún momento no se hizo lo correcto y que por ello alguien salió lastimado. Reconoció ese deseo dormido, esas ganas que no se borran de que las personas paguen por sus actos. Estaba presente en aquel hombre de pelo blanco y de ojos profundos color aceituna.

—¿Sabe si alguien más los acompañaba en estas actividades? No como mudos conocedores de lo que pasaba, sino como cómplices o partícipes más activos.

—Nadie más del club, que yo supiera. Aunque sí había un hombre. Cuando descubrí que eran asiduos a ese lugar de peleas clandestinas en el norte de la ciudad, supe que tenían un aliado que les facilitaba la búsqueda de los chicos para el boxeo, y creo que era el mismo que buscaba las chicas. Era un hombre que siempre había estado al servicio de uno de ellos y que en algún momento fue su chofer. Nunca supe el nombre del sujeto, pero sí que tenía un viejo auto gris de donde bajaban y subían las jóvenes. El chico del cual le hablo que boxeaba tenía la idea de que ese hombre era mecánico. Él fue quien me dijo todo eso.

—¿Y ese chico aún mantiene contacto con usted?

—Está muerto y enterrado en el Calvary. Murió a causa de lesiones graves producto de una de esas malditas peleas. Su padre aún es nuestro vecino.

Hans se pasó la mano por la cara. Luego pensó que iba avanzando, aunque no al ritmo que le gustaría hacerlo. Recordó la pretenciosa fachada del Club City y sintió unos enormes deseos de destruir la vitrina que guardaba todos los trofeos deportivos. Otra vez los golpes sobre las personas, los golpes que unos dan a otros y que pueden ser fatales, otra vez la sombra de Terence...

8

—Los chicos están con las huellas del catálogo. Cotten está con lo de la empresa editorial que lo publicó. Parece que hay alguien que trabaja en una tienda de películas para adultos cerca de la calle Crawford —dijo Anne Ashton.

—Yo voy saliendo de hablar con un buen informante que trabajó en el Club City y que ha confirmado que Dupont y Bau al menos una vez golpearon a una chica en una especie de *suite* privada que usaban a discreción en ese club. También me ha dicho otras cosas. Tal vez podamos vernos para ponerte al tanto —respondió Hans, quien apenas salió del Petroleum Club la llamó.

—¿Vienes al Departamento? —preguntó Anne, confiada en que recibiría una respuesta afirmativa.

—No. Quería invitarte a un lugar que conozco que te gustará, en donde podremos hablar con tranquilidad.

A Anne le extrañó la respuesta, pero aceptó inmediatamente. No iba a desperdiciar la oportunidad que le brindaba de conocer lo que para él sería un lugar que a ella le gustaría. Se moría de la curiosidad.

—Dime a dónde voy entonces —respondió, intentando disimular el interés.

—Te envío la dirección en un mensaje —dijo y cortó la comunicación.

Pensaba llevarla a un bar de autor que había abierto un amigo de él. Era un lugar especial, según le había dicho. Se encontraba incrustado en una esquina, sin ninguna promoción, cerca del Marriot, y apenas contaba con seis puestos en la barra y dos mesas. Era para los amantes del *gin*, de los destilados de malta y de cócteles inspirados en la época de la prohibición.

Anne no sospechaba que Hans había detectado el olor a *gin* que desprendía en las mañanas, y no podría imaginar que la llevaría a ese lugar. Ni siquiera sabía que un lugar así existía. Le cruzó por la mente que Hans quería acercarse a ella para terminarla de convencer de que la muerte de Gail tenía relación con el caso del asesino serial. Se dijo que ya no tendría que convencerla de eso porque estaba más que convencida. Mientras pensaba, le llegó el wasap.

—¡Vaya! Queda en la esquina del Marriot. Este Freeman es un sujeto impredecible… —dijo Anne en voz alta y Juliet Rice la escuchó y sonrió.

—Tengo entendido que ese es un lugar donde preparan cócteles con *gin* —dijo Juliet.

Anne se le quedó mirando y pensando cómo diablos Hans había sabido su debilidad por la ginebra. Se dijo que tratar íntimamente con gente como él, que es capaz de escrutar y descubrir todo sobre uno, no era una buena idea. Porque todos teníamos derecho a guardar secretos.

—Sería insoportable vivir con un hombre así —dijo Anne, sacudiendo la cabeza y valorando mucho más a Harry, su despreocupado esposo.

—¿Por qué una ardilla? —preguntó Anne al mismo tiempo que ponía la copa casi vacía sobre la barra.

Ya habían finalizado la cata de *gin*.

—Una mañana estaba sentado en un banco en Lafayette Square, y todos admiraban la Casa Blanca, pero yo fijé la vista en una ardilla que había en un árbol. Estoy seguro de que nadie más del grupo de turistas reparó en ella. Lo que nos hace buenos en este trabajo es ser capaces de mirar lo que casi nadie ve, por mantener la atención en otra cosa más llamativa. Por eso la ardilla es mi símbolo y mi tótem —terminó diciendo mientras se apartaba el pelo detrás de las orejas.

Anne sonrió y volvió a tomar la copa.

—Pero esto debería ser un *quid pro quo*, así que ahora deberás decirme desde cuándo tienes miedo de subirte en los aviones —comentó Hans.

—Desde hace exactamente cinco años. Fue de repente. Un día te subes en un avión despreocupada, y al siguiente, cuando vuelves a hacerlo, te invade un miedo irracional; te tiemblan las piernas y las manos se te ponen heladas, sientes la boca seca y crees que involuntariamente comenzarás a gritar como una loca en medio de esa cabina cerrada. Eso fue lo que me pasó, y todavía no lo comprendo. Lo único que cambió, si es que debo decir que algo cambió, fue que atravesamos una fuerte turbulencia esa noche. Pero ya había atravesado varias con anterioridad y no había sido presa de ningún temor.

—Seguramente tu hijo Matthew tiene cinco años —dijo Hans y se tumbó hacia atrás en la silla, para luego continuar hablando—: ¿No ves que es por eso? Y, además, es algo bastante común. Solo un vínculo muy fuerte, en este caso con tus hijos, hace que veas riesgos donde antes no los veías. Tienes miedo a faltarles. Quieres que nazcan en un ambiente adecuado, seguro y amable, sobre todo después de lo que tenemos que ver en este trabajo. En realidad, no le temes a los aviones, lo que en verdad te aterra es no estar para ellos.

Anne se le quedó mirando sin saber qué decirle, y sintió cómo el calor quemaba su cara. Ella admiraba la inteligencia, por eso se arrepintió de haberle dicho a Juliet que sería terrible tener a alguien como Hans tan cerca.

—¿Cómo lo supiste? Lo del avión y lo del *gin* —dijo dándole un toquecito a la copa y sonriendo.

—Lo del *gin* fue fácil. En la mañana del hallazgo del cuerpo de Elaine te acercaste y noté un ligero olor dulzón que desprendías. Lo de los aviones fue cuando fuiste a recogerme al aeropuerto. Recuerdo el color celeste de tus pantalones, y beige de tu blusa, y tu movimiento defensivo cuando el avión nos pasaba cerca mientras cruzábamos el *parking*. Desde ese momento he asociado tu temor con ese color celeste. Cuando noté el olor a *gin*, imaginé la botella de London One, ya sabes, la azul claro. Hay que reconocer que esa tiene estilo, y a mí, personalmente, es la que más me gusta. Así que en mi cabeza te asocio con ese color celeste.

Entonces Anne se iluminó con una sonrisa y respondió de buena gana.

—Nunca había conocido a nadie cuya «dislexia» también afectara los recuerdos de las imágenes visuales, así que la verdad es que eres raro. Jamás en mi vida he tenido unos pantalones celestes. Estaba vestida exactamente al contrario; blusa celeste y pantalones beige, por cierto, muy cómodos, y son estos que llevo puestos.

Ambos rieron y luego hicieron silencio por un momento.

—¿A qué le tienes miedo? —preguntó Anne.

—A ser incapaz. A no poder resolver un caso. Antes de que llegaras, por ejemplo, he repasado el momento cuando entramos en casa de Elaine Perales. Recuerdo nuestro tránsito por la casa, algunas de las cosas que dijimos, el jugo de tomate sobre la mesa, las berenjenas en rodajas; y sé que mientras miraba el vaso y el plato, hubo algo que mi mente alertó, pero no puedo precisarlo, tal vez fue algo que dijiste. ¡Sé que es importante, pero se me escapa! Y me desespera no poder alcanzarlo. Sé que en ese momento hablamos del orden de Megan, de las visitas inesperadas…

Hizo un ademán como para buscar un cigarrillo en el bolsillo interno de su chaqueta, pero luego desistió, y entonces continuó hablando.

—Y también le temo a mi pasado y a lo que fui. Verás, por un tiempo me vi seducido por el poder a costa de la violencia física. Tenía un amigo en la escuela, Terence Goren. Hacíamos acoso escolar a otros chicos en pandilla, y cuando podíamos, los golpeábamos sin razón. Éramos cinco: Ben, Joshua, Lawrence, Goren y yo. Se cómo se siente ver el miedo de los otros en los ojos y cómo ese placer de verlo te corrompe.

—Ya… sé quién es Terence Goren. Si es el mismo que está preso por asesinato.

—Sí lo es. Bueno, pero también me aterran los vegetales

congelados porque son terribles —dijo para deshacerse del cariz de seriedad que había tomado la conversación al final.

—Yo también los odio y ni loca se los compro a los chicos —dijo Anne, correspondiéndole.

—Creo que es hora de irnos. Ha sido una noche muy ilustrativa en cuanto a nuestros temores ocultos.

—Así es. Quería decirte que te apoyaré en el caso Whitman, lo considero importante. Deseo atrapar al malnacido. Si tú crees que este asesino en serie tiene que ver con eso, debe ser cierto.

—Es una buena noticia. Estoy seguro de que ese fue su primer crimen, pero lo que no me he podido explicar es por qué esperó tanto para volver a asesinar.

Hans terminó su trago y puso el vaso sobre la barra, satisfecho. Obtuvo lo que buscaba de Anne, convencerla de que lo apoyara en la investigación de Gail como primer acto del asesino que pretendían cazar. Algunas veces se asombraba a sí mismo por la cabeza fría y la capacidad de manipulación que poseía sobre personas tan diferentes a él, como lo era Anne: católica, familiar, sin la ansiedad que a él lo ahogaba y con la envidiable capacidad de desestresarse, como la que estaba seguro ella tenía. Debía contar con un pasatiempo que le permitía cortar con todo y olvidar; tal vez jugaría al póker en su casa o en la de algunos amigos. Estuvo a punto de preguntarle al respecto mientras salían del bar.

Estaba alterada por la pesadilla que acababa de tener. Yo estaba vestida de rojo y Richard me perseguía. Lo empujé por las escaleras del ático, pero entonces Patrick me empujó a mí, carcajeándose. Me levanté como pude y después también vi a mi madre. Ella apareció y me dijo que mis hermanos tenían razón en golpearme, porque yo era muy rara, un fenómeno.

Desperté con un grito. Pensé en llamar a Frank, pero de inmediato renuncié a esa idea porque fui yo quien decidió no vernos esa noche, y sé que no le agradó. La visita de Madeleine y esas horribles fotografías deshicieron mis ganas de verlo en ese momento. Pensé en tomar pastillas para dormir, pero me acordé de mi última conversación con Lipman. «Huir o enfrentar» era mi dilema según él. Entonces opté por lo segundo. Eran las diez y media de la noche, pero decidí levantarme, vestirme rápido, recogerme el pelo en una cola de caballo, tomar las llaves del auto y conducir hasta Park City para desafiar a Patrick.

Tengo que reconocer que conduje como una loca. Llegué a casa de Richard y me sentí amenazada, una vez más. Lo más difícil era tener que saludar a mamá. Le parecería muy raro que estuviese allí a esa hora de la noche sin avisar. Yo no podía sentir que esa era mi casa como para entrar en ella en cualquier momento. Frente a Maggie Olson tenía que justificarlo todo. A veces hasta sentía que tenía que justificar que yo viviera y mi hermano Richard estuviese muerto.

Pero debía hacer lo que decía Lipman, debía enfrentar las cosas que me daban miedo y dejar de huir. Caminé el sendero para llegar a la puerta y, cuando iba a meter la llave para abrir, vi una sombra en el jardín y escuché unos pasos. Era Patrick. Llevaba una botella de cerveza en la mano. Veía la claridad de la luna sobre su cabeza y la botella también relumbraba.

—Hola. He venido a hablarte de algo importante —le dije.

—Debe serlo, para que vengas a esta hora, Julie. Ven, vamos a sentarnos aquí afuera para no despertar a nadie.

Me señaló un pequeño banco de madera que papá había hecho con sus propias manos. Me encantaba sentarme allí.

—¿Quieres tomarte una cerveza conmigo? Aquí he metido unas cuantas. —Señaló al piso, a una hielera repleta de la que emergían parcialmente seis botellas.

—No, estoy bien así —le dije en tono grave.

Él se dio cuenta de que algo me sucedía y se puso a la defensiva.

—¿Cuál es el misterio? —me preguntó mientras se tumbaba sobre el banco de papá.

—El misterio es que Madeleine ha encontrado esto entre tus cosas y no ha tenido la valentía de preguntarte por qué guardabas este horror, pero yo sí —le dije, lanzándole el odioso sobre con las fotografías y sentándome junto a él.

Esperé a ver su reacción, quería estudiar todas las expresiones de su cara y sus primeras palabras, quería salir de las dudas que se habían anidado en mi cabeza.

Patrick puso la botella de cerveza junto al banco en el piso y agarró el sobre con lentitud. Parecía estar retardando el momento. Luego se secó las manos en el pantalón y abrió el sobre. Cuando vio la fotografía que estaba arriba de las demás movió la cabeza hacia un lado, se quedó como congelado por unos segundos y luego puso el montón de fotos sobre el banco, entre nosotros.

—Por eso está tan distante. Ahora entiendo. ¿Sabes qué, hermanita? Lo peor de estar casado es cuando comienzas a pensar y sentir cosas y eres incapaz de decirlas. Se construye un muro invisible pero resistente entre las dos personas, y la gente hace como si no existiera, pero allí está, y es enorme. Hazme el favor y no te cases.

—¿Puedes explicarme por qué tenías eso?

—¡Yo no sabía nada! Fue Margaret quien me lo dijo. Siempre tuviste razón en cuanto a ella. —Sus ojos se llenaron de lágrimas—. Todavía no puedo creer que Gerard hiciera eso. ¿Has visto el dorso? Era como si entre él y Otto Dupont se repartieran esas mujeres como naipes. En el funeral de Gerard, Margaret me entregó este sobre y me dijo que lo hacía para que bajara a su padre del pedestal en el cual lo había mantenido toda la vida. Me dijo, sonriendo, que yo siempre había sido un idiota.

Patrick estaba afectado, y de pronto me pareció un niño. Así como cuando lo veía volver de una caída, con las rodillas sangrando y la cara llena de lágrimas y tierra. Pero le di gracias a Dios de que mi hermano no fuera el monstruo que yo había pensado. Lo abracé y nos quedamos así un rato. Luego pasé mi mano por su pelo y lo sentí muy suave. Entonces tuve ganas de llorar. Había estado muy asustada porque no hubiese podido soportar saber que Patrick era como Richard.

Intenté consolarlo lo mejor que pude, y para hacerlo enfilé las armas en contra de Margaret. Es maravilloso el efecto calmante que tiene hablar mal de la gente que nos resulta antipática. Ambos concluimos que ella era de las peores personas que conocíamos. Terminé tomándome una cerveza con él y creo que queriéndolo todavía más. Le pedí que hablara con Madeleine y que aclarara las cosas, y él me prometió hacerlo.

Luego me acompañó al auto. Era una noche serena y silenciosa, pero yo estaba tan ansiosa que no lo había notado sino hasta ese momento. Fue como si de pronto, por haber liberado a Patrick de sospechas, pudiera volver a respirar. Hasta sentí un agradable olor a jazmín que no sé de dónde venía. No creía que fuese la colonia de Patrick. Aunque tal vez sí, porque era la única persona que estaba conmigo en ese momento y definitivamente no era un olor propio del jardín de mamá.

—¿Hueles a algo floral? —le dije, mitad pregunta mitad afirmación.

—Estás loca, hermanita. Anda a dormir, ya que mañana trabajarás, supongo.

Era cierto. Debía volver a encadenarme a la rutina, que era como un plomo en el ala para mí. Mecánicamente, una vez que Patrick dijo eso, miré el celular y me di cuenta de que había dejado de prestarle atención a las llamadas y a los mensajes desde hacía al menos cuatro horas. Esa clase de ensimismamiento cuando algo me preocupaba estaba siendo frecuente. Entonces revisé los mensajes mientras me dirigía al coche. La directora del departamento estaba furiosa. Se había enterado de mi visita a la hija de Dupont porque el encargado de relaciones interinstitucionales de Brother Dupont se comunicó con ella para obtener algunos datos para promover una nota de prensa sobre los nuevos lazos que lograrían con el ayuntamiento. Pensé que lo mejor que podría pasarme sería que me botaran de ese trabajo de los mil demonios. Así no tendría que volver a reunirme varias veces con ratas como ese Albert MacArthur, quien me había dado un susto espantoso. También tenía un mensaje de Frank pidiéndome vernos mañana. Ya había decidido ponerlo al tanto de todo lo que estaba haciendo.

Besé a mi hermanito para despedirlo y le dije, intentando ejercer autoridad sobre él, que tenía la obligación de llevar el sobre con las fotografías al agente Hans Freeman y le conté dónde encontrarlo. También le dije que confiaba en él y que nunca debí dejar de hacerlo.

Él me besó y volvió a abrazarme con cariño. Luego se fue y lo vi entrar en la casa. Me pareció que una luz se encendía en una de las habitaciones y pensé que tal vez era Madeleine, espiándonos.

Una vez en el auto, miré por el espejo retrovisor la casa de los Bau y me pareció horrenda. No sé cómo pude desear vivir allí cuando quería escapar. Y recordé la cara de Margaret con esa sonrisa eterna que siempre mostraba. Me pareció que era como los pájaros que cazan lombrices. Esos animales me desagradan mucho desde que era una niña y los veía en el patio sentada en el banco de papá. Eran agresivos depredadores disfrazados de inofensivas aves. Así era Margaret Bau. Entonces se me ocurrió preguntarme si sería Margaret quien estaba matando mujeres. Pero luego me dije que todo apuntaba a que era Otto Dupont el responsable de esas muertes. Una vez liberado Patrick de mis dudas, comenzaba a ver más claro, o al menos eso pensaba. Entonces volví a mirar a la casa Bau y me pareció ver la silueta de un hombre que caminaba hacia ella, en la calle, pero luego esa imagen desapareció.

—Lo TENEMOS —le dijo Anne, complacida, mientras conducía en dirección al edificio Brother Dupont. Ya no le importaba la polvareda que levantaría la implicación de Otto Dupont en asuntos oscuros. Era mayor el placer que le producía saber que castigarían al culpable de las atrocidades comprobadas en las fotografías que acababa de ver. Una hora antes habían recibido en el Departamento la visita de Patrick Stein, y desde que vieron por primera vez esas imágenes supieron que eran las mismas mujeres que estaban retratadas en el catálogo.

Hans la miró y asintió.

En poco tiempo llegaron al edificio y mostraron las credenciales. El hombre encargado de la seguridad les indicó por dónde dirigirse a la Presidencia y Hans notó en él cierto regocijo. Parecía que odiaba calladamente a quien había levantado el imperio para el cual trabajaba. Lo imaginó celebrando esa noche y diciéndole gustoso a alguien en su casa que Otto Dupont había recibido «la visita» de la policía.

Terminaron en un enorme y deslumbrante despacho que

olía a madera, con pisos de mármol. Apenas entraron, desviaron la mirada a una gran pecera que ocupaba el área central. Era gigantesca y dentro nadaba un tiburón. De espaldas a ellos, admirando los movimientos del escualo, estaba un hombrecito de figura rechoncha vestido con un traje marrón a rayas anaranjadas que a Hans le pareció estrafalario. Se veía aún más pequeño por la magnitud de lo que había tras él. Hans se dijo que aquella estampa era una buena representación de lo que era Dupont: un ser que admiraba a un animal capaz de atacar tan salvajemente. Por primera vez imaginó a Otto Dupont cortando los pies de las víctimas y disfrutándolo. No era un hombre fuerte, por ello tal vez utilizaría una silla de ruedas, pero ¿cómo las colgaría? Para eso necesitaría ayuda.

—Me lo trajeron de Groenlandia. Es el animal vivo más longevo de la Tierra. Cuando Rembrandt pintaba y cuando Carlos Marx escribió todas sus sandeces ya este animalito estaba dando tumbos en el océano. ¿No les parece extraordinario?

La interrogante no obtuvo ninguna respuesta más allá del eco de la voz del hombrecito, que se perdió en medio de la esplendorosa pero desagradable habitación.

—¿Querían hablar conmigo? Por favor, siéntense por aquí.

Los condujo a un lujoso recibidor desde donde se podía ver la pecera.

Anne quería golpearlo, pero se contuvo.

—El agente Hans Freeman del FBI y yo necesitamos que nos aclare su relación con estas fotografías. —Le entregó una carpeta a Dupont que contenía las imágenes de las mujeres golpeadas, cubiertas por un plástico para no afectar las huellas preexistentes—. Esta firma, y esta y esta son suyas, ¿o no? —Anne mostró con el dedo—. Usted debe saber antes de responder que contamos con peritos expertos en dactilografía.

Dupont levantó la mano para que ella hiciera silencio.

—Ahórrese toda esa jerga, agente…

—Ashton —completó ella con sequedad.

—No la necesita conmigo.

A Hans le daba la impresión de que Otto Dupont se estaba divirtiendo y se convenció de que era un hombre cruel, aunque no estaba seguro de que fuese el asesino. Lo que había visto de él hasta ahora no se correspondía con la personalidad del homicida que se formó en la cabeza.

—No voy a negarlo, porque no tiene caso. Ya habrán registrado las huellas en las fotos y, como usted dice, sería inútil decir que esa no es mi letra. Puede ponerme las esposas de una vez —dijo al mismo tiempo que juntaba las muñecas, haciendo una equis—, pero ustedes se han tardado horrores en descubrir esto.

—¿Quiere decir que confiesa haber agredido a las mujeres de esas fotografías? —preguntó Hans, impertérrito.

Otto Dupont se acomodó en el sillón y se inclinó hacia atrás, poniendo la cabeza sobre el borde y cerrando los ojos.

—Primero contratábamos mujeres para tener sexo con ellas y golpearlas, y luego tomábamos esas fotos. Después necesitamos más acción y comenzamos a visitar calles donde hombres y mujeres vendían sexo, y los golpeábamos. Gerard lo disfrutaba mucho más que yo y fue a él a quien se le ocurrió lo de fotografiarlas.

—¿Le hizo usted algo a Gail Whitman? —preguntó Hans.

—A la chica Whitman, nunca. De eso no van a poder acusarme. Lo que les he reconocido —dijo volviendo a acomodarse hacia adelante— fue una práctica pasajera, y al morir esa chica Gail, paramos, porque alguien podía involucrarnos en su asesinato. ¿Quiere fumar algo? He notado que ha mirado con interés mi caja de tabacos. Le aseguro que no son cubanos ni traídos a todo pasto directamente de El

Laguito, ni Cohíba ni Montecristo, porque eso sería delito, y yo soy cuidadoso de las leyes.

Hans procuró que el hombre no notara la repulsión que le producía su comentario, porque sabía que en su profesión era un error darse a conocer de manera tan transparente. También sabía que la afirmación que hacía sobre los tabacos era mentira y que su alusión innecesaria iba dirigida a que él supiera exactamente lo contrario; Dupont quería dejar claro que era un hombre capaz de fumarse un habano de los muchos que traía de modo ilegal y que lo hacía frente a un representante de la ley porque disfrutaba retando a la autoridad, esquivándola y burlándose de ella. Al mismo tiempo, Hans pensó que difícilmente Otto Dupont era el asesino serial, pues habría dejado los cuerpos de otra manera, con formas de ataques más vulgares y violentos, para mofarse de las víctimas y de todos los demás.

—¿Ella descubrió lo que ustedes hacían? —preguntó.

—En efecto, así fue. En casa de Gerard, una noche, se coló en el estudio y hurgó por allí sin la más mínima vergüenza. Era novia de Elvin, el chico de Gerard. También era compañera de estudios de mi hijo Klaus. Era precoz e inteligente y comprendió que aquello podía significar una ganancia, y se lo hizo saber a Gerard de forma muy sutil. Tarde o temprano esa muchacha habría intentado sacarnos dinero. —Dio una palmada fuerte que inundó de ruido la estancia—. Pero alguien la mató antes.

—¿Quién más estaba metido con ustedes en ese asunto de las chicas? ¿Quién los ponía en contacto con ellas?

—Supongo que ya es hora de que llame a mi abogado —dijo Dupont como única respuesta a la pregunta de Hans.

—Creo que sí. Pero lo llevaremos al Departamento de División Criminal para continuar esta conversación —dijo Anne.

Dupont parecía estar esperando con agrado ese momento. Esa era la impresión que le daba a Hans, quien entonces continuaba intentando escrutar por completo a ese hombre tan desagradable. Lo vio pararse y dirigirse a un pequeño mueble que contenía unas copas, unos vasos y unas cuantas botellas de agua. Tomó una de estas y miró con una expresión burlona a Anne.

—Va a ser muy agradable cuando contacten a esas chicas y ellas manifiesten que todo lo hicimos a conveniencia de ambas partes. Creo que mi abogado disfrutará mucho representándome esta vez.

Ni Anne ni Hans dijeron nada. Salieron del despacho acompañando a Otto Dupont. Entonces escucharon que pidió que llamaran a Arístides Sheldon y que le ordenaran ir al Departamento de División Criminal.

Anne reconoció el nombre de ese abogado penal porque era bastante famoso. La guerra contra uno de los hombres más poderosos de la ciudad había comenzado.

—Ahora debo hacer algo. Sigue tú sola y coordina con la Fiscalía el caso contra Dupont sobre las agresiones a las mujeres. El testimonio de Gary O'Connor es irrefutable, además de que esta rata no ha negado los hechos, sino que afirma que todas las agredidas habían firmado un acuerdo en el que se sometían a la violencia de forma voluntaria —le dijo Hans a Anne, abstraído.

Había estado callado durante todo el trayecto desde Brother Dupont hasta el Departamento de División Criminal. Ella asintió sin demostrar curiosidad. Sabía que Hans tenía esas «salidas inesperadas».

—¿Tú crees que Otto Dupont sea el asesino?

—No —respondió Hans—, lamentablemente creo que dice la verdad. Lo he estado pensando en el camino hacia acá. Nada me gustaría más, pero no lo creo. Hasta creo que se está divirtiendo con todo esto.

Se despidió de Anne mientras esta lo miraba caminar hacia el vehículo.

Hans tomó la avenida Waco y luego cruzó en la calle

Murdock para llegar al hospital Ascension Via Christi St. Francis. Había averiguado que allí se encontraba Melinda Bell. Ella era una de las mujeres golpeadas por Otto Dupont y Gerard Bau, y que hasta ese día todos creían una víctima de Michael Lang y John Williams, los vagos apresados por las agresiones y por el asesinato de Gail Whitman. Al menos esos actos criminales iban a ser justamente castigados, pero no el de la chica Whitman, porque Hans tenía el convencimiento de que Otto Dupont decía la verdad: ni él ni Gerard Bau tenían que ver con el asesinato de Gail. Eran criminales, pero de otro tipo. Así que ese homicida seguía libre. Estaba seguro de que el interrogatorio de Dupont derivaría en unas buenas coartadas para las noches de los asesinatos de Alice, Megan y Elaine. Pero tal vez el asesino quería culpar a Otto Dupont y a Gerard Bau de la muerte de Gail.

—Eso sí es posible —dijo Hans en voz alta, y continuó como hablándole a un copiloto imaginario—. Quizá sabía lo que ellos hacían y mató a la chica para que al descubrirlos resultasen implicados en ese asesinato también. ¿Pero quién sabía lo que ellos hacían además de Gail? Alguien de su confianza… —Golpeó el volante en señal de exasperación y sintió una punzada de dolor en las sienes—. ¿Qué significan esas manchas en la ropa de Gail? ¿Y los benditos números de las sogas?

El anuncio del hospital Ascension Via Christi St. Francis apareció ante sus ojos e interrumpió su ansioso monólogo.

En pocos minutos estaba cruzando la puerta del blanco edificio y no pudo evitar sentirse como metido en un panal de abejas. El zumbido, el movimiento, los departamentos, los pasillos, todo era muestra de una ingeniería especializada donde se trataba la vida y la muerte en medio de ese desagradable olor parecido al cloro, al éter. Se acordó de su madre y se repitió que ella ahora estaba muy bien gracias a él. Sin embargo, los hospitales lo deprimían, le disminuían su capacidad de pensamiento, de razonamiento: en resumen, lo mataban un poco. Apuró el paso y se dispuso a cumplir la misión que lo traía allí, y se dirigió al módulo de información. Cinco minutos más tarde llegó al tercer piso y caminó buscando la habitación 356. ¿Sería eso la secuencia numérica de las sogas? ¿Una habitación de hospital o de hotel? Podría, pero podrían ser tantas cosas…

Un hombre pasó a su lado y lo sacó de su reflexión. No vio su rostro porque se quedó mirando sus manos: llevaba guantes de látex. Como un filoso recuerdo, llegó a su cabeza la imagen de Valerie Emma Crawford —la madre de Gail— con el trozo de globo cosido en su mano. Los guantes significaban algo, él lo sabía, pero no podía hacerlo consciente, algo que había dicho Anne, o tal vez la espigada Juliet Rice. Tenía que concentrarse para saberlo, pero en ese hospital no iba a poder hacerlo. Tal vez si pudiese volver a su oficina en Washington, y no a aquella que le había destinado Anne en Wichita, podría pensar mejor. Pero sabía que tenía que quedarse en la ciudad, así que buscaría de nuevo los informes de registros de las casas de las víctimas e intentaría recordar concienzudamente el diálogo que había tenido con Anne cuando entraron en la casa de Elaine Perales. Él sabía que allí estaba la clave, allí mismo en su abrumada pero productiva cabeza, aunque aún no estaba lo suficientemente asentada. Pensó que necesitaría un calmante, pues las sienes iban a estallarle. Como un *flash*, vino a su recuerdo Fátima y la calma que ella le transmitía, aunque fuera corta, muy fugaz.

Caminó unos pasos más y entró en una habitación cuyo único ocupante era la mujer en estado vegetativo, Melinda Bell. Ella parecía dormir. Hans se sentó en una silla a su lado. Sintió unas ganas incontenibles de llorar, y lo hizo como lo hacen los niños. Era una bendición que nadie estuviera allí, velando a la mujer que había sido objeto de la golpiza de Dupont y Bau, para que no lo vieran llorar. De seguro era una persona que desde hacía mucho tiempo estaba sola. Tocó su mano y le gustó la inusual tibieza que encontró en ella. Continuaba llorando y sentía las lágrimas correr incontrolables. Lloraba por ella y por Ray, el niño que él creyó haber matado aquella tarde cuando se separó al fin de Goren. Los recuerdos lo asfixiaron tanto como las lágrimas que le inundaban la cara, la nariz, y le dificultaban respirar.

¿Hasta cuándo se sentiría culpable? Entonces envidió a la mujer que dormía y que miraba con ternura. Al menos ahora nadie podría hacerle daño.

Cuando se emocionaba de esa forma tan intensa, comenzaba a dolerle el costado, la cicatriz se despertaba y picaba. Era la prueba de las consecuencias por haber roto la admiración ciega que sentía por Goren. El mismo Terence le había hecho pagar esa ruptura con creces. Pero lo que más le dolía no era algo físico, sino el recuerdo de que alguna vez había admirado a Terence. Todos los días intentaba comprender la razón de esa admiración.

Continuó un rato más en la habitación de Melinda Bell, hasta que se calmó. Al caer la tarde, la dejó en su sueño y fue a casa de Harold porque necesitaba que alguien le dijera que ya era hora de perdonarse.

1 3

LE CONTÉ TODO A FRANK. Lo que hice, mi breve encuentro con Hans Freeman, mis dudas sobre Patrick y las aclaratorias posteriores y lo de las horrendas fotografías. No le dije que Albert MacArthur me había atacado porque no quería preocuparlo. Después de todo, ese hombre no me hizo ningún daño. También le conté que había hablado con Mary Ann Dupont. Por supuesto que le pregunté qué opinaba de ella. Quizá él tuviese una idea mejor formada porque trabajaban en el mismo lugar. Me dijo que era «buena en su oficio», y nada más. Comenzó a molestarme su falta de interés por lo que yo le decía. Estábamos sentados en la cama y recuerdo que me paré de un solo tirón. Estaba malhumorada y sabía que esa antipatía iba a ir creciendo en la medida en que Frank no me prestara atención. Supuse que ahora tomaría los lentes y los limpiaría, aunque estuviesen brillantes como el sol. Fui a dar al rincón de la habitación donde Frank había puesto un bonito sillón rojo oscuro y me senté allí en actitud de continuar la pelea. Eran mis intereses enfrentados a su desapego a las cosas importantes para mí lo que me dolía. Y aunque apenas tuviésemos tres días juntos de nuevo, creía que debía demostrarme más atención.

—¿Tú sabías lo del club, lo que hacía el dúo Dupont-Bau? —le pregunté, retadora.

—Querida, no tenía ni una maldita idea. ¿Cómo se te ocurre que podía saber eso?

—No sé. Mi hermano sí lo sabía.

—Pero por lo que me dices, lo supo porque Margaret se lo dijo, y yo no tengo ninguna relación con ella, ni tampoco era buen amigo de Elvin.

—Nadie ha vuelto a ver a Elvin en meses. Eso es raro. ¿Y si está en Wichita y nadie lo sabe?

—¿Ahora crees que Elvin Bau es el asesino de esas mujeres? —me preguntó y se le veía preocupado, como si creyera que yo estaba perdiendo la razón.

—No estoy diciendo eso. Solo que se me ha ocurrido que ellas podrían saber que él tiene algo malo en su psiquis y que lo tienen allí escondido, en esa casa.

—Cariño, esos libros de Christie están acabando con tu cordura. Es que te metes demasiado en los personajes y no sabes hacer la diferencia entre la ficción y la realidad, y te recomiendo que la hagas.

—¿Cómo sabes que ahora no la hago? No me gusta que me trates como si fuera una niña, como si no hubiera cambiado nada —protesté.

—Bueno, querida, pero es igual. El asunto es que no puedes andar buscando culpables ni mucho menos creer que el asesino serial que ataca en la ciudad tiene algo que ver con los conocidos de nuestro pasado.

—Pero es que no soy yo quien lo cree, es él. Es el FBI —argumenté exasperada.

—¿Él te dijo eso? ¿Ese agente Hans Freeman? —me preguntó como habiéndose anotado un punto.

—No me dijo eso exactamente, pero yo lo intuí —le respondí altanera.

Me miró de una forma muy antipática. Pero lo peor fue lo que hizo después: me dijo que dejara las cosas tranquilas y no siguiera adelante. Fue un gran balde de agua fría porque lo que menos quería era dejar las cosas como estaban. Sentía que la rabia me comía y él estaba allí tan imperturbable, tan falto de pasión. Eso que estaba pasando en ese momento era la prueba de que Frank había cambiado diametralmente. Ahora era yo la alterada, y ya no quedaba nada de ese hombre violento que me había atacado hacía ocho años.

Salí a caminar. Necesitaba cansarme para no discutir más con Frank. Lo peor era que sabía que no tenía razón para hacerlo. Esa picante brusquedad que sentía no era su culpa, sino mía. Era mi vida la que estaba mal, y entonces me sentí infantil. Era verdad que yo solo era una trabajadora en la Oficina de Servicios Sociales del Ayuntamiento y no una investigadora criminal. Me sentí tan mal porque me pareció que estaba usando la desgracia de Gail para salvarme de la rutina en la que se había convertido mi vida.

Caminé en un parque que queda a tres cuadras de la casa de Frank. Le di más de cuatro vueltas. Intenté poner mi mente en blanco, pero por alguna razón recordé el ataque de Frank. Era como si a través de ese recuerdo me estuviese vengando de ese Frank tan centrado y equilibrado que ahora existía. Cuando al fin volví a casa, él me esperaba dispuesto a hacer las paces con una copa de vino en la mano. Supe que había preparado la cena porque apenas entré sentí un agradable olor a salsa boloñesa. Recordé que le encantaba cocinar, y lo hacía muy bien desde joven. Esa era otra de las grandes diferencias entre él y los demás chicos.

No fue necesario pedirle disculpas, pues no estaba esperando que lo hiciera. Cenamos divinamente y luego nos sentamos en el sofá del salón.

—Julie, somos almas gemelas. No es que no me interese lo que dices sobre Gail, el club, Dupont, Bau y todo lo demás. Es que siento que no tienes las herramientas para influir en nada y es mejor que no te pases la vida aspirando a participar de una fantasía. Me gustaría que comenzaras a vernos a nosotros, juntos, como la mejor de las fantasías que sí puedes realizar. Tengo que confesarte que desde que pasó aquello, desde que te agredí, he pasado por cosas duras. ¿Y sabes qué fue lo que me ayudó? Pues escalar. Me convertí en un magnífico escalador y eso me hizo ser paciente. Uno se concentra en la cima y sube poco a poco, a paso seguro. Como si te transformaras en un ser evolucionado, capaz de enfrentar cualquier adversidad gracias al equilibrio que logras por ti mismo. Siempre tuve la esperanza de que volveríamos, y me preparé para ello. Ahora he tenido éxito material y hago lo que me gusta. Pero lo más importante es que he cambiado para ti y por ti.

Una vez más yo no sabía qué decir ante aquella declaración tan solemne de Frank, y hasta un poquito cursi. Creo que no sentía nada en realidad. Algo de ternura y de admiración quizá. Pero es que todo lo que estaba diciendo ya yo lo sabía. Lo he sabido desde que tenía siete años.

—Las cosas buenas ganaron dentro de mí por sobre las malas. Mi padre resultó vencido porque sabes que él significa lo peor. No tengo que decirte, porque nadie me conoce más que tú, que mi madre se suicidó por su culpa. Le faltó voluntad y eficacia para acabar con los abusos de papá. Algunas veces me he preguntado cómo se siente tener un buen padre.

—Se siente maravilloso —le interrumpí sin pensar.

—Mamá puso una denuncia una vez que la golpeó con mucha fuerza. Lo sé porque la acompañé a la estación de la avenida Central Este. ¿Pero puedes creer que al otro día también la acompañé a retirarla? Es algo que no puedo entender ni siquiera en este momento. Ese fatalismo que había en sus ojos, como si su destino fuera estar con él y aguantarlo. Por eso estoy tan unido a ti. Porque tú fuiste mi tabla de salvación cuando yo pensaba que solo a mí me pasaban esas cosas terribles en casa. Me contaste lo que hacía tu hermano contigo y entonces desde ese momento supe que nosotros dos íbamos a salvarnos y a ser distintos, y ahora tenemos un mundo por delante. ¿No lo crees así? —me preguntó.

—Claro que sí —respondió esa parte de mí que era rápida para reaccionar como las personas esperaban que reaccionara.

En ese momento escuchamos el celular de Frank. Salí de ese estado somnoliento de tranquilidad que me daba escucharlo y mirarlo tan calmado, porque a través de la llamada de Patty —la secretaria de Frank— nos enteramos de una noticia extraordinaria.

Otto Dupont se había suicidado. Lo llevaron al Departamento de Homicidios y allí había ingerido el contenido de una botella de agua envenenada que él mismo tomó de su despacho antes de salir con la policía. Brother Dupont sería la comidilla de la ciudad. Ya las redes sociales se comenzaban a volcar hacia la noticia y pronto sería tendencia en Twitter.

—¿Se suicidó? —le pregunté incrédula.

—No lo sé. Es lo que dice Patty. En la oficina se rumoreaba que tenía una enfermedad grave y tal vez por eso acabó con su vida, al verse detenido. Eso puede significar que…

—Que cuando vieron las fotos que llevó Patrick tuvieron suficiente para ir a detenerlo o interrogarlo, y que gracias a eso murió —dije pensando en voz alta—. Es decir, yo soy la culpable de que Otto Dupont esté muerto.

—No era eso lo que iba a decir. Tienes que dejar de ser

tan trágica. ¿Puede significar que él era el asesino serial y que mató a Gail porque supo lo que hacía antes? —preguntó Frank y me miró, buscando mi aprobación.

Hasta Frank acababa de admitir que la muerte de Gail pudo haber tenido que ver con lo del club, y lo de las mujeres asesinadas ahora. En ese momento, que reconociera eso, me pareció una buena noticia, porque, como dice Lipman, no soy capaz al principio de prever el peligro que corro en toda su dimensión sino hasta que ya no puedo evadirlo.

—De todas formas, no sé si llegaremos a saber la verdad. Esa familia sabe esconder muy bien las cosas —me dijo.

—Todas las familias lo hacen —le respondí y apuré la copa, pensando en lo que acababa de suceder con Dupont.

Independientemente de lo que dijera Frank, yo iría a hablar con Margaret Bau. Ella debía estar al tanto de bastante más de lo que le había dicho a Patrick. Entonces continué metiéndome aún más adentro en la cueva del lobo, sin saberlo.

—Cɪᴀɴᴜʀᴏ ᴇɴ ᴇʟ ᴀɢᴜᴀ sᴀʙᴏʀɪᴢᴀᴅᴀ —dijo Cotten—. La ingirió mientras esperaba a que lo procesaran, aquí mismo en el Departamento.

—Lamento profundamente ese final tan fácil que tuvo. Quería verlo tras las rejas, vencido y vilipendiado. ¡Rata cobarde! Ellas huelen el peligro y siempre escapan del barco —dijo Anne con desprecio.

—Pues ahora los noticieros dicen que Dupont era el asesino serial. No hay nada que hacer con estos periodistas de pacotilla. Nadie aquí les ha afirmado tal cosa. Por lo menos reconocen que «el hermetismo del FBI y del Departamento de Homicidios es total» —denunció Juliet, a quien Hans vio más pálida que de costumbre.

—Encargué a un buen agente la investigación de rigor sobre las actividades violentas de Otto Dupont y Gerard Bau. Yo misma tendré que estar al frente dada la importancia de esa familia —continuó diciendo Anne—, pero ustedes saben lo que deben hacer; seguir con lo del asesino serial de acuerdo con las órdenes del agente Freeman —indicó y miró a Cotten y a Rice.

Hans estaba callado. Seguía mirando las fotos de los números en las cuerdas y los lugares donde el asesino hizo las perforaciones en los cuerpos. Cuando notó que tres pares de ojos estaban clavados en él, se sintió en la necesidad de hablar.

—Lo de Dupont es incomprensible. Un hombre así, suicidándose, no sé. Estaba muy convencido de que no lo podríamos atrapar. Creo que estaba divirtiéndose con nosotros, y parece que llevaba mucho tiempo sin divertirse.

—¿Es decir que tú crees que lo mataron? Pero si él mismo tomó esa botella de agua en el despacho, y lo vimos hacerlo. Y qué casualidad que vino a ingerirla aquí, frente a nosotros, como aquel criminal de guerra que una vez sentenciado tomó el veneno frente a las cámaras del mundo entero —argumentó Anne.

—Lo sé, pero eso no aclara el asunto. Alguien pudo poner el veneno en esa botella. No es eso lo que me interesa ahora. Como dices tú, era una rata, y lo lamentable es que no terminara su vida entre rejas. Lo que me interesa es que todos nosotros sabemos que Otto Dupont no pudo ser el asesino serial. Las coartadas eran sólidas, además de que su personalidad no coincide con la del asesino. Así que, sin importar lo que crea la ciudad, sabemos que el asesino está libre y debe estar a punto de volver a matar a alguien. Además, hay un hombre que no hemos identificado, el que les llevaba las mujeres a Dupont y Bau y gestionaba lo de las peleas clandestinas, de acuerdo con lo dicho por el testigo del club. Tal vez ese sujeto también conocía a Gail. ¡Tal vez sea nuestro hombre, y eso es lo que lamento! No haber podido sacarle el nombre a Dupont.

—¿Qué sabemos de él? —preguntó Juliet.

—Que conducía un auto gris, que tal vez era mecánico, que era empleado de uno de ellos, y nada más. La personalidad de Dupont no era consistente con la personalidad del asesino serial, según la hemos analizado gracias a las escenas que recrea donde abandona los cadáveres. Pero no sabemos si la personalidad de ese cómplice sí lo es. ¡Y eso me molesta a morir! —exclamó Hans y golpeó la mesa. Luego se levantó, se agarró la barba con la mano izquierda, después se frotó los ojos y se paró frente a la ventana y continuó—: Pero voy a cazarlo pronto. No me iré de Wichita hasta conseguirlo.

Miraba la ciudad aplanada llena de árboles, con esa claridad que él recordaba. La ciudad de Goren, de Dupont y Bau que pretendía ganarle.

—Estamos en el principio otra vez —se lamentó Anne.

—Valerie Crawford está desequilibrada y no podemos contar con ella para que nos hable de la gente que conocía Gail. Dorothea Bau y su hija tal vez puedan decirnos más de lo que me han dicho hasta ahora en relación con ese hombre desconocido.

—Entonces, vayamos a hablarles con mayor presión. ¿Puedes encargarte, Juliet? ¿Ir tú misma? —preguntó Anne.

—Eso. Que vean que seguimos insistiendo en que ellas saben más es una buena idea —se apresuró a decir Hans, volteándose y volviendo a la mesa—. Lo central es sacarles el nombre de algún colaborador o empleado de Gerard Bau que pudiera ser el que llamamos «el tercer hombre». Yo creo que estaba más cerca de Bau que de Dupont. Pero, de todas formas, también hay que interrogar a los hijos de Dupont, a la esposa y a los socios. Tenemos que dar con ese sujeto. Cotten, ¿todavía no tenemos nada de los números de las cuerdas?

—Nada —reconoció el agente.

—¿Y del paradero de Elvin Bau?

—Se lo tragó la tierra —dijo Anne.

—¿Hablaron con las maestras que conocían a Gail Whitman? ¿Tenemos algo?

—La recuerdan, pero no dijeron nada de utilidad —respondió Rice.

Hans se tumbó en la silla que había ocupado antes e instintivamente buscó un cigarrillo, tocando la caja que llevaba en el bolsillo interno de la chaqueta, pero luego bajó la mano y la puso sobre la mesa.

En ese momento tocaron a la puerta. Anne fue a atender y recibió de un agente unos papeles, y los leyó rápidamente.

—Jobs ha encontrado carbón en cantidades mínimas junto a partículas de sal. Continúa con el análisis, así que esto es solo un informe preliminar —dijo y puso la hoja sobre la mesa de trabajo.

Entonces Hans miró las manos de Juliet, que descansaban sobre la madera, y recordó los guantes de látex en el hospital.

—¿Has dicho que en casa de Elaine no se encontraron ningunas otras huellas además de las suyas? —le preguntó a Juliet de forma inesperada.

—Así es —respondió ella y se le quedó mirando—. Tampoco en ninguna de las otras casas. Solo en la de Alice, y pertenecían a un hermano que ya no estaba en la ciudad.

—Ningunas, y eso llama la atención. Megan era ordenada y limpia, Alice valoraba la inteligencia, Elaine pintaba las paredes de su habitación de un color claro y pensaba que menos era más. Eran mujeres que valoraban la soledad. No recibían visitas de ningún tipo, o bien porque resolvían la socialización afuera de sus casas o porque simplemente no eran sociables, pero lo importante es que este hombre les resultaba confiable, lo dejaban entrar y se sentían seguras con él. ¡Debía ser un hombre con guantes! ¿Qué clase de persona da esa impresión y al mismo tiempo tiene amigos como Gerard Bau y Otto Dupont? ¿Qué clase de persona inspira confianza en una chica como Elaine, que tenía poco tiempo en la ciudad? ¿Y cómo hizo Gail para conocer a alguien así?

—pensaba Hans en voz alta, dejando al descubierto todas las interrogantes que se le ocurrían en ese momento.

Los tres lo observaban perplejos. Anne pensó que no le gustaría jugar al póker con un tipo tan complicado como él, y Juliet lo miraba extasiada y con muchas ganas de comprender su forma de razonar.

—Juliet, necesito que nos concentremos en Elaine Perales. Olvida momentáneamente a las demás. Ella tenía solo seis meses en la ciudad, no más, entonces es más fácil que logremos a través de la reconstrucción de sus días de vida en Wichita dar con algo. Termina pronto el análisis del uso de las redes sociales y de la gente que conocía en Easy Panam —dijo, pero fue interrumpido por la agente.

—Lo hemos hecho, pero no nos ha conducido a ninguna parte.

—¿Y la basura? —preguntó.

—¿La basura? —repitió Juliet con cara de niña asombrada.

—Sí. La casa de Elaine está ubicada justo frente a un vertedero de desechos de cuatro depósitos. Tal vez alguien de la calle vio a un hombre con una silla de ruedas, al salir a botar basura. Piensa que tal vez ni siquiera sea un vecino cercano, sino de alguna de las calles circundantes. Amplía el radio de consulta. Además, la muchacha era vegana. ¿Has buscado si contaba con un proveedor de comida preparada en particular? Hay una tienda de conveniencia justo en la esquina, pero allí no debía encontrar los productos que yo vi sobre su mesa y en la refrigeradora.

De pronto hizo silencio, como si pensara en otra cosa, se levantó y corrió hacia donde había dejado su viejo maletín, sobre la silla que estaba junto a un archivo. Sabía que tenía en alguna parte las transcripciones de las entrevistas con los testigos en los casos de Megan y Alice. Sacó un dosier y dejó caer el maletín sobre la misma silla, este se desplomó al piso, pero Hans no intentó recogerlo. Hojeó con fuerza los papeles contenidos en una fina carpeta, y entonces carraspeó y leyó en voz alta.

—Cuando la encontré, a Megan Zing, me pareció que volaba…

«Pareció que volaba», se repetía Hans, y entonces recordó las aves marinas que tanto le gustaban en el pasillo del hotel. ¡Eso era! ¡Por eso les desprendía los pies a los cuerpos! ¡Les extendía las manos y les movía la cabeza hacia arriba y levantaba el mentón, como si volaran! Era importante para el asesino dejar clara esa impresión de levitar, como un cuadro de Chagall. ¿Dónde había visto un cuadro similar?

El carboncillo de la habitación de Gail Whitman…

RENUNCIÉ al trabajo en la Dirección de Servicios Sociales. No pude seguir engañándome, porque me asfixiaba continuar allí. Lo sentí por Madi, pues me haría falta verla a diario. De todas formas, me consolé diciéndome que nos mantendríamos en contacto y que intentaría lograr que conociera a Frank. Parecía mentira, pero aún no los había presentado. No tardé ni veinte minutos en recoger las cosas en el que fue mi escritorio. No estaba triste. Al contrario, estaba loca por salir de allí e irme a casa de Margaret Bau. Tomé mi última taza de café en la oficina, como un rito de despedida. Luego troné mis dedos, me despedí de todos con una bonita sonrisa y me sentí libre cuando llegué a mi auto. Definitivamente, sabía que estaba haciendo lo correcto.

Encendí la radio mientras conducía a Park City. Canté y quise recordar, pero no pude; ¿a quién de las personas que conocía le encantaba tararear esa canción de Sam Smith? Tal vez la había escuchado hacía poco tiempo junto con Madi. Desde la primera vez me pareció divinamente melancólica y capaz de gustarle a personas muy diferentes, y entonces me dije que ya me estaba pareciendo a papá, ya que a él le gustaban las canciones tristes.

Llegué a la casa de Gerard Bau y miré de reojo el patio de mamá. La verdad era que lo mantenía muy bonito. Me hubiese gustado saludarla, pero aún no estaba preparada para perdonarla totalmente. Seguí mi camino y me anuncié en el portal, a través de un intercomunicador que parecía del siglo pasado. Enseguida se abrió la puerta. Entré y caminé unos cuantos pasos, cuando escuché que Margaret me llamaba. Estaba sentada en una de las sillas blancas de hierro que rodeaban una mesita, donde suponía que algunas veces tomaban el desayuno.

Di gracias a Dios porque solo se encontraba ella. Dorothea debía estar destilando su antipatía en alguna otra parte lejos de allí.

—Hola, Julia. Qué casualidad que hace poco tiempo hablé de ti —dijo con esa voz inconfundible que no había cambiado.

—Hola, Margaret. ¿A quién le hablaste de mí? —pregunté.

—Al FBI, nada más y nada menos. Y eso debe emocionarte mucho si es que has seguido con ese gustito tuyo por la investigación criminal —dijo y me hizo una seña con la mano para que me sentara junto a ella.

La verdad es que Margaret era de las personas más desagradables que conocía. Pero yo podría reunirme hasta con Drácula si era necesario para obtener información, así que me senté a su lado.

—¿A qué has venido? Podemos ahorrarnos un preámbulo innecesario…

Era la misma cara pulcra sin una gota de maquillaje, el mismo mentón prominente, los ojos pequeños y la nariz respingada. Había ganado algunos kilos desde la época de estudiantes. Desde el funeral de Gail no la veía. Creo que la muerte de Gail fue el hito más importante en mi vida, y ahora cuando miro hacia atrás y sé todo lo que me sucedió después de aquella visita a la insufrible Margaret, lo reafirmo.

Mi interlocutora me pedía claridad y yo estaba dispuesta a entregársela.

—¿Por qué si sabías lo que hacían tu papá y Dupont no dijiste nada? —la ataqué como soltando una carga atómica.

—Bueno, mi padre murió hace tiempo, como sabes, la buena de Gail asistió al funeral, aunque tú no lo hiciste. Eso molestó mucho a mi mamá. Y ahora resulta que el viejo Otto también ha muerto —dijo moviendo ambas manos hacia atrás —, así que no tiene caso tu pregunta.

No supe qué decirle y esperé a que continuara hablando.

—Ese pobre viejo parece que al final era un redomado cobarde —sentenció.

Me quedé mirándola y ella sonrió mostrando unos dientes blanquísimos.

—No me mires así. Si mi padre era un monstruo, el de tu novio también lo es. ¿O quién crees que los conectaba en ese mundo de las mujeres y el boxeo?

Sentí la cabeza explotar, y la miré con repugnancia. La mortal maldad que mostraba la hacía más parecida a una cobra que a un ser humano.

—¡Pobre Julia! No lo sabías. Es que hay tantas cosas de las personas que tenemos cerca que no sospechamos siquiera.

Sentí unas ganas enormes de estar sola, de salir de allí. El veneno de Margaret hizo el efecto que ella deseaba. Le dije que no le creía, me levanté y salí corriendo. Las lágrimas comenzaron a aparecer en mis ojos cuando toqué la puerta de salida. Crucé y la cerré de un portazo con furia. No podía creer eso del papá de Frank, aunque inmediatamente lo comencé a entender. Si era un hombre violento en casa, también podía ser un sádico afuera. Entonces recordé que, en Navidad, mamá dijo que Alan Gunn había enterrado a su segunda esposa, quien murió de cáncer, y que el pobre hizo todo lo posible por salvarla y hasta le había pagado un tratamiento experimental costosísimo. ¿De dónde sacó el papá de Frank dinero para eso? Tal vez había vivido de lo que Otto Dupont y Gerard Bau le daban por haber conocido sus secretos.

Me sentí atrapada. Primero las dudas sobre mi hermano pequeño y ahora la implicación del padre de Frank en cosas tan turbias. ¿Por qué no podía interesarme en algo sin que ese algo se levantara en mi contra?

Intenté calmarme porque tenía que conducir, y me sequé con rabia las lágrimas. Subí al auto, lo encendí y salí a toda velocidad de esa calle que siempre fue una trampa, pues en todas las horrendas casas de Park City pasaba lo mismo; las mujeres sabían y se callaban las atrocidades, y las peores hasta disfrutaban haciéndolo.

Cuando tomé la avenida Hydraulic, decidí encarar a Alan Gunn. Fingiría un encuentro casual con él, y trataría de sacarle algo, pero sin decirle nada a Frank. No tenía la culpa de cómo fuera su padre, así como yo tampoco la tenía de lo que fue Richard. Tal vez Alan era un hombre mortalmente peligroso, pero estaba dispuesta a correr el riesgo de hablarle. Mantenía la convicción de que el agente Freeman creía que todo esto tenía que ver con el asesino serial, y yo no pensaba que este fuera Otto Dupont, como decían las noticias, porque esa forma en la que el homicida dejaba a las víctimas colgadas, como si se hubiesen ahorcado, pero a la vez en una postura extraña y mirando hacia arriba, no se correspondía con la brutalidad de Otto Dupont y compañía. Una pregunta inesperada se me atravesó por la cabeza: ¿cómo se suicidó la mamá de Frank?

EL HOMBRE DESPERTÓ y sintió los labios pegados uno al otro. Quiso gritar y no pudo. Recordó en medio de la confusión de su mente que él le había dicho en voz baja que «iba a quedar como nuevo». Entonces revivió la escena en la que una persona cercana utilizó esa expresión. Estuvo seguro de que ella la empleaba con frecuencia. La primera vez que le oyó decirlo, estaban en la casa de campo y él se había caído, rompiéndose ambas rodillas, que se tornaron como cabezas brillantes por la sangre que salía profusa. Revivió el momento en el cual ella reía satisfecha. ¡No podía ser que ella formara parte de esa pesadilla que estaba acabando con él! Pero si era así, entonces lo del auto tenía sentido. En los momentos de mayor lucidez se había preguntado cómo supo el asesino que él transitaría por la interestatal a esa hora de la madrugada. Entonces recordó que fue ella quien le retrasó el viaje, que ella había usado el vehículo, y supo que era su cómplice... Y por eso su madre no lo buscaba, porque debía estar creyendo las mentiras que ella le decía sobre su paradero.

Lloró desesperado, porque algunas veces había creído que

estaba allí como un castigo por lo que les hacía a las mujeres del club, porque su padre lo había iniciado en eso y a él le había gustado. Que tal vez era un macabro y radical encargo de algún familiar criminal de esas mujeres, pero nunca imaginó que una persona cercana quería tanto mal para él. Se durmió con esas dañinas ideas adentro.

Cuando despertó, no supo si días u horas después, volvió a tener conciencia de estar sentado en la silla de madera, atado por el dorso. Solo tenía dos muñones por brazos y dos por piernas. Ya no era él mismo, era solo un despojo con consciencia y necesitaba perderla y morir de una vez. O que al menos no le curase las heridas producto de las amputaciones y muriera por sepsis más rápido a como ellos habían planificado matarlo.

Escuchó un ruido afuera y tuvo una esperanza involuntaria. ¿Sería posible que vinieran a salvarlo? Al menos todavía podía ver, conservaba sus dos ojos y, tal vez con la tecnología médica adecuada podría hablar. Tal vez todo era una larga pesadilla. Tenía que serlo… Algunas veces recurría a la imaginación como el único movimiento que podía hacer, y fantaseaba con que estaba metido en un mundo ficticio, que todo era realidad virtual, que solo habían pasado dos horas desde que iba camino al aeropuerto para el Torneo de Póquer en Phoenix. Que era el nuevo protagonista de un proyecto al estilo *The Truman Show*, y que sería el más famoso de Wichita al terminar porque no había perdido del todo la cordura. Se le confundían recuerdos y sueños en una marea de delirios, pero luego solo quedaba el cautiverio, la soledad, el silencio y el olor a vaca y sangre mezclado con su propia suciedad.

Afuera de la instalación donde estaba el hombre amputado, tres niños paseaban en bicicleta. Uno de ellos vio la caseta abandonada y propuso llegar hasta ella.

—Tal vez hubiese algo de valor adentro —dijo el chico con un brillo imprudente en los ojos.

El asesino iba llegando al granero y los vio. Se quedó muy quieto y oculto entre unos matorrales. Estaba pensando qué hacer. Si entraban y lo encontraban, sería un desastre. Tendría que matarlos también. Pero no debería sacar conclusiones aún, porque tal vez no se decidieran a entrar. Siempre podría culparla a ella, decir que todo fue su idea. Miró hacia abajo y vio un bicho negro y brillante junto a sus zapatos y lo aplastó con rabia. Sintió un olor desagradable que le erizó la piel. ¡No podían comenzar a salirle las cosas mal a esas alturas! Ahora que había logrado tener el máximo control de su vida. Respiró profundo y lloró. No dejaba de observar a los chicos. Ahora solo veía a dos de ellos. ¿Cómo podría matarlos? Nunca había querido aprender a disparar. No le parecía políticamente correcto, aunque su abuelo y su padre lo hacían. Por esa estúpida idea de que las armas no estaban bien, esa ridícula idea que le metió su madre en la cabeza.

Esos endemoniados niños tenían que irse pronto sin encontrarlo, porque él no era bueno improvisando asesinatos.

PARTE IV

LLAMÉ A FRANK, pero no sabía cómo preguntarle lo que quería. Al final le pedí que confiara en mí y le dije que en la noche le explicaría, que perdonara que le hablara de algo tan doloroso, pero necesitaba saber cómo murió su madre. Sabía que se había suicidado, pero no la manera cómo lo hizo. Uno no habla de las cosas terribles que les pasan a las personas que quiere.

Entonces me dijo que se había ahorcado y me faltó el aire al oírlo. ¡No podía ser que el asesino serial dejase a las mujeres como representando un ahorcamiento, y que la mamá de Frank hubiese muerto de esa manera! Esa casualidad me afectaba, pues temía que lo que me dijo Margaret fuese cierto y que el papá de Frank sea el loco que estaba matando en Wichita.

Decidí ir a casa y darme un baño para ordenar mis ideas. Descansé un poco, tumbada en la cama, aunque no pude dormir. Pedí a Wine Dive Delivery una hamburguesa sencilla, aunque solo logré comer un cuarto de ella. No puedo cocinar si estoy alterada y tampoco puedo comer, pero necesitaba contar con fuerzas para seguir a Alan Gunn, ya que esa misma noche lo haría.

Creo que al final dormí un rato, unos minutos, tumbada en el sofá mientras el televisor permanecía encendido. Cuando desperté, miré a la pantalla y vi la cara de un tigre en uno de esos programas donde muestran cómo los animales se devoran entre sí. Eran las seis de la tarde.

Me vestí sin mucho cuidado y salí de casa, rumbo a la dirección de Alan Gunn. Le había sacado a Frank la información a través de un wasap, con la excusa de que me había parecido verlo en la calle Huntington, solo para que él me dijera algo como «es imposible, está muy lejos de su casa» o «claro, porque vive en tal parte». Sabía que ya no vivía en Park City porque la casa que ocupaba Frank de pequeño estaba deshabitada. No fue necesario hacerle la pregunta directa; obtuve los datos de la nueva casa de Alan Gunn fácilmente gracias a que Frank para algunas cosas no tenía imaginación. Otra persona más curiosa me hubiese preguntado por qué estaba tan interesada en saber el paradero de su padre.

Llegué a Courtland. Allí vivía. Primero hice un reconocimiento de la zona, y concluí que era una calle melancólica que desanimaría a cualquiera. Sentí lo mismo que siento cuando entro en el departamento de «cosas para el hogar». No sé por qué me causó esa impresión. Me detuve frente a la casa número 28. Había una luz encendida en lo que supuse era la sala, y también se veía el reflejo titilante de la televisión. Entonces me debatí entre tocar a la puerta o esperar a ver si tenía suerte y lo veía salir. Me parecía más adecuado abordarlo «casualmente» afuera, porque por mucho que pensé no se me ocurría una excusa creíble para presentarme en su casa. No estaba segura de que Alan Gunn me recordara, aunque yo sí lo recordaba a él. Entonces opté por esperar, ya que parecía lo más sensato. Además, tal vez Alan Gunn era un asesino, y no estaba interesada en quedarme a solas con él. La verdad es que sabía que debía averiguar si él era el homicida buscado por el FBI, pero no tenía idea de cómo hacerlo. Estuve más de dos horas metida en el auto, estacionada en un área oscura desde donde podía ver el frente de la casa. No sé exactamente cuánto tiempo permanecí allí, porque el teléfono se quedó sin carga, y no uso reloj. Sí uso, pero uno que me regaló papá y no funciona. Solo lo mantengo conmigo porque me puse muy contenta el día que me lo obsequió, y aunque detesto la forma de mis brazos, creo que me queda bien.

Por fin mi paciencia se vio recompensada; Alan Gunn salió. Vi su silueta. Era un hombre alto y fuerte, más gordo que como lo recordaba, pero estuve casi segura de que era él. Luego lo confirmé al acordarme de su forma de andar, con una ligera inclinación hacia la derecha y con los brazos muy rígidos, como si tuviese un problema en la espalda. Algunas veces lo vi de pequeña buscar a Frank en la escuela. Uno recuerda cosas extrañas cuando tiene mucho interés.

Subió a un automóvil grande de los años ochenta. Tomó la avenida Douglas en sentido este y yo también lo hice, pero a una distancia prudencial. Avanzamos unas cuantas cuadras y, finalmente, en la calle Glendale giró a la derecha. Se estacionó en un bar llamado Hill. Esperé que entrara al lugar y yo también aparqué. Al cabo de unos minutos, entré y me senté en un puesto estratégico una vez que vi donde estaba él. El bar era oscuro y olía a humedad. La verdad es que ni en mil años lo incluiría entre mis sitios favoritos, pero a pesar de la impresión que me dio, estaba lleno de gente. La decoración me pareció pasada de moda, y tal vez ese era el gancho para ser popular entre un grupo de edad en particular. Comenzó a sonar una canción de Van Halen que conocía, y eso me hizo confirmar mis sospechas. Era un sitio popular para personas de una generación anterior a la mía. Sin embargo, había muchas chicas de mi edad. Pedí un martini a un mesero con cara de ciervo que me hizo recordar al que más temprano estaba devorando el tigre en el programa de la tele. Enseguida me trajo un trago pésimo, sin la temperatura adecuada y hecho con quién sabe cuál ginebra. Ni siquiera estaba segura de que fuera ginebra, pero me lo tomé como si fuera un líquido vital porque necesitaba fuerzas. En medio de aquella oscuridad, estaba segura de que Alan Gunn no iba a reconocerme, y entonces me haría pasar por una chica tonta que se había sentido atraída por él. Me costaba imaginar un motivo para tal cosa, pero yo era capaz de disimular la verdadera impresión que ese hombre me producía. Tenía que aprovechar que claramente él había ido a ese lugar para pescar.

Estaba de espaldas, sentado en la barra y tomando cerveza. Cuando me levanté e iba a dar el primer paso, me detuve y quedé congelada porque una chica pelirroja que estaba sentada a su lado se reía y le hablaba, muy animada. Lucía bastante más joven que él. Tal vez unos dos o tres años mayor que yo. Era alta y atractiva, estaba vestida con un traje brillante y ligero, de color azul eléctrico.

Volví a sentarme de inmediato, recalculando qué hacer. No les quité la mirada de encima y pedí otro trago a «cara de ciervo». Me parecía insólito que una mujer tan guapa se hubiese enganchado con un tipo así, sobre todo porque el lugar estaba lleno de hombres y algunos de ellos se veían mucho más atractivos que Alan. O tal vez yo pensaba eso porque lo conocía y sabía la clase de tipo que era. Me quedé mirándolos como cuando uno va al cine y se mantiene atontado y sentado en la silla viendo una mala película. De pronto sentí mucho sueño, y pensé que tal vez los tragos me estaban cayendo mal. Recuerdo que me dije que era muy afortunada porque Frank era muy distinto a ese troglodita que estaba vigilando. Entonces me cayó encima una pregunta molesta y desoladora: ¿esta persecución me llevaría a algún lado? Porque tal vez la insufrible Margaret Bau me había mentido y el asunto del club era solo entre Dupont y su padre. Continué mi vigilancia, entre varios bostezos, y me pregunté qué estaría haciendo el agente Freeman. Entonces recordé por enésima vez la escena en el avión. Había sido una tonta por no entablar conversación en ese momento, cuando lo vi allí mirando a Gail con aquella cara de *hippie* y tan interesado en mi amiga. Allí sentada en ese bar espantoso, me sentí patética porque me encontraba cruzando una de las peores etapas del circuito psicológico que Lipman ha descrito en mí; cuando pienso que nada de lo que hago tiene sentido y que soy presa de una febril imaginación que no me conduce a ninguna parte. Entonces decidí no continuar la persecución de Alan. Seguramente se iría con la chica pelirroja de dudoso buen gusto y solo eso. Además, el asesino no sacaba a las víctimas de ningún bar, porque de ser así, ya se sabría, y yo había escuchado a alguien decir que las raptaba en sus propias casas, aunque no recordaba a quién. Comenzó a dolerme la cabeza, así que no podría seguir envenenándome con lo que estaba tomando.

Derrotada, volví a casa y me quedé dormida, pensando que la fantasía de formar parte de algo importante como la caza de un asesino serial había acabado para mí. Al cabo de dos horas, me desperté y tomé dos pastillas de Tylenol que me aguardaban en la mesita de noche junto a un vaso de agua. Cuando volví a acurrucarme, escuché un ruido, como si alguien hubiese entrado en casa; y tengo que reconocer que me asusté mucho. Todo mi cuerpo se puso en estado de alerta. Salté de la cama velozmente y me paré junto a la puerta para intentar escuchar mejor, pero solo había silencio. Bernarda estaba dormida en una de las esquinas de la cama, y lo hacía tan plácidamente que me dije a mí misma que debí haber padecido una especie de alucinación. Pero los sonidos continuaron y se hicieron más fuertes. Escuché con claridad el ruido de un gabinete de la cocina abrir y cerrarse. Imaginé un cuchillo brillante y afilado y un plástico para ahogarme, y creo que dejé de respirar. El asesino se metía en casa de las víctimas… y ahora tal vez estaría buscándome a mí; tal vez era Alan Gunn, quien descubrió que lo había seguido. O aquel hombre que me gustó en el Otelo; o Klaus Dupont, que se enteró que había sido mi responsabilidad que Patrick llevara las pruebas que inculpaban a su padre. Era absurdo que no tuviese nada para defenderme en la habitación. Había caído en las redes como una tonta, pero era muy tarde para arrepentirme de los pasos que di por no haberme conformado con la vida que llevaba…

Entonces me separé de la puerta porque escuché claramente los pasos que se aproximaban cada vez más. La puerta se abrió y estuve a punto de gritar. Era Frank. Lo abracé con fuerza allí en el umbral. Lloré. Él me preguntó qué me pasaba y le dije que estaba muerta de miedo. Tenía en sus manos un ramito de flores que me parecieron alegres, pequeñas y hermosas. Nunca me había sentido más segura en toda mi vida.

—Has dejado la puerta abierta, Julie. Debes tener cuidado. Algo me decía que debía venir a verte —me dijo en tono dulce y luego me besó.

2

—LA MADRE no sabe quién se lo regaló —dijo Hans, molesto.

—¿El cuadro? —preguntó Anne.

—Sí. Pídele a Rice que lo busque, por favor. He debido traerlo conmigo cuando estuve allá, pero no lo hice. Ya lo verás: es una mujer volando y de una forma extraña; ahora sé que está relacionado con las escenas. No sé por qué no lo pensé antes. Eso me pasa cuando me enfrasco en una sola cosa y dejo de lado aspectos claves.

—No te tortures, porque encontraste el catálogo, y eso acaparó tu atención. Fue bastante hábil que lo encontraras —dijo Anne, intentando calmarlo, y luego cambió de tema—. Quería decirte que hemos comprobado las coartadas del hijo de Otto Dupont y de la hija, tal como pediste. Afirman que estuvieron juntos las tres noches de los asesinatos. Solo ellos, sin nadie más.

Pero Hans no parecía prestarle atención y continuaba lacerándose mentalmente. Anne sintió pena porque cada vez le parecía más atormentado.

—Ella debe saberlo. Julia Stein tal vez conozca el origen de esa pintura —dijo y salió de la oficina.

Se dirigió al ascensor y, repentinamente, decidió subir a la azotea. Quería que le pegara el aire en la cara, pero sobre todo quería estar solo. Necesitaba ordenar las ideas. Además, había decidido fumarse un cigarrillo lentamente y sin ninguna culpa. Estaba seguro de que eso le ayudaría a razonar. Él supo desde el principio que la clave estaba en la forma en que el asesino abandonaba los cuerpos porque con eso él quería decir algo. Lo mismo que dijo por primera vez con esas manchas circulares en la ropa de Gail Whitman.

Llegó a la azotea y, mirando la ciudad desde lo alto, se preguntó si esa noche atacaría de nuevo en alguna casa, y si luego dejaría el cadáver en cualquier calle solitaria de las tantas que había, y que desde allí parecían las venas de un ser vivo. Tal vez ya habría decidido colgar otro cuerpo de algún árbol.

—¿Cuál fue tu motivación hace un mes? ¿Por qué las mujeres tienen que volar? Ese es el respeto que mostrabas, la necesidad de que despegaran de este mundo tormentoso, tal vez cargado de hombres que actúan como monstruos. ¿Quién es la víctima para ti? ¿Una hermana, una madre, una amiga? —preguntó Hans mirando hacia arriba, y entonces se fijó en unas nubes finas que parecían desintegrarse en el cielo y que asemejaban una delicada cara con cejas despobladas. Le gustaba desde niño buscar figuras en el cielo de Wichita.

Perdió la noción del tiempo y de pronto cayó sobre sus hombros la suave oscuridad del anochecer. Encendió un último cigarrillo, pero como saliendo de un trance en el cual había permanecido, decidió apagarlo con la punta de los dedos. De nuevo la ceniza se quedó entre ellos. Esa mancha pretendía decirle algo, y volvió a recordar la sangre en la ropa de Gail y los agujeros oscuros en el cuerpo de Elaine. Aquel cuerpo rígido de la pobre chica en la mesa de la morgue…

Se sentó en el piso y se acurrucó sobre sus rodillas. Supuso que se quedó dormido unos segundos, pues estaba exhausto, y entonces decidió ir al hotel. En la habitación pediría un pedazo de carne poco hecha y se tumbaría a dormir. Necesitaba recobrar fuerzas para despejar su mente. Con lo sucedido a Dupont, tenía que hacer un mayor esfuerzo por investigar el entorno de Gail para comprender quién, por un lado, habría sabido que la chica conocía las actividades del club, y, por otro, quién podría estar implicado en ellas. Otra vez pensó en Julia Stein. Le parecía que tenía intuición y la suficiente falta de juicio para embarcarse en empresas poco comunes como la de visitarlo en el Departamento solo por haberlo visto con la foto de Gail, y para haber convencido a su hermano de que les llevara las fotografías de las mujeres maltratadas. Parecía que le gustaba buscarle las cinco patas al gato.

Se levantó, sacudió su pantalón y fue cuando tuvo conciencia de su apariencia. Pensó que tal vez fuera buena idea cortarse un poco el pelo. Después de todo, Wichita no era Washington y el país estaba lleno de gente conservadora, y la verdad era que no parecía un agente del FBI con esa estampa tan desaliñada a lo Monk. Sonrió porque recordó las manos de Fátima sobre su pelo, tumbada junto a él y diciéndole que le encantaba verlo despeinado como un mendigo.

Bajó y caminó hasta su auto. Miró la entrada del edificio y escuchó las sirenas a lo lejos. Se dijo que esperaba que Cotten lograra dar con alguna clave en relación con la secuencia numérica y en cuanto a las grabaciones de las cámaras. O tal vez fuese Juliet quien lo sorprendiera con la buena noticia de que algún vecino había visto a un hombre en silla de ruedas rondar la casa de Elaine, o que alguien lo vio al sacar la basura. En ese momento, precisamente Juliet Rice le llamó para informarle que había visitado la casa Bau en Park City y no obtuvo ninguna información de Margaret Bau, y que se dirigía a casa de Valerie Crawford para buscar el cuadro.

Al cabo de doce minutos, Hans caminaba por el pasillo del séptimo piso en el Hotel AVA, junto a las fotografías de las aves marinas. Se sintió más cansado aún. Debía comer pronto el bistec. Después de hacerlo, decidió que a la mañana siguiente llamaría a Julia Stein para preguntarle si sabía quién había regalado a su amiga Gail Whitman aquella pintura. En el fondo, le incomodaba la sensación que tenía de que esa chica estaba corriendo peligro.

Acostado en la cama, estaba repasando mentalmente lo sucedido en el día e intentaba reconstruir las conversaciones que había sostenido con el equipo, y entonces recordó lo de la ausencia total de huellas en casa de Elaine. Y los guantes del pasillo del hospital y la conversación con Anne en esa casa, lo de «la visita inesperada» y lo del chico que llevó a Elaine a su casa cerca de las ocho de la noche. ¡Eso! Tal vez ese sujeto, John Skinner, había visto a alguien esperando, a alguien que pasaría por natural; es decir, una persona que no fuera importante en sí misma sino por el rol que cumplía, un reparador, un fontanero con guantes, alguien uniformado, un enfermero en un vehículo rotulado que no levantara sospechas en la vecindad.

Saltó de la cama y buscó el celular. Tardó unos minutos en encontrarlo, y cuando lo hizo, llamó a Juliet.

—Necesito que te comuniques con John Skinner inmediatamente. Él llevó a Elaine Perales a las siete y cuarenta minutos a su casa. Si el asesino la estaba cazando, y si es un sujeto organizado, ya debía estarla aguardando, pero camuflado. He pensado que tal vez mostrara credenciales de pertenecer a una empresa de servicios caseros. Nadie cuestionaría la presencia de un vehículo identificado o de un sujeto uniformado y con guantes a esa hora, si el tipo de trabajo que hacía se relacionaba con alguna emergencia en la casa de alguien cercano. Claro que pudo ponerse los guantes adentro, una vez que la inmovilizara, pero le hubiese resultado más fácil llevarlos desde antes, sobre todo si formaban parte de la indumentaria común de alguien que viene a reparar algo. Sé que en lo de Elaine todo estaba en perfecto estado, pero es una posibilidad que antes este hombre hubiese prestado algún servicio, que fuese conocido por ella, y, por tanto, confiable. Y es que para las tres víctimas hubiese sido valioso mantener la casa en buen estado y arreglar objetos o anticiparse a reparaciones básicas; para Megan, por ordenada y limpia; para Alice, por inteligente y previsiva; y para Elaine, porque «menos es más»; y lo elemental, lo mínimo, lo insustituible es admitir a un tipo desconocido con la intención de lograr que todo en casa funcione bien. Puede ser un fontanero debido a una emergencia en alguna tubería que él mismo hubiese ocasionado; puede ser algo relacionado con la salubridad del espacio, como fumigaciones. Esa sería «la visita inesperada» de la que hablé con Anne y que Skinner pudo ver, si contamos con suerte. No sé si me estoy explicando.

Del otro lado de la línea estaba Juliet, muda y sin saber qué decir porque eran las dos de la madrugada. Luego recordó que el agente Hans Freeman era una persona poco común, y le respondió como pudo.

—Está bien. Ya le tomamos declaración a Skinner porque fue el último en ver con vida a Elaine Perales, pero reconozco que no le preguntamos específicamente si vio algún vehículo o trabajador de este tipo de empresas de servicio en las cercanías, o a algún sujeto reparando algo. Lo llamaré en cuanto… amanezca.

Entonces Hans miró el reloj en su brazo.

—Perdona, no sabía que era tan tarde, o tan temprano, según cómo se mire. —Y cortó la comunicación con el convencimiento de que el asesino estaba a punto de atacar otra vez, tal vez esa misma noche, y que se encontraban en una carrera contra el tiempo.

3

Eran las siete de la mañana y se encontraban en la oficina. Hans no había podido volver a dormirse y amaneció allí.

—John Skinner está volando en este momento, pero aterrizará en pocos minutos. He traído conmigo el cuadro de la habitación de Gail Whitman. Están analizando las huellas —dijo Juliet.

—¿Sabes si Cotten ha encontrado algo? —preguntó Hans.

—Acabo de hablarle, y aún nada —respondió Juliet—. Le he dicho lo del vehículo de servicio o reparación, y ya le he alertado que incluya eso como aspecto de importancia.

—Buen trabajo —respondió.

Hans vio llegar a Anne, al mismo tiempo se dio cuenta de que un agente que debió haber estado de guardia nocturna venía detrás de ella junto con una mujer pelirroja muy atractiva.

Anne intercambió unas palabras con el agente, miró a través de los paneles de vidrio a Hans y se dirigió a hablarle. Cuando cruzó la puerta, Hans la aguardaba expectante.

—Esta mujer viene a hacer una denuncia. Se llama Miriam Clark. Dice que fue atacada en la madrugada por el asesino serial y que se salvó porque unas personas venían atravesando la calle en donde fue abordada. El agente Ben Emmett la ha traído hasta acá porque sabía que cualquier caso de agresión callejera debía reportarlo ante nosotros.

No era eso lo que Hans esperaba. El asesino no se equivocaba de esa manera. Si hubiese querido matar a esa mujer, ya su cuerpo estaría mutilado y perforado, y lo hubiesen visto colgando de un árbol en alguna parte de la ciudad.

—Estoy seguro de que no es él. Pero veamos lo que tiene que decirnos la señorita Clark —dijo Hans, emitiendo un susurro.

Al cabo de unos minutos se encontraba junto con Anne y Miriam en la sala de interrogatorio a los testigos, acompañados de tres grandes vasos de café humeante sobre la mesa.

—Yo salía de casa de mi amiga Arlene Preston, en la avenida Douglas, y un hombre apareció de la nada en la esquina y me atacó, me agarró por el cuello desde atrás. No pude ver su rostro porque llevaba un pasamontañas negro. Me salvé porque unos muchachos pasaron por el callejón, y entonces él tuvo que huir.

Hans se quedó mirando a la mujer y haciéndose una idea de ella: no estaba tan nerviosa para haber tenido esa experiencia, era muy hermosa y mostraba una larga y rizada melena rojiza. Vestía un bonito traje azul brillante que le dejaba mostrar un cuerpo de diosa. Pero le parecía que estaba mintiendo.

—¿A qué se dedica? —le preguntó.

—Soy enfermera en el hospital St. Francis y hago guardias en el Centro Clínico Clifford cuando el horario del hospital me lo permite.

Le resultó interesante porque no esperaba esa respuesta. Consideró que Clark era una versión moderna del Dr. Jekyll. Definitivamente, era una mujer que mostraba un peculiar desdoblamiento en sus actividades diurnas y nocturnas. Si no tuviera tanto que hacer, le hubiese encantado escrutarla mejor, ya que creía que la gente como ella resultaba buena informante de la psicología, aunque no fuera una asesina.

Le hizo señas a Anne para que salieran. Se excusaron y salieron ambos. Del otro lado de la puerta de la sala de interrogatorios, Hans instruyó a Anne para que la testigo dejara la declaración por escrito y para que el oficial que la trajo antes vigilara que llegara bien a casa, o al hospital. Ambos comprendían que este caso no tenía que ver con el asesino serial, pero Anne tuvo la infeliz idea de que muerto Otto Dupont tal vez hubiese alguien que quisiese imitar los ataques que él y Gerard Bau cometían.

—No voy a descansar hasta que las mujeres golpeadas en el caso Dupont-Bau sean todas compensadas con una buena tajada de dinero de la familia Dupont. Espero que esto no sea obra de un imitador, porque la verdad es que la enfermera tiene una pinta sugerente que no puede negarse —dijo Anne.

Se volteó para volver a entrar en la sala, pero recordó algo y se lo dijo a Hans.

—He hablado con Mary Ann Dupont y está dispuesta a ayudar, y hasta ha ido a visitar a Melinda Bell, una de las víctimas de su padre.

Hans se sintió bien al oírla decir eso y recordó a la apacible Melinda acostada en la cama. La hija de Dupont debía sentir vergüenza, y eso estaba bien, pues su padre había hecho mucho daño. Pensando en eso se encaminó a su oficina, pero algo lo detuvo: vio venir a Julia Stein envuelta en unos pantalones negros y una blusa de enormes líneas blancas y negras. En el fondo sintió alivio, porque se le había metido en la cabeza que la chica estaba en peligro. Miró sus pies y los vio portando unos bonitos zapatos oscuros y brillantes con la punta muy estrecha. Recordó las películas de la década de los cincuenta, y una imagen perturbadora lo nubló de pronto: se imaginó a Julia Stein sin pies. Se deshizo de esa grotesca idea que lo atacó, al mismo tiempo que casualmente un pájaro golpeó uno de los ventanales del Departamento. Pero Julia no lo miraba a él, sino detrás del panel, justo donde estaba sentada Miriam Clark dentro de la sala. Hans reconoció un brillo de pánico en los ojos de Julia y la vio detenerse en seco. Parecía que quería salir corriendo de allí, pero luego continuó avanzando hacia donde él se encontraba.

—No sé para qué he venido si ya lo saben —dijo.

—Buenos días. ¿Quería decirnos algo más? —preguntó Hans, intentando disimular que había descubierto temor en ella.

—Esa mujer estuvo ayer con Alan Gunn, el padre de mi novio, porque seguramente es una de ustedes; y yo tan preocupada porque tenía información sobre él y no había venido a contarles. Ya Madi me lo había alertado, que hay gente que trabaja con ustedes que no parece que lo hace. Tal vez la misma Margaret Bau les dijo que el papá de Frank acompañaba a su padre y a Otto Dupont en lo de las agresiones de las mujeres, pero si usted conociera mejor a Margaret, se daría cuenta de que su cabeza es perversa y no necesariamente sincera.

Hans supo que Julia acababa de darle el nombre del hombre que él había estado buscando y que ni siquiera se daba cuenta de la importancia de lo que estaba diciendo.

—Continúe —le dijo, animándola a seguir hablando.

—El papá de mi novio no es el asesino, aunque sea un ser despreciable. Es mejor aclararlo todo ahora, por muy espan-

toso que parezca, y establecer que si estaba confabulado con
Dupont y Bau en lo del club era solo para procurarles sus
aterradoras adicciones. Ahora entiendo mejor por qué esa
mujer tan llamativa le habló a Alan Gunn ayer, en el bar. Era
la misión que le habían encomendado.

4

—Juliet, acércate, por favor —dijo Hans.

Mientras ella hacía el trayecto entre el escritorio que ocupaba y donde él se encontraba con Julia Stein, se dirigió a esta última.

—Señorita Stein, pase por aquí. —Abrió la puerta de una pequeña oficina que tenían justo en frente—. Siéntese allí y espéreme unos minutos. Responda a la agente Juliet Rice las preguntas que le haga mientras tanto.

Una vez que se deshizo de Julia y que Juliet llegó a su lado, le habló en voz baja.

—Haz que te cuente todo lo que sabe del padre de su novio, que puede que sea el hombre que falta en las actividades Dupont- Bau. Dice que anoche vio a esta mujer que ha sido atacada con él, en un bar. Ella tiene la fantasía de que Miriam Clark trabaja para nosotros. —Juliet agrandó los ojos y casi esboza una sonrisita, pero Hans continuó hablando antes de que lo interrumpiera, pues quería volver con Clark lo más pronto posible—: Quédate con ella e infórmate de todo lo que puedas hasta que yo vuelva. No la saques de su error en cuanto a Miriam Clark.

—Está bien —dijo ella y entró en la habitación donde la aguardaba Julia.

Hans volvió a la sala de interrogatorio donde Anne estaba finalizando la entrevista.

—Señorita Clark, ¿el nombre de Alan Gunn le dice algo? —preguntó sin perder ningún detalle de la expresión del rostro, y entonces la vio palidecer.

—Es cierto… no sé cómo han podido saberlo. He mentido porque no quería que pensaran que me había expuesto voluntariamente a un peligro semejante —respondió y miró a Anne, quien no entendía lo que sucedía—. Yo no venía de casa de mi amiga, sino que iba a su casa. Me encontré con un hombre desconocido en el Hill y me fui con él. Es decir, no habíamos hecho una cita. Simplemente fui al bar y él estaba allí, me buscó conversación y yo le correspondí. Había tomado bastante. Pasadas las dos de la mañana, salí de su casa porque realmente me desagradó, no al principio, sino después. Es de esas personas que te atraen en un momento y luego te preguntas a ti misma cómo diantres fue posible que alguien así te llamara la atención —terminó diciendo mientras un ligero rubor subió a sus mejillas.

—Aquí nadie está cuestionando ni juzgando sus actividades de anoche, solo que debemos conocer los hechos reales para poder sacar conclusiones útiles —dijo Anne en tono maternal.

—Lo sé, y lamento haberles mentido. No debí hacerlo. No sé por qué sigo pensando que existe algo malo en mis escapes nocturnos, por llamarlos de alguna manera. Es decir, uno pasa el día entero cuidando pacientes terminales y trata de hacer su labor con profesionalismo, pero cuando llega la hora de salir del hospital, uno quiere disfrutar de la vida, deshacerse de la tristeza y de la muerte propias de mi trabajo. Son como vacaciones. Es algo así lo que busco porque es lo que me hace aguantar el peso. La verdad es que hice mal diciéndoles que venía de casa de Arlene. Fue lo primero que se me ocurrió. No pensé que fuera relevante que ustedes supieran que había pasado parte de la noche con un desconocido. De todas formas, el ataque fue real y tuvo lugar donde les he contado, en Courtland, cerca del cruce con la avenida Douglas.

—Algunas vacaciones son más peligrosas que otras —se atrevió a decir Anne—, y supongo que usted podría divertirse con personas conocidas e inofensivas, considerando que hay un asesino serial suelto en Wichita —añadió como reprendiendo a una hermana menor.

Miriam Clark se quedó callada y la miró. No sabía cómo explicarle que parte importante del asunto era que los sujetos fueran perfectos desconocidos.

—¿Qué sabe de Alan Gunn? —le preguntó Hans con seriedad, volviendo de sus reflexiones.

—Casi nada. Que es fanático de los Royal, que vive solo y es viudo. No es de los que hablan mucho —respondió Miriam.

—¿Le pareció un hombre violento? —continuó interrogando—. ¿Alguien asiduo a peleas?

—No lo sé. Conmigo no lo fue. Me pareció un hombre egoísta. Violento, tal vez. Ahora que lo dice, quizá por eso salí de su casa de esa forma, pero fue como una impresión no comprobada, porque a mí no me hizo daño.

—¿Qué me diría si yo afirmara que una vez que se dio cuenta de que usted había salido de la casa sin avisarle la siguió y la atacó en la calle? ¿Le parecería creíble esa presunción?

—No lo sé —reconoció Miriam.

—¿Cómo es el auto de Alan Gunn? —indagó Hans.

—Es un Fairlane gris oscuro. Algo anticuado, pero lo cuida mucho, por lo que pude ver.

—¿Sabe en qué trabaja?

—Lo siento, pero no tengo idea.

—Necesito que me diga la dirección de Gunn.

—Courtland, número 28.

—Puede firmar la declaración que ha hecho y puede irse a casa —le dijo Hans a la enfermera.

Luego miró a Anne y esta asintió. Él salió de la sala y se fue a donde había dejado a Julia Stein acompañada de Juliet.

5

LA AGENTE SALIÓ UN MOMENTO. Escuché murmullos tras la puerta, pero no pude entender ni una palabra. Supuse que estaba poniendo al tanto a Hans Freeman. Me había estado preguntando por Alan Gunn. Le dije lo que sabía sobre él, que no era mucho. Solo que era un hombre violento y mal padre. Que tal vez estaba mal de dinero porque recordé que Frank, cuando me llamó, me dijo que alguien había pedido ayuda en su nombre. Que había quedado viudo por partida doble; primero por la mamá de Frank y después por una mujer mucho más joven que él que murió de cáncer. Que su primera esposa se había suicidado ahorcándose. Tuve que decirle eso porque de todas maneras iba a enterarse. La agente anotaba todo lo que le decía y prestaba mucha atención a mis palabras. Entonces supuse que los murmullos eran el reporte sobre la información que yo le había dado.

Al cabo de pocos minutos volvió otra agente. Dejó la puerta totalmente abierta y se sentó en una de las sillas que había frente a mí, del otro lado de la pequeña mesita. Me quedé callada, esperando que me dijera algo, pero no lo hizo.

Entonces apareció Hans Freeman y no puedo negar que me sentí emocionada. Se sentó frente a mí, junto a la agente y tomó la palabra.

—¿Cómo supo que Alan Gunn se encontraba en ese bar, con esa chica pelirroja? —me preguntó y creo que estaba sumamente interesado en mis reacciones. Me sentí estudiada, mucho más que la primera vez que lo vi.

—Porque yo lo seguí. Hablé con Margaret Bau, así como creo que ustedes también lo hicieron, y ella me dijo que el padre de mi novio estaba metido en lo mismo que Dupont y Gerard.

—¿Qué fue lo que le dijo con exactitud Margaret Bau? Por favor, haga un esfuerzo por utilizar las palabras textuales.

—No lo recuerdo. Pero quiso decir que el padre de Frank estaba confabulado con ellos para hacer daño. Eso lo hizo porque sabía que yo pensaba que su papá era un monstruo. Lo hizo para herirme, porque ella es así. No sé cómo supo que yo había vuelto con Frank, si apenas lo hice esta misma semana. En esa calle de Park City todo el mundo se entera de las cosas de una manera inmediata. ¿Y no podrían ser ellas las que esconden a Elvin en esa horrible casa tan grande y ser él quien asesinó a Gail y quien ahora está matando mujeres a diestra y siniestra? Tal vez el mismo Elvin Bau participaba en los horrores de su papá y ella solo me dijo lo de Alan para confundirme. Elvin era un muchacho introvertido y misterioso, y ninguno de nosotros lo conoció bien realmente —le dije, sacando todo lo que tenía por dentro.

Entonces Hans Freeman salió, pero no se perdió de vista, porque se detuvo en el pasillo. Yo no quería que se fuera. Escuché que llamó a Juliet Rice y le pidió que trajera a Margaret Bau en calidad de testigo. Que esta le había mentido y que no le gustaba que le mintieran. Oí que la agente Rice dijo que se encargaría, y disfruté ese momento.

Porque era una maravillosa venganza imaginar a la retorcida Margaret convocada por la Policía para prestar testimonio.

Él volvió, cerró la puerta, se sentó y me pidió que continuara.

—Al principio no quise creer lo que decía Margaret, pero de todas formas decidí abordar a Alan y preguntarle. Entonces lo seguí. Fui hasta su casa y aguardé un rato. No quería hablarle allí, porque pensé que tal vez podía ser peligroso, y preferí hacerlo en un lugar público.

Hans asintió.

—Entonces lo vi salir. Fue a dar a un bar horrendo llamado Hill en la calle Glendale. Y antes de que me decidiera a hablarle, lo vi con ella. Después me sentí infantil y fantasiosa, terminé mis tragos y me fui directo a casa. No podría hablarle esa noche porque estaba claro que se iría con esa chica —concluí.

—¿Su novio sabe lo que usted está haciendo? ¿Que está siguiendo a su padre y que ahora está aquí? —me preguntó.

—No —le respondí y me sentí fatal.

Era verdad que había dejado a Frank al margen de todo, y eso no estaba bien, porque se trataba de su padre, pero pensé que era mejor que el FBI investigara a Alan para que pudiera descartarlo de una vez, pues yo no creía que el papá de Frank fuera el asesino serial.

Continuó hablándome mientras acomodaba su pelo hacia atrás, como si le molestara.

—Aprovecho para agradecerle que haya enviado a su hermano con nosotros con aquel sobre que nos ayudó en el caso Dupont. Pero ahora necesito que me cuente quién es el padre de su novio. Todo lo que sepa de Alan Gunn. ¿Él conoció a su amiga Gail Whitman?

—Sí. Frank también era su amigo, así que debió haberla conocido. Es decir, debía al menos saber quién era. Todos pertenecíamos al mismo grupo desde niños. Recuerdo que el profesor Clifford organizaba olimpiadas de matemáticas y en esas actividades se juntaban algunos padres. La verdad es que nunca entendí por qué Alan Gunn participaba de actividades como esas; creo que eran amigos ese profesor y el padre de Frank, aunque no estoy muy segura. Pero sí lo estoy de que Alan Gunn debió saber quién era Gail —terminé de decir, confusa.

Fue cuando me di cuenta de que ellos no habían hablado con Margaret sobre eso y que fui yo misma quien les puso en bandeja de plata a Alan. Pero entonces, ¿qué hacía la pelirroja del bar allí? No tenía sentido y no podía ser casualidad. Le dije todo lo que sabía de Alan Gunn, lo mismo que le había dicho a la agente Rice. Pero al hacerlo sentía que estaba traicionando a Frank. Lo que para mí debió ser una situación maravillosa, por estar dando información valiosa al Federal Bureau of Investigation, comenzaba a pesarme porque tenía la sensación de estar implicando a Frank en algo malo. Recordé como un *flash*, y con nostalgia, mi viaje a Washington cuando fui a terminar con Jimmy y me senté secretamente a admirar el edificio del FBI. Yo fantaseando, siempre fantaseando…, pero como dice el doctor Lipman, mis fantasías me llevan a lugares peligrosos, y esta vez el peligro era que Frank pensara que lo estaba traicionando por estar hablando con Freeman sobre su padre. Quería salir de allí, callarme y decirles que ya no podía contarles nada más, pero no lo hice.

Entonces llegó otra agente, que parecía poseer mayor autoridad, y nos interrumpió. Era pequeña, con cara agradable y tenía unos bonitos ojos rasgados. Luego supe que se llamaba Anne Ashton. Me di cuenta de que venía a transmitir una información importante a Freeman. Ellos salieron de la sala, y al cabo de pocos minutos él abrió la puerta y le dijo a alguien que lo acompañaba en el pasillo, y que no logré ver, que saldrían de inmediato. Luego se dirigió hacia mí y lo noté excitado. Parecía que había dado con algo trascendental para la resolución del caso del asesino, que ya sabían quién era el responsable e iban a detenerlo.

—Debo pedirle que deje sus señas porque volveré a ponerme en contacto para hacerle unas preguntas sobre su amiga Gail Whitman. Me interesa conocer todo lo que sabe de ella, lo que recuerde y aún no nos haya dicho. Aunque crea que no es información de valor, cualquier cosa que recuerde puede sernos útil. Había un objeto en el cuarto de Gail que quisiera mostrarle y saber si conoce su origen. Ahora mismo debo resolver un asunto apremiante, pero en el transcurso del día me comunicaré.

Se volteó, pero lo detuve para hacerle una pregunta y una afirmación.

—¿Es decir que el hombre que buscan mató a Gail? No ha querido confirmármelo, pero sé que es así.

No me respondió y se fue.

Salí devastada del edificio. Estaba convencida de que había metido al papá de Frank en un gran problema, y todo por culpa de esa víbora de Margaret Bau y de mis inmaduras ínfulas de investigadora. Es que Alan Gunn no podía ser el asesino serial de Wichita y quien había matado a Gail hacía ocho años. ¿O sí podía?

6

—¡Lo tenemos! Cotten averiguó el trabajo de Alan Gunn. Tiene una pequeña empresa de fumigación. Y Juliet al fin pudo hablar con John Skinner, quien dice que vio una furgoneta blanca con un rótulo, estacionada a una cuadra de la casa de Elaine Perales. Que no nos dijo antes porque no le preguntamos específicamente sobre eso y lo olvidó. Le pareció que era de fumigación, pero no puede recordar el nombre, y que era algo con la palabra «*termite*». Aún las grabaciones no nos muestran nada, pero Cotten ha puesto un equipo más grande a mirarlas para trabajar con mayor rapidez. ¿Recuerdas que Juliet nos dijo que en casa de Elaine uno de nuestros técnicos enfermó porque era sensible a un producto empleado en fumigaciones de termitas? ¿Y recuerdas que cuando entramos yo revisé las facturas que tenía muy ordenadas, y había una de una empresa de fumigación llamada Gunn Termite and Pest Control? Es irónico que no encontráramos nada en sus redes sociales ni en el correo electrónico y que la pista clave la hayamos encontrado en una simple factura. El estudio de las redes nos conducía a Justin Busch, y eso resultó ser un callejón sin salida y nada más. Ahora, querido Hans, creo que sí tenemos al asesino. —Terminó de hablar y le mostró triunfante la copia de la factura que tenía entre las manos, como un trofeo.

Hans la leyó rápidamente. Era cierto. Alan Gunn había prestado un servicio de fumigación en casa de Elaine Perales. Eso la unía a ella, y si comprobaban que también había servido a Megan y Alice, estaría atrapado. Además, tenía relación con las agresiones de las mujeres de Bau y Dupont y conocía a Gail Whitman. Alan Gunn juntaba todas las piezas para ser el asesino. Aquel comentario que hizo Anne sobre el orden de Elaine hasta para las facturas de reparaciones domésticas, cuando él miraba el vaso de jugo de tomate en casa de la chica, era lo que estaba dando tumbos y tumbos en su cabeza y lo que no había logrado descifrar.

—Debemos llevar varias unidades con nosotros, que ya están preparadas —añadió Anne.

Cotten apareció de la nada y Hans le dio nuevas órdenes.

—Sigue buscando en las grabaciones en los trayectos desde Courtland 28 hasta la calle de Elaine Perales, a lo largo de la avenida Douglas. Investiga qué puede significar para Alan Gunn el número «427», tal vez sea el inicio o el final de una secuencia más larga. Intenta establecer alguna relación de esa cifra con algún aspecto de su historial. Necesito que lo hagas pronto —le pidió Hans.

—Sí, jefe. En relación con eso, se me ha ocurrido que la chica Stein le dijo a Juliet que Alan Gunn maltrataba a su primera esposa, Nola Smith. Que el hijo la había acompañado a poner una denuncia en una ocasión. Creo que allí debe haber algo. Con un amigo que consigue todo, aunque las denuncias se hayan retirado, voy a investigar eso.

—Espléndido, Cotten. Haz lo que sea, porque quiero saber todo sobre ese hombre —le dijo y se alejó.

Rice le acababa de dar en dos minutos un resumen de lo que había hablado con Julia, y Hans lo comparó con lo que la chica acababa de decirle a él: el sujeto tuvo dos esposas, ambas muertas. La primera, Nola Smith, se había ahorcado hacía muchos años. La segunda, mucho más joven, murió de cáncer hacía menos de uno. Esa muerte reciente podía ser el detonante del asesino, en caso de que fuera Alan Gunn.

—Vámonos ya —dijo a Anne mientras abría la puerta de la sala donde estaba Julia Stein junto con la agente. Luego le dijo unas cuantas palabras apresuradas a Julia y salió corriendo.

7

EL HOMBRE VIO una sombra a través del cristal. Eran voces de niños. Reían. Golpearon la puerta y empujaron hasta hacer una finísima abertura que dibujó un hilo de luz muy brillante. Vio las partículas de polvo danzar junto a la madera oscura que parecía muy lejana. Quería gritarles, avisar que estaba allí, en el medio de ese sucio granero que había servido de infierno para él por demasiado tiempo, pero no podía hacerlo. Era una ilusión maldita que se apoderaba de sí, una batalla perdida que no podía dejar de pelear. Estaba atado a la silla de madera, pero intentaba moverse y dar saltos junto a ella, con lo poco que quedaba de su cuerpo.

Esperó y lloró. Intentaba hacer ruido, pero no lo lograba. Solo un susurro salía de su boca. Un susurro lleno de llanto y rabia. ¡No podían irse! ¡Esos imbéciles niños tenían que encontrarlo! ¿Por qué le estaba pasando eso todavía? Ya no iba a poder soportar más tiempo en ese encierro. La libertad estaba cerca, solo tenían que empujar más fuerte, solo tenían que verlo…

Los chicos se asomaron por una ventana lateral. Uno de

ellos rompió el cristal para mirar mejor. Escuchó a los niños hablar, y la palabra «entrar» fue su tabla de salvación. ¡Iban a entrar! ¡Lo harían!

Aunque luego dejó de oír las voces y un silencio de tumba se apoderó de todo. Y fue como antes. Fue el mismo infierno desesperante.

El asesino vigilaba los movimientos de los niños desde afuera. Se vio recompensado al cabo de unos minutos. Vio a los tres, montados en bicicletas, alejarse del granero. Entonces decidió seguirlos con el auto, aproximarse, detenerse y evaluarlos; si lo habían visto, intentarían pedir ayuda, y él se haría pasar por alguien presto a darles auxilio. Y si no, de todas maneras, obtendría alguna información sobre ellos, por ejemplo, dónde vivían, por si era necesario sacarlos de en medio.

Bajó la ventanilla cuando estuvo junto a ellos, y por las expresiones en sus caras lo supo. Ninguno había visto a Elvin Bau. O a lo que quedaba de él. Sonrió cuando pensó en eso. La venganza perfecta, alargada y tranquila estaba intacta. Creyó reconocer al chico más audaz, al que por poco encuentra a Elvin en el granero, al que se separó del grupo por un momento y le dio un susto de muerte. No haberlo visto les salvó la vida a él y a sus amigos. Después de todo, era un muchacho atrevido pero afortunado, y lo mejor que podía hacer era no volver por allí. No se debía tentar a la suerte más de una vez.

—Esto por aquí no parece muy seguro, porque está muy solo. ¿No creen? —les preguntó.

El chico más arrojado respondió:

—No es peligroso, lo que pasa es que está vacío. Antes esto era de los Bau. Papá trabajaba para ellos…

—¿Y cómo le iba a tu papá con los Bau?

—Dice que eran déspotas y que ahora estamos mejor.

El asesino no pudo contener la risa y sintió que todo lo que hacía tenía sentido.

—Es muy cierto. Cuida a tu papá, porque eres un chico con suerte de tenerlo —le dijo, levantó la mano en señal de despedida y se fue.

Los tres chicos se quedaron mirando cómo el auto se alejaba.

8

Tuve que llamar a Frank de inmediato porque el sentimiento de culpa me estaba matando. Desde el coche lo hice, apenas salí del Departamento. Antes se me había ocurrido seguir a la pelirroja, abordarla y preguntarle qué hacía hablando con la policía y si era uno de ellos, pero deseché la idea enseguida. Podría complicar más las cosas, tal como lo había hecho, pues estaba segura de que quien informó al agente Freeman sobre Alan Gunn había sido yo. Pero mi intención no era implicar al padre de Frank, sino al contrario; quería que lo exculparan. Era un hombre odioso y un pésimo padre, ¡pero no podía ser el asesino! No podía creer que Alan tuviese que ver con eso. Me vino a la mente la idea salvadora de que Klaus Dupont quería continuar el legado de su asqueroso padre, haciendo lo que este hacía, y que ahora dirigía una nueva asociación que disfrutaba de la violencia y que él era el asesino. Eso sería lo mejor para Frank y para mí.

Cuando me respondió la llamada, le confesé todo. Que había seguido a su papá y que fui a la Policía con el objetivo de defenderlo de las mentiras malintencionadas de Margaret

Bau, pero que me temía que había logrado el efecto contrario. Yo estaba casi segura de que iban a buscarlo en ese momento. Le pedí disculpas muchas veces, y del otro lado de la línea solo escuchaba la respiración. Temí que se tornara violento y me gritara. Recuerdo que detuve el coche para aguardar su reacción, pero él no decía nada. Cuando al fin habló, lo hizo con suavidad y muy calmado. Me dijo que volviera a casa con él y que no me fuera más. Que viviéramos juntos de una vez porque no tenía caso continuar esperando. Le respondí que sí, que lo haríamos. Que en ese mismo momento me dirigía a verlo y que en menos de diez minutos llegaría a su casa. Estaba emocionada porque comprendí que podía confiar plenamente en él. Pensé que lo que había entre nosotros era muy bueno y difícil de lograr. No veía la hora de llegar a su lado. Me pareció que la ciudad se volvía en mi contra; los semáforos en rojo, los peatones anárquicos atravesándose y retrasándome. Creo que desde que era adolescente no sentía una desesperación tal por estar en un lugar.

Llegué a la casa de Frank, la misma que él quería que fuera de ambos, y crucé el patio corriendo. Cuando iba a tocar a la puerta, precisamente en ese momento él la abrió. Lo abracé y besé. Quería demostrarle que estaba arrepentida por haberle ocultado el acecho a su padre.

—Si como crees esa mujer no estaba con el FBI, ¿entonces por qué fue a la comisaría? —me preguntó Frank, acariciando mi espalda, minutos después de contarle que fui al Departamento de Homicidios.

—Es cierto. No lo entiendo. Tal vez sea una coincidencia. Porque te juro que por la actitud que tomaron los agentes luego, estoy casi segura de que esa chica no pertenecía al cuerpo de Policía.

—Bueno, Julie, pero si van a buscar a papá por alguna

razón, tal vez sea lo mejor. Las cosas deben descubrirse de una vez —me dijo muy serio.

—¿Cuáles cosas? —pregunté, separándome un poco y alarmada porque no me gustó su entonación.

—Tengo que hablarte de algo grave. Ven conmigo. —Me tomó del brazo y me llevó al salón. Allí nos sentamos como la primera vez hacía apenas tres días, aunque pareciera que fueran centurias.

Lo miré y noté que le costaba mucho hablarme. Como si fuera demasiado terrible lo que me iba a contar. Allí estaba, con su brillante pelo dorado, sus bellos ojos azul oscuro; y detrás de él, sobre la mesa, asomándose, unas hermosas dalias que seguramente había comprado porque recordaba que me encantaban.

—Creo que mi papá es el asesino de Gail. Y si tú dices que el FBI piensa que lo de Gail tiene que ver con el asesino serial, entonces tal vez mi padre sea el asesino de esas mujeres.

Yo lo escuché atónita, y tenía tantas cosas que preguntarle que me quedé muda. Él siguió hablando, pero me negaba siquiera a imaginar que era cierto lo que decía.

—Seguramente atacó a esa mujer con quien lo viste, y de alguna manera se salvó de ser la nueva víctima. Tal vez por eso estaba en el Departamento de Policía, y ya saben que es él. Yo no te he contado los detalles de sus ataques cuando era niño porque son tan espantosos que he preferido no hacerlo.

Lo abracé y sentí que lo quería como nunca. Correspondió a mi abrazo y me besó el cuello. Sentí sus labios tibios y el roce de la punta de su nariz. También el borde metálico y frío de sus lentes. Luego nos separamos un poco y él continuó contándome.

—Gail averiguó lo que ellos hacían y me lo dijo. En ese entonces era novia de Elvin, y una noche en casa de los Bau escuchó una conversación telefónica entre Gerard y alguien más, y eso la puso en alerta. Y Gail era de las que cuando se le metía una idea en la cabeza no la soltaba hasta demostrarla. Por ejemplo, ella estaba convencida de que Clifford, el maestro de Matemáticas, era un tipo pervertido, pero nunca pudo demostrarlo. En cambio, lo de Dupont y Gerard Bau sí. Me contó que ese día distrajo a Elvin y se coló en el despacho de Gerard y encontró la prueba de que ellos cometían actos secretos vergonzosos. Le dije que no lo contara a nadie, que lo mantuviera oculto incluso de su madre, hasta que pensáramos qué hacer. Ya yo lo sabía desde antes. Descubrí las andanzas de Otto, Gerard y mi padre y el daño que hacían a las mujeres que contrataban desde hacía tiempo, pero no le hablé de eso a nadie, y mucho menos a ti, porque estaba avergonzado y no quería que se hiciera público, ya que mi papá saldría comprometido. Yo mismo le dije a Gail que mi padre estaba con ellos, y tal vez esa fue su sentencia de muerte, porque estoy seguro de que fue él quien la asesinó. Quizá hizo algo que los puso sobre aviso y mi padre decidió acabar con ella. Cuando comenzaste a investigar, traté de que no continuaras, restándole importancia a lo que me decías para que no te enteraras de lo abominable que es papá. Los hombres como él, como Dupont y como Bau, saben llevar una doble vida, y la parte oculta es definitivamente asquerosa. Yo lo descubrí temprano, pero me callé por cobarde, y estoy seguro de que al menos los hijos de Dupont no sabían la clase de hombre que era Otto.

Lo escuchaba con atención mientras mi cerebro funcionaba aceleradamente. Cuando dijo eso último, sentí un estremecimiento. Yo sí creía que el hijo de Otto Dupont sabía cómo era su padre y que ha vivido con vergüenza todos estos años. Tal vez por eso me seguía al salir del edificio, porque quería explicarme que Otto era un monstruo, pero que él no lo era. Eso es posible porque mi hermano Richard era un ser despreciable, pero ni Patrick ni yo lo somos. Todo eso lo pensé en milésimas de segundo, mientras Frank hizo un momento de silencio y se quitó los lentes para mirarlos a trasluz.

—Pero no tienes la seguridad de que tu padre sea el asesino. Una cosa es haber acompañado a Bau y Dupont en aquello y otra cosa es haber matado a Gail —le dije con determinación.

En el fondo, comencé a sentirme traicionada porque Frank sospechaba de su padre y no me había dicho nada. No podía creer que pensara que Alan Gunn podía ser el asesino serial de Wichita y no lo hubiese compartido conmigo. No sabía qué hacer; si contar al agente Freeman lo que creía Frank o callarme, pues sus sospechas podrían estar contaminadas con su propia experiencia, por los años de maltrato en casa, cuando niño. Uno no puede deslastrarse de esos recuerdos tan fácilmente. Aunque tal vez era cierto que la pelirroja bonita había ido al Departamento de Policía porque alguien la había agredido. Y ese alguien, lamentablemente, no podría ser otro que Alan Gunn.

9

En el trayecto, Anne no podía dejar de pensar que esa muchacha que le resultó simpática tal vez había dormido con el peligroso asesino por culpa de esa compulsión de disfrutar al lado de un extraño. No quería juzgarla, pero no podía entender semejante exposición gratuita a peligros mortales. Se había imaginado cómo sería ese hombre y la representación le producía repugnancia. Se dijo que debía ser un sujeto que se conservaba en buen estado si había sido capaz de atraer a una mujer como Miriam. Parecía decidido a convencer a las mujeres, y eso coincidía con lo que había dicho Margaret Bau a la testigo Julia Stein, y con lo que dijo el testigo del club a Hans. Seguramente él debía convencer a las chicas del catálogo para que participaran en las actividades con el asqueroso dúo Bau-Dupont.

Llegaron a la casa número 28 de Courtland.

Anne y Hans se bajaron del auto y miraron detrás de este. Una patrulla se había estacionado a unos cuantos metros y de ella se bajaron cuatro agentes. Más distantes se encontraban dos unidades de ataque especial. La idea era que Freeman y

Ashton llamaran a la puerta y le pidieran a Alan Gunn que les permitiera entrar para conversar con él. Si las cosas se salían de control, entonces los otros agentes intervendrían usando la fuerza. Buscaban una prueba contundente para inculpar a Alan Gunn, y esperaban encontrarla en esa casa.

Caminaron el pequeño sendero que atravesaba un patio descuidado lleno de maleza y llegaron a la entrada de la casa. Llamaron a la puerta y, al hacerlo, se miraron entre ellos. Cada uno percibía la emoción que movía al otro: estaban a punto de atrapar al mayor sospechoso de ser el asesino serial de Wichita.

Escucharon unos pasos tras la puerta. Esta se abrió y lo vieron. Llevaba una gorra de los Royal y era un hombre alto, vestido con una camiseta negra pegada al cuerpo y unos *jeans*. Anne miró los brazos fuertes y musculosos y estuvo segura de que era un sujeto que podía hacer mucho daño si se lo proponía. No le gustó su cara.

Hans se presentó mostrando la identificación, y la presentó a ella mientras Anne sacaba la suya. Alan los miró con desdén y se puso a la defensiva.

—¿Qué buscan? —preguntó con una voz sumamente ronca.

—¿Es usted Alan Gunn? —preguntó Anne.

—Sí. ¿Qué quieren?

—Nos gustaría que nos permitiera pasar porque debemos hacerle unas preguntas —respondió Hans.

Alan miró por encima de sus cabezas y levantó el mentón, como queriendo comprender si solo eran ellos dos o habían venido más hombres. Pero no vio ni escuchó nada. En cambio, Hans y Anne pudieron escuchar el televisor encendido a todo volumen, y desde el mismo umbral percibieron un olor a condimento muy fuerte y desagradable, mezclado con olor a cerveza. De inmediato, Hans miró el área abdominal de

Alan y luego el resto de su cuerpo, y se hizo una idea de él. Podía ser ahora sedentario, pero era fuerte, con seguridad violento, incluso podría participar en aquellas peleas clandestinas; ahora vivía solo y a sus anchas. Quizá ninguna mujer toleraría su mal humor ni sus hábitos. Estaba seguro de que se encontrarían en el interior de la casa bastante desorden y suciedad. No le hubiese gustado ni a Alice, ni a Megan ni a Elaine, pero tal vez a las tres les hubiese parecido que sabía hacer bien su oficio. Tal como él había pensado, el sujeto actuó amparado en el papel de fumigador eficiente.

Alan Gunn los dejó pasar, cerró la puerta de un tirón y los condujo hasta la sala. Allí estaba el televisor a todo volumen, sintonizado en un juego de béisbol. Era imposible hablar sin gritar.

En la mesita, junto a un sofá raído y manchado de negro, había una bolsa de nachos a medias y cuatro botellas vacías de Budweiser.

—¿Podría bajar el volumen del aparato? No podremos escucharnos —dijo Anne.

—¡Batea! ¡Imbécil! —exclamó él, mirando el televisor, y luego tomó el mando y puso el modo *mute*—. ¿Así le parece bien? Siéntense donde gusten —dijo, moviendo el brazo y la mano izquierda, señalando los sillones manchados que acompañaban al sofá.

Hans fue el primero en sentarse y Anne lo imitó. Alan Gunn se acomodó frente a Hans. Para Anne estaba claro que el sujeto era un gorila machista y que la mayoría de la conversación iba a darse solo entre ellos. Ya había planificado con Hans que, mientras él hacía las preguntas, ella miraría el lugar. En algún momento le pedirían permiso para husmear. Llevaban micrófonos para que los agentes supieran cuándo era preciso entrar.

—Hemos obtenido testimonios que lo vinculan a Otto

Dupont y a Gerard Bau en actividades de sexo violento que tenían lugar en el Club City, y en un lugar de apuestas y peleas clandestinas.

—No sé de qué me está hablando —dijo él en actitud retadora—. Trabajé con Gerard Bau porque fui su chofer y mecánico por un tiempo hace años. Nada más.

—¿Maneja una empresa de fumigación llamada Gunn Termite and Pest Control? —preguntó Hans.

—Sí. Desde hace años, y todo lo llevo en regla.

—¿Cuántos vehículos posee?

—El Fairlane que han visto estacionado frente a la casa y una furgoneta Ford blanca para el trabajo, que guardo en la cochera.

—¿Conocía a Gail Whitman?

—La chica que asesinaron hace ocho años en Platte City. Claro. Era amiga de mi hijo —respondió tajante, pero Hans notó por primera vez cierta preocupación en su semblante.

—¿Qué estuvo haciendo la noche del 19 de octubre entre las siete de la noche y las tres de la mañana?

—Estuve aquí en casa.

—¿Alguien puede confirmarlo?

—No, porque era domingo y ese día no suelo buscar compañía femenina. Veo los juegos, tranquilo —dijo y miró por primera vez a Anne.

—¿Y las noches del 5 de octubre y del 21 de septiembre?

—No lo sé, tendría que revisar mi agenda —dijo sonriendo, burlón.

Hans se molestó y le respondió:

—Podría llevarle una fotografía suya a un testigo del Club City y este lo reconocería. Debe pensar bien antes de mentir porque están tomando declaración a Margaret Bau, quien afirma que usted participaba en el asunto de las agresiones con su padre.

La atmósfera se puso más tensa porque el hombre los miró y se tardó un poco en responder. Luego pareció tomar una decisión.

—Está bien. Confieso que llevaba y devolvía a las chicas, pero nunca las toqué. No tuve nada que ver con el asesinato de la joven Gail. Ella era amiga de mi hijo y no tenía por qué querer hacerle nada. Estoy seguro de que ni el cobarde de Otto Dupont ni Gerard tuvieron que ver con eso, aunque alguien quisiera culparlos. Ellos golpeaban a mujeres prostituidas que daban su consentimiento por un buen montón de billetes. Y lo mismo los muchachos del club de la pelea.

—¿Participa usted de peleas clandestinas? ¿Le gusta golpear? —interrumpió Hans.

—Ya no. En cuanto a lo otro, están perdiendo el tiempo, porque cuando dos personas adultas acuerdan algo voluntariamente nadie más puede meterse. Ni siquiera el FBI.

Anne tuvo que contener su creciente indignación y escuchó su propia respiración.

—Golpear gente es un delito grave —se limitó a decir, llena de ira.

Alan la miró con desdén y le respondió que él no era un cobarde como Otto Dupont y que ella no iba a intimidarlo.

Hans volvió a interrumpir.

—¿Su hijo no vive aquí? —preguntó rodeando la sala con la mirada.

—Ese inútil artista no se quedó conmigo —respondió.

—¿Conoce a Miriam Clark? —preguntó Anne.

Alan encendió un cigarrillo, que sacó de algún lugar entre las botellas de cerveza, y dio una gran bocanada de humo que les pareció una nueva burla.

—Sí. Una puta más del bar Hill.

—La atacaron cuando salió de aquí anoche.

—Pues yo no sé nada de eso. Ella salió sin decirme nada, y

allí tiene el resultado bien ganado. Estas calles son peligrosas y ustedes no parecen hacer un buen trabajo para convertirlas en seguras.

A pesar de que Alan intentaba mostrarse tranquilo, a Hans le pareció que le preocupó lo del ataque a Miriam Clark.

—¿Confirma no haber conocido a Elaine Perales, a Megan Zing y a Alice Copperfield?

—No sé de quiénes me están hablando.

—¿Cómo murió su primera esposa? —preguntó Hans mirándolo e intentando descubrir lo que pensaba en ese momento.

Alan se encogió de hombros y dijo que la encontró colgando en uno de los cuartos. Ambos agentes recordaron, sin quererlo, la imagen de los cadáveres. Entonces Anne, impaciente, decidió que era hora de husmear en la casa. Hasta ahora, desde el lugar en el cual estaba sentada, no había podido ver nada significativo. Miró a Hans y este entendió la señal.

—La agente Ashton quisiera mirar un poco, si no tiene inconveniente.

—Hágalo, porque no tengo nada que ocultar —dijo inmediatamente y sin dudar, lo cual sorprendió a los dos.

Pasaron varios minutos.

Los hombres continuaban sentados en la sala, ya que Hans no quería perderlo de vista mientras Anne buscaba pruebas de la implicación directa de Alan en los asesinatos; y en poco tiempo las halló. Estaban en una carpeta sobre una mesa que hacía las veces de un escritorio, junto al teléfono y cerca de la cocina. Encontró no solo el recibo del servicio prestado a Elaine Perales, sino también de los prestados a Megan Zing y a Alice Copperfield. Las conocía a las tres. ¡Así que el maldito era el asesino serial!

Anne sonrió y dio enseguida la orden a las unidades para que ingresaran en la casa. Alan intuyó que alguien iba a entrar y se puso violento. Por unos instantes sostuvo una pelea con Hans, pero este último contaba con mejor entrenamiento, lo sobrepasaba en técnica y velocidad y lo sometió sin dificultad. Entonces Anne Ashton disfrutó poniéndole las esposas al asesino.

10

—Lo hemos encontrado todo en su antigua casa en Park City. Los miembros amputados de las tres víctimas, la sierra, la camilla de metal y los demás instrumentos utilizados para amputarlas y perforarlas. Además de los clavos y las sogas del mismo tipo —dijo Anne.

—Todo menos los plásticos, la silla de ruedas y los celulares —puntualizó Hans.

Se respiraba un ambiente de júbilo en el Departamento por la resolución del caso del asesino serial en tiempo récord. Anne sabía que eso iba a contribuir enormemente a su carrera, y no podía esperar para brindar en casa y tomarse lo que aún quedaba de la botella de London One que le había regalado su cuñado Tom. Pero Hans no estaba convencido. Dentro de él retumbaban aquellas palabras de Julia Stein: «El papá de mi novio no es el asesino, aunque sea un ser despreciable».

—Hans, te esperamos para el brindis. Juliet ha traído una bonita botella de espumante. Por supuesto que te daré el crédito que mereces. Tuviste razón desde el principio porque, tal como pensabas, los crímenes tenían que ver con la muerte de Gail Whitman.

—¿No ha confesado? —preguntó Hans, llevándose la mano al lóbulo de la oreja y sintiendo un repentino ardor en los ojos.

—Claro que no, pero no esperamos que lo haga tan fácilmente —le respondió Anne.

Ya sabía que él no estaba convencido, pero no quería aceptarlo. Prefería celebrar e imaginar la descripción del *modus operandi* en la prensa al día siguiente: Alan Gunn visitaba a las mujeres que le habían pedido servicios de fumigación, las sacaba de su casa narcotizadas, las llevaba a su antigua casa en Park City y allí las mataba asfixiándolas, y las amputaba y las perforaba con un taladro. Luego las dejaba colgando del cuello, para lo cual se valía de troncos de árboles próximos y del uso de una fina cuerda muy resistente. Todo ello lo hacía porque quería imitar la forma como había muerto su primera esposa. El Departamento de Investigación Criminal lo descubrió y apresó en tiempo récord, gracias al trabajo de la agente jefa de la Dirección de Homicidios, Anne Ashton, y al efectivo enlace con el FBI.

Anne no quería renunciar a la gloria que estaba imaginando y menos por el obsesivo Hans Freeman y sus extrañas dudas. Era excéntrico, terco y tenía la necesidad de complicar los casos más de lo debido. Tal vez tantas horas pensando en lo mismo estaban alterando su genialidad. Por alguna razón volvió a su cabeza aquel dibujo en la servilleta, la noche del bar, y la ofuscación que vio en sus ojos, y comprendió por qué le habían dicho que el agente Freeman era muy incomprensible y anormal.

—¡Encontramos las pruebas incriminatorias en su poder! ¡Por Dios! ¿Qué más quieres? —le preguntó, exasperada.

Hans seguía pensativo y, aunque no quería aguarle la fiesta a la dulce y fuerte Anne porque era una buena oficial y una mujer muy agradable, ni a los extraordinarios chicos del Departamento, no podía dejar de pensar en las palabras de Julia Stein. Y no era un asunto del dilema que había en su cabeza y que Harold describió algunas veces como tóxico y autodestructivo; ni producto de su exacerbada y especulativa imaginación; ni tampoco de la necesidad habitual en él de andar sospechando de todo el mundo. ¡Era que no todo cuadraba con Alan Gunn! ¿Por qué dejar la identificación junto a los cadáveres y también dejar los recibos de los servicios prestados a las víctimas tan a la vista de la policía, en su propia casa? Le parecía un hombre desagradable, pero no un tonto. Lo menos que debió hacer era deshacerse de esos papeles o esconderlos en alguna parte. Muchas cosas no cuadraban para Hans. Recordó la triste casa de la pálida Valerie Crawford, el ejemplar de *El cuervo* junto al discordante cojín de flores rosas en el cuarto de Gail, las palabras de su madre con relación a la brusquedad natural de Gail y la inteligencia que resaltaba el sospechoso maestro Clifford. Todo eso caía sobre él y lo resumía en que la clave para la muerte de Gail, la causa verdadera de que el asesino se decidiera a matarla era su inteligencia brusca y una sutil doble personalidad que debía tener esa chica, llena de secretos hacia su madre. Él sabía que el primer asesinato era el relevante, el que dejaba más expuesta la personalidad del asesino y su verdadera naturaleza. Porque, excluyendo a Gail, el asesino demostraba respeto a las mujeres… y eso no era lo que mostraba Alan Gunn, quien hasta el día de hoy las menospreciaba y ridiculizaba. Hans pensaba que lo de Gail fue un arrebato de ira del asesino, pero no era odio a las mujeres, aunque tal vez odiara a los hombres. Pero nada de eso veía en Alan Gunn.

Hans sintió las punzadas en las sienes. Demasiadas cosas

no cuadraban con la culpabilidad del detenido, aunque todos en el Departamento estuviesen celebrando.

11

A FRANK lo venció el sueño después de la larga charla que sostuvimos. Lo dejé dormir, pero yo no podía hacerlo. El pasado se me mezclaba y chocaba como una marea contra lo que hoy era Frank; un hombre atractivo, ecuánime y maravilloso. Esperaba que si pasaba algo con su padre, si se demostraba que había tenido participación en hechos horribles, pudiera soportarlo. Me pregunté si Freeman habría visitado a Alan y si ya lo habrían exculpado. También me pregunté si ya habrían llevado a Margaret a declarar. Esperaba que sí, y que le hubiesen hecho pasar un mal rato.

Me levanté sin hacer ruido y me dirigí al taller de sastrería, y una vez allí recordé la noche del lunes, cuando habíamos reiniciado la relación, y mi impresión al ver esos bellos vestidos que hizo para mí. Me dirigí al armario y lo abrí. Volví a verlos, uno por uno, ahora con mayor detalle. La verdad era que Frank era un genio y tenía un futuro brillante en Brother Dupont. Sentí una ligera alegría, como un chispazo; ahora que había muerto el ogro, tal vez Mary Ann se haría cargo y seguro lo haría mejor que él. Había sido una suerte para esa familia que Otto muriera.

Después de un rato me senté en la misma silla junto al vitral donde Frank estuvo dibujándome, y recordé aquella primera vez que me besó. Estábamos escondidos en el parque junto al río y él me hablaba de un bellísimo pez sol. Yo nunca lo vi, porque creo que no existía y él solo quería que me acercara más al recodo oculto entre los árboles, y me alejara de los otros para poder besarme.

Entonces sentí curiosidad por ver el boceto que hizo. Me interesaba saber qué motivaba a Frank a dibujar. Además de mí, saber qué otras cosas plasmaba en el cuaderno. Recordé que él había sacado el cuaderno de dibujo de una gaveta del mueble, cerca del armario, y entonces fui hasta allí. Sentí que debía revisarla y no supe muy bien por qué. Tal vez porque ya había tomado la decisión de complacerlo y de irme a vivir con él. Ya la soledad me estaba pesando y nadie podía quererme más que Frank.

Encontré el cuaderno y lo hojeé. Me descubrí en varias de las páginas y en las otras vi bocetos de unos vestidos hermosos que parecían desprendidos del vitral. Yo sabía que lo tenía allí junto a la pared para inspirarse. Cuando iba a volver a poner el cuaderno en su lugar, me di cuenta de que había otros más. Parecían de años antes porque las cubiertas estaban gastadas. Sentí entonces mayor curiosidad. Saqué los tres cuadernos para hojearlos y me senté en el piso. Comencé a ver unas imágenes que me perturbaron y no podía creer que las hubiese dibujado él. Eran francamente inquietantes. En ellas había mujeres ahorcadas y sin pies. Todas dibujadas al carboncillo. Tuve que soltarlas de inmediato. Como lo hice con las fotos de Dupont y Bau. Traté de darme una explicación benigna de lo que aquello significaba. Entonces recordé un fragmento de la conversación en la oficina, cuando hablaban de las teorías sobre quién podría ser el asesino serial. Alguien dijo que ese sádico dejaba a las mujeres no como si estuviesen ahorcadas, sino en postura de vuelo. ¡Y eso eran los dibujos! ¡Lo mismo! Mujeres levitando, mirando hacia arriba, sin pies y con las manos extendidas.

Un enorme miedo me invadió. Tomé todos los cuadernos y los volví a poner en su sitio. Me decía a mí misma que Frank había sabido descifrar los oscuros deseos de su padre y que por eso aquello estaba allí dibujado. Intentaba, inútilmente, convencerme de que todo estaba bien. Cuando di la vuelta, persuadida de que debía olvidar lo que vi, noté que junto al sitio donde estuve sentada había una hoja que de seguro se había desprendido. La apariencia de la misma no me resultaba desconocida. Era la copia de una denuncia como las que archivamos en la Dirección de Servicios Sociales. La denuncia que hizo la mamá de Frank. Ella contenía el esquema del cuerpo donde se señalaban los lugares de las fracturas producto de las palizas que recibía. Conocía ese tipo de reporte porque había levantado uno igual para el caso MacArthur hacía menos de quince días. Recordé el cuerpo de Gail, cómo había sido apaleado, y la foto publicada que la mostraba vestida y tumbada y con unas manchas circulares en la ropa que en ese entonces me parecieron extrañas. Entonces tuve que aceptar que esas manchas estaban en las mismas zonas que encerraban en círculos en el reporte, en el informe médico que acompañaba la denuncia que tenía entre mis manos. Era como si Gail me estuviese alertando del peligro que corría, como si desde que vi su foto en el avión me quisiese decir que Frank era peligroso.

¡Tenía que irme de allí! Después pensaría mejor, pero en ese momento debía escapar. Metí la hoja de la denuncia en la gaveta, aunque no quise dejarla arriba, sino debajo de los viejos cuadernos, y entonces los vi. Tres celulares apagados. Y

unos plásticos doblados que estaban manchados con maquillaje. Recordé que a las víctimas del asesino serial las asfi-
xiaban poniéndoles plásticos en la cabeza. También recordé
que dicen que los asesinos seriales se llevan *souvenirs* que les
devuelven el placer que sienten cuando están junto a las víctimas, de los cuales no pueden desprenderse.

Ya no podía excusarlo más. Fue cuando supe que Frank,
mi novio, el hombre que me amaba desde niña, era el asesino
y yo misma lo había vuelto a traer a mi vida. ¿Cómo iba a
perdonarme que fui yo quien lo buscó? «Pero todavía podía
escapar si salía de manera silenciosa», pensé, pero justo en ese
momento escuché un ruido a mis espaldas.

—Julie, nunca le vi el punto a tu insomnio —dijo mientras
caminaba con rapidez hacia mí.

Instintivamente, di dos pasos hacia atrás y tropecé con una
silla de ruedas plegada, que estaba cerca de la silla vienesa y
del enorme vitral que servía de inspiración al asesino de
Wichita.

—Tendrás que encargarte de tu hermanito Elvin de ahora en adelante. De lo que falta hacerle hasta matarlo. No niego que he disfrutado, pero ahora Julia ha vuelto conmigo y me voy a dedicar a ella por entero, así que no podré seguir «visitándolo». No puedo distraerme ni con eso ni con nada —dijo Frank con el móvil en la mano, mientras veía su figura en el espejo y despejaba una pequeña mota oscura del suéter gris claro que llevaba puesto.

—Muy bien querido, ya estoy preparada. Esto fue idea de ambos y no soy una cobarde así que con gusto tomo el relevo que ofreces —dijo Margaret haciéndose a la idea de que de esa manera estaría más cerca de Frank.

Secretamente lo amaba desde niña y odiaba a Julia Stein de una manera imperiosa pero silente. Hizo una breve pausa y continuó hablando.

—Las fotos que me has enviado de él me han gustado mucho. Ahora mi madre no tiene más remedio que contar solo conmigo y no sabes la cara que pone cuando le digo que su «preferido Elvin» me habla a mí y no a ella. Es una maravillosa venganza que me alegra todas las mañanas —dijo con placer y completó —. Pero si yo fuera tú no me confiaría tanto de tu bellísima Julia no sea que vuelva a dejarte.

—¡No hables de ella de esa forma! —gritó Frank enardecido—. No te permito que hables mal de Julia.

—Lo sé, Frank. Sé cómo te pones. No he olvidado lo que le hiciste a Gail —dijo con voz complaciente.

—Está bien. Es tu turno ahora con Elvin —dijo Frank y cortó la llamada.

Dejó el celular sobre la mesa de noche, tomó aire y se acomodó los lentes, volvió a mirarse al espejo, sonrió e hizo como si saludara a alguien, y fue a abrir la puerta de su nueva casa. Emocionado, había visto por la ventana que Julia venía entrando por el jardín, tal como él había esperado. El día anterior había estado en su oficina y le había hablado de Gail y del agente Hans Freeman. Había dejado a Jimmy Randall.

Finalmente, Frank Gunn se había vengado de su padre por partida doble; a través de lo que les había hecho a las mujeres y de lo que le había hecho a Elvin Bau, quien era como era su padre, con el mismo veneno. Durante todo el año había pensado que lo que había hecho con él era una simple profilaxis social, un acto necesario de prevención de males mayores para la ciudad.

Pero Margaret continuaba cultivando un odio fulminante hacia Julia Stein sin que Frank lo supiese. Había decidido terminar con Elvin dejándole abandonado en el granero, para que muriera de hambre y sed, para luego planificar la destrucción de Julia.

Esa mañana, después de hablar con Frank Gunn, Margaret sonreía y se decía que el asesinato de su hermano le uniría a Frank de forma inquebrantable y que nadie podría superar ese maravilloso vínculo, y mucho menos la estúpida de Julia a quien Frank creía amar. Era ella, Margaret, quien le convenía y haría lo que fuera para demostrárselo en el futuro, sin escrúpulos ni medida. Adoraba a Frank porque era la única persona por la que había podido sentir algo.

Dorothea interrumpió sus pensamientos, apareciendo de la nada.

—¿Has sabido algo de tu hermano? Me tiene sumamente defraudada. No sé qué le cuesta escribirme, llamarme...

Hans escuchaba a Anne hablar y felicitar al equipo en la sala. Entonces llamó a Cotten aparte y le preguntó por la denuncia de la esposa de Gunn que él iba a averiguar.

—¿No te lo dije? Con todo este alboroto lo olvidé. El número de registro de la denuncia que puso Nola Smith es 427184.

Hans dio un golpe a la mesa cercana y corrió a hablarle a Alan Gunn. Llegó a la sala de interrogatorio.

—¿Dijo que su hijo es artista? —le preguntó a Alan.

El hombre rio a carcajadas y le respondió:

—Frank se cree artista y ahora se dedica a hacerles dibujitos a los Dupont, menuda ocupación. Verá, él no es muy exitoso con las mujeres, a diferencia de mí. Tenía amigas, pero siempre estuvo enamorado, desde niño, de una creída y respingada llamada Julia o Sofía, y solo la pintaba a ella. Creo que se enemistó con esa muchacha Gail cuando ella le dijo que debía dejar a la chica que le gustaba porque no congeniaban. Los escuché discutir por eso. Él se alteraba por cualquier tontería. Estaba tan loco desde siempre que una vez mi segunda esposa, Amelie, encontró unos dibujos horribles de ella ahorcada. Ese degenerado solía dibujarla colgada y sin pies. Desde siempre supe que era un malnacido.

—¿Regalaba algunos de sus dibujos?

—No lo sé. Pintaba unas asquerosas mujeres que parecían volar.

Hans comprendió que ahora todas las piezas encajaban. Porque no era la personalidad de Alan Gunn la que le parecía que debía poseer el asesino de Wichita. Porque Alan despreciaba a las mujeres y él estaba convencido de que el asesino les rendía un tributo. Además no era Alan Gunn quien debía considerar importante el número de la denuncia que Nola Smith puso, sino el pequeño hijo que seguramente la acompañó, que la quería y que tuvo que vivir día a día las salvajadas de su padre. El hombre que tenía en frente, y que estaba a punto de ser acusado de los asesinatos, en este caso era inocente. Porque esos asesinatos los había cometido su hijo. Era Frank Gunn el amigo de la chica Whitman, el que respetaba a las mujeres y odiaba a los hombres que las maltrataban, el que habría deseado que culparan a Gerard Bau y a Otto Dupont de la muerte de Gail, él que le puso una trampa a su propio padre. Tal vez Gail Whitman lo había importunado y perdió los estribos con algo que tenía que ver con Julia Stein. Lo único que no lo convencía era que este sujeto hubiese pasado tantos años controlado, inofensivo. Eso tendría que comprenderlo mejor cuando lo entrevistara, después de atraparlo.

—¿Usted diría que este dibujo lo hizo Frank? —preguntó y le mostró la pintura que había visto en el cuarto de Gail y que Rice le trajo.

—Esas mismas son las porquerías que Frank dibuja —respondió.

Hans se levantó y le preguntó a Alan dónde vivía su hijo.

—¿Cómo diablos voy a saber? ¿No le he dicho que no lo veo desde hace tiempo?

Atravesó como un poseso la sala donde estaba el equipo junto a Anne, todavía celebrando.

—Juliet, las señas de Julia Stein. Su número de celular y la dirección de su casa y el lugar donde trabaja —le demandó con urgencia.

Juliet las buscó en el escritorio y se las llevó lo más rápido que pudo.

1 4

JULIA NO RESPONDÍA el teléfono y Hans se culpaba por no haberle mostrado el dibujo del cuarto de Gail. Ella hubiese sabido que su novio era el autor y, aunque en ese momento no entendiera el valor de esa información, tal vez él lo hubiese visto claro entonces. Al menos lo hubiese considerado sospechoso. Pensaba que era ella, que Julia era el detonante de su violencia de una forma que aún no comprendía; pero ahora lo importante era detener a Frank Gunn y evitar su muerte.

Anne se acercó a donde estaban Hans y Juliet porque notó que algo grave pasaba. Venía con un vaso desechable en la mano que antes había contenido el espumante de la celebración.

—Anne, el asesino no es Alan Gunn, es su hijo. De alguna manera lo culpó y quiere que su padre pague por lo que le hizo a su madre. Así como también seguramente quería que Gerard Bau y Otto Dupont pagaran lo que hacían, y en parte por eso debió asesinar a Gail, aunque en ese caso quizá había algo más. Algo que ella hizo o dijo y que lo sacó de sus casillas. De allí la importancia de comprender el primer delito, y por eso no me he cansado de decirlo y escribirlo en todos los informes y todos los seminarios. Ahora no puedo explicarte mejor, pero necesito que ordenes a una unidad que vaya a casa de Julia Stein. Tienes que confiar en mí —le pidió.

—Está bien. Mandaré a alguien ahora mismo —dijo Anne entre asombrada y obediente. Si alguien como Hans Freeman hablaba con tal convicción, ella debía prestarle atención.

Pero Hans no se quedó tranquilo, porque necesitaba saber que Julia Stein estaba bien. Juliet le había dado el número telefónico de la Dirección de Servicios Sociales del ayuntamiento, donde trabajaba, y decidió llamar de una vez. Había que ubicarla lo más rápido posible y alertarla.

—Necesito comunicarme con Julia Stein —dijo a la persona al otro lado de la línea cuando logró la comunicación.

Una voz sumamente chillona le informó que Stein ya no trabajaba allí y que, aunque debía cumplir un preaviso, no había aparecido desde ayer. Preguntó por algún compañero cercano a la chica y lo pusieron en comunicación con Madison Cooper. Esta le dijo que Julia se había mudado con «el amor de su vida», con su novio Frank Gunn y le dio la dirección de su casa.

Él cortó la llamada y pensó que se le estaba acabando el tiempo, y que debía ir de inmediato a casa de Frank Gunn. Pero en ese momento Juliet lo abordó con unos papeles en la mano y le dijo que Jobs había encontrado ADN en una de las cuerdas junto a los restos de carbón.

—Dice que cree que alguien lloró y que las lágrimas arrastraron partículas de carbón que seguramente estaban en su cara y se depositaron en un finísimo pliegue frontal de la cuerda.

—¡Era él! ¿Por qué no pude verlo? Le debió haber resultado muy sencillo inculpar al padre porque solo tenía que escoger víctimas específicas y matarlas de noche, cuando supiese que él estaría solo y sin coartada. Se debe haber colado en la casa de Alan y buscó en los recibos del servicio de fumigación. Además, dejó los recibos a simple vista para cuando nosotros lo visitáramos, y todo convenientemente acomodado en la casa vacía de Park City para que no dudáramos ni un segundo de quién era el autor de los asesinatos. Las mujeres le recordaban a su madre, y por eso lloró. Por eso no quería mirar sus caras; eran un sacrificio necesario para que atrapáramos a los hombres crueles como su padre. Siempre se pensó superior, con más sensibilidad y con otra naturaleza. Y la verdad es que lo preparó todo muy bien. Hasta debió perseguir y atacar a Miriam Clark para que dijeran que la habían visto antes con él. De seguro sabía que Julia estaba vigilándolo… —le dijo a Juliet y comenzó a correr.

Cuando estaba cruzando la puerta de salida del Departamento, Cotten se dio de bruces con él. Venía emocionado.

—¡Tienes que ver esto! Unos chicos grabaron un video casero en una de las viviendas vecinas a la de Elaine Perales y en un segmento se puede ver a un hombre joven llevar a una mujer en silla de ruedas. Un hombre que no es Alan Gunn, aunque tiene cierto parecido con él, pero es más joven y camina de manera diferente. No habían dicho nada porque les apenaba el contenido del video.

Anne escuchó las palabras de Cotten porque venía siguiendo a Hans para acompañarlo, y, actuando con efectividad, ordenó enseguida a cuatro agentes que la siguieran.

—Se acabó la fiesta, señores.

Debían ir a apresar a Frank Gunn. Ya poco le importaba lo que dirían al otro día la prensa por haber detenido primero al hombre equivocado.

Cuando volví a tener consciencia, me vi atada a la cama. Estaba muerta de miedo. Él me miraba sentado en el sillón rojo.

—Maté a Gail el mismo día que nosotros tuvimos el problema, cuando supe que te había perdido. Gail era muy entrometida y me sacó de mis casillas. Ese día me dijo que hablaría contigo, pues estaba segura de que yo no te convenía. Me dijo que tú no serías capaz de darte cuenta de la realidad que te rodea, del peligro de mi yo violento. No podía dejar que te alejara de mí. Entonces la cité en aquella calle oscura y la molí a golpes. Eso fue después de pegarte a ti, pero sabes que eso lo hice sin querer. Creo que quedaste allí inconsciente un tiempo y luego saliste corriendo y no volví a verte. Seguramente tienes vagos recuerdos de aquella noche. También creo que si te hubiesen preguntado si yo estaba contigo cuando mataron a Gail, en caso de que yo hubiese necesitado una coartada y si los policías no hubiesen sido tan idiotas, habrías dicho que sí. Después de todo, estoy seguro de que no recuerdas lo que sucedió con claridad porque después de correr debiste haberte desmayado. Después de matar a Gail pensé que podría usar su muerte para vengarme de mi padre. Era una buena idea que lo culparan a él, porque era el verdadero responsable de que te perdiera; por esa parte del repulsivo Alan Gunn que yo llevaba adentro en ese momento, y que me hizo lanzarte aquella botella a la cabeza.

Se quitó los lentes y los limpió, y luego se los volvió a poner como si lo que estuviese confesando fuese una cosa menor.

—Junto con Otto Dupont, Gerard Bau y su despreciable hijo, mi padre cometía actos espantosos, pero nunca se atrevieron a asesinar a nadie. Depravados, yo sí soy un verdadero hombre y crucé el umbral. Su castigo por despreciarme era que los culparan del asesinato de Gail —dijo y destilaba mucha rabia en esas palabras finales.

Comencé a pensar que me iba golpear, porque no sabía en ese momento lo que estaba sintiendo por mí: ¿odio?, ¿amor?, ¿posesión?

—No me mires así, como si fuera un monstruo. ¡Tú no! Tú sabes que no lo soy —me gritó y no pudo contener las lágrimas.

Yo me decía a mí misma que no podía caer en estado de pánico total porque eso empeoraría la situación. Pero verlo llorando como un ser enloquecido y capaz de cualquier cosa me hacía ahogarme de miedo.

Después se secó las lágrimas que ya le bañaban toda la cara enrojecida.

—De todas maneras, Gail buscaba dinero a costa de lo que fuera y descubrió lo que hacían Gerard, Otto y mi padre. Ella era muy inteligente y ambiciosa. El próximo paso que daría sería comenzar a pedirles cosas, a sacar algún beneficio de ellos. Gail era una vulgar oportunista, aunque nunca la viste así. Al principio pensé que era mi amiga, pero luego comenzó a criticarme, y odio que me critiquen. Hasta le regalé uno de mis mejores dibujos, ya que de verdad creí que era una aliada; pero solo quería separarnos, y para hacerlo fingía estar cerca de mí y de ti. En cambio, tú eres perfecta, tan fantástica y hermosa…

Cuando dijo eso me acarició el brazo y continuó esa caricia hasta mi mano. Sentí una aterradora cosquilla y estuve a punto de gritar, pero pensé que si lo hacía, podría amordazarme.

—Mi padre es un ser lleno de podredumbre, así como lo era Richard y como tantos otros, pero he sabido vengarme de ellos con paciencia. Que la estúpida Policía no llegara a sospechar de ellos con la muerte de Gail y despacharan los hechos culpando a los adictos de la zona, no es mi culpa, sino de ellos, que son unos idiotas.

Me armé de valor e intenté concentrarme en lo que debía hacer para salvarme, y decidí hablarle.

—¿Has asesinado a esas tres mujeres? ¿Fuiste tú? —le pregunté, y no pude contenerme más y comencé a llorar.

Él respondió como esperaba que lo hiciera, me dijo que sí y que lo había hecho por mi culpa. Porque yo estaba avanzando mucho en la relación con Jimmy Randall.

—Siempre te he vigilado, amor, muy de cerca, y he tolerado tus noviazgos porque habían sido cortos y tenía la seguridad de que algún día volverías. Pero entonces, cuando estuve seguro de que habías terminado con «tu amado Jimmy», volví a verte con él en el Otelo, superando todos tus récords de permanencia con alguien. Y para colmo, yo había buscado que me vieras esa noche, y me dejaste solo para irte con Randall. Eso me dolió mucho, Julie. Llega un momento en que uno no quiere esperar más y tiene que actuar de manera diferente para conseguir lo que quiere, lo que importa. Tuve que tomar medidas drásticas. Entonces decidí acabar con mi padre de una vez por todas porque él era el único culpable de que te hubiese perdido. Tuve mucho miedo porque pensé que te irías con Jimmy, y la rabia, Julie, la rabia contra mi padre fue brillante, enorme, y me ha hecho un asesino perfecto. La misma rabia que sentí cuando golpeaba a Gail. ¿Has visto el cuadro en la sala?, ¿el rojo, negro y blanco? Me recuerda cómo quedó el cuerpo de Gail cuando terminé con ella. Si lo piensas bien, esos son los colores que llevamos dentro.

Yo tenía las manos atadas a la cabecera de la cama. Y los pies también estaban atados, juntos. Solo sentía mis lágrimas calientes caer y resbalar sobre la cara y la presión muy fuerte en la cabeza. Inspiré profundo porque sentía que mis pulmones se estaban quedando sin aire, tal vez por la posición de mis brazos o por la desesperación de saberme atrapada y a merced de un loco asesino que yo había querido. Porque eso era a fin de cuentas Frank. La verdad era que siempre fue el sádico homicida de Wichita.

Algo me dijo que debía quedarme tranquila y continuar callada, escuchándolo.

—Entonces haría algo aún más radical; mataría a varias mujeres que pudiesen relacionar sin ninguna duda con mi padre. Tengo llaves de la furgoneta de papá, de la casa vieja de Park City y de su horrible casa actual. El muy estúpido ni siquiera se daba cuenta de que tomaba su furgoneta algunas noches. He podido matarlo yo mismo, pero me pareció más adecuado verlo preso hasta el final de sus días, y vender su asqueroso Fairlane y destruirle la vida poco a poco como él lo hizo con mamá. Estaba convencido de que al final, en la cárcel, se hubiese ahorcado con unas sábanas al menor descuido. Fue un golpe de suerte que compartieras con Freeman el vuelo a Wichita, y que pudieras ver la foto de Gail en su poder. Eso me hizo más fáciles y rápidas las cosas. Tengo que reconocer que la inteligencia de Freeman era clave para mi plan. Porque necesitaba que notaran la similitud entre los lugares de las manchas de la ropa de Gail y de las perforaciones de los otros cuerpos. Necesitaba que alguien inteligente participara de la investigación, y ese fue Hans Freeman.

Cuando dijo eso, me acarició la cara y me besó. Pensé en morderlo, pero no lograría nada y era mejor mostrarme dócil. Sentí sus labios y la humedad, que me resultó inmunda. Luego se separó de mí y volvió a sentarse en el sillón.

—Aparecí en casa de Megan con el uniforme de la empresa que ella conocía, convenciéndola de que había un error en el recibo. Después fue Alice y de último Elaine. Ella era hermosa, se parecía un poco a mamá. Casi perfecta, pero no como tú. Cuando una mujer vivía sola, mi padre tenía el pésimo gusto de escribir notas en las copias de los recibos a pie de página; me refiero a notas morbosas sobre ellas. Él siempre fue muy grosero y ordinario, distinto a mí. Esas mujeres solas eran el blanco perfecto. En un descuido les inyecté esto —dijo mostrándome una jeringa y una aguja larga que tomó de la mesita de noche.

Fue cuando comencé a dudar de mi cordura. ¿En qué momento la había puesto allí? Sería que me había desmayado en el taller porque tampoco recordaba cuando me amarró. A uno se le nublan los recuerdos en situaciones como esas. Lo mismo me pasó la noche que me atacó y asesinó a Gail. Supongo que en algún momento lo recordaré todo.

Frank continuaba hablando y yo lo oía en medio de un ataque de náuseas.

—Las drogué y las llevé a Park City y las asfixié. Perforarlas en los mismos lugares donde papá fracturó a mamá fue algo que no pude evitar hacer, porque soy un artista, tú lo sabes más que nadie. Lo mismo hice con el cuerpo de Gail...

Comenzaron a dolerme con intensidad los brazos y no veía la manera de escaparme de Frank. Y lo más desesperante era que no se callaba y continuaba explicándome con detalles cómo había cometido esos actos atroces y sus perversas motivaciones. ¿Y qué iba a hacer con esa aguja? En ese momento estuve segura de que iba a asesinarme de la misma manera que a las otras chicas. Tal vez luego me vestiría con uno de los trajes que hizo a mi medida y me dejaría acostada en su cama, y sin pies para que yo también volara.

—Aquella noche que nos vimos en el bar no fue casualidad, lo que pasa es que tú has resultado ser muy crédula y confiada. No sé cómo no te diste cuenta de que te perseguí todos los días, que tengo registrada en mi mente cada vez que saliste de fiesta, cada novio, cada noche en tu apartamento. Una tarde entré en él y copié la llave de la puerta. He estado allí muchas veces sentado en tu sofá, como aquella vez que te fuiste de viaje con la buena Madi y con el imbécil de Jimmy. Pensé en acabar con él, pero no tuve necesidad de hacerlo, porque después de que maté a Elaine Perales y te llamé, lo supe. Supe por tu tono de voz que ya no estaban juntos. Y después fuiste a verme al trabajo y entonces sentí que al fin lo había logrado: habías vuelto a mí, y esta vez sería duradero. Siempre te he vigilado, hasta cuando Albert MacArthur te persiguió.

Pedía que todo fuera una de mis pesadillas. Porque esas cosas retorcidas que decía eran lo peor que había escuchado en mi vida.

Se volvió a acercar y me besó, pero esta vez lo rechacé sin poder evitarlo. Entonces esperé un golpe como reacción, pero él se quedó muy quieto, se alejó, se quitó los lentes y los limpió con el borde de su camisa, y volvió a ponérselos. Y solo entonces gritó y luego tumbó lo que había sobre la mesita de noche. Pegó un puñetazo a la cama junto a mi cara, levantó la mano para golpearme y yo cerré los ojos porque no podía defenderme. Solo esperé, y la espera me pareció eterna, pero no sentí nada. Entonces abrí los ojos y lo vi mirándome, con el brazo detenido en medio camino.

Le pedí que me soltara para demostrarle que no me importaba lo que había hecho, que lo entendía por completo y que yo en su lugar habría hecho lo mismo, porque más de una vez quise matar a mi hermano, incluso a mi madre. Le dije que quería abrazarlo y besarlo. No sé de dónde saqué la fuerza para decir todo eso, pero supongo que las ganas de sobrevivir nos hacen extrañarnos de lo que somos capaces.

Frank dudó, pero luego cayó en mi trampa y me soltó las amarras.

Estaba teniendo una nueva oportunidad y no podía desperdiciarla. Lo abracé y besé con intensidad, y luego con la mano derecha tomé una lámpara de bronce que había sobre la mesa de noche, y que quedó en pie a pesar del ataque de furia que él desató antes. Quería buscar la jeringuilla, pero me pareció más difícil encontrarla, y no tenía tiempo. Le golpeé la cabeza lo más fuerte que pude. Vi en cámara lenta cómo la sangre le iba cubriendo parte del rostro y el pelo, y también vi sus ojos brillantes llenos de furia mirándome.

No perdió la conciencia y yo aún no había podido levantarme de la cama. Luchamos. Recuerdo golpes y rasguños y la idea fija en mi mente sobre la necesidad de ganarle. Me empujó y caí por completo sobre el colchón, me agarró las muñecas y las presionó con una fuerza bestial que nunca pensé que llegaría a tener. Grité y le pedí que me soltara, pero sabía que no iba a hacerlo. Al final logró dominarme. Comprendí que había perdido y me quedé quieta. Frank me miró. La sangre había manchado los lentes y su imagen era pavorosa porque estaba transformado en otra persona. Era realmente escalofriante.

Volvió a amarrarme, esta vez haciéndome daño. Se fue y regresó gritando y llevando entre las manos una bolsa plástica.

Intenté convencerlo nuevamente de que no lo hiciera, pero no tenía esperanzas de lograrlo porque sabía que era mi fin. Me puso la bolsa en la cabeza y la anudó en el cuello. Fue cuando comencé a ahogarme y a sentir lo mismo que sintieron Megan, Alice y Elaine antes que yo.

Hans Freeman irrumpió en la habitación con una Glock en la mano.

Apuntó y dio una señal de alto. Frank Gunn se quedó quieto y no dijo nada, solo hizo un sonido que pareció provenir de un animal.

Anne se apresuró en quitar la bolsa plástica que asfixiaba a Julia, pero no pudo soltarla, entonces tomó la punta de un lapicero que había caído al piso y lo clavó en el plástico a la altura de la boca. Abrió y rasgó con violencia. Notó que Julia comenzaba a aspirar un poco de aire y entonces con más calma logró desamarrar la bolsa del cuello.

—Ya todo pasó. Respira, Julia, respira —le dijo la agente Ashton mientras la ayudaba a sentarse en la cama.

Julia aún tosía y estaba adolorida, pero comprendió que la habían salvado.

Vio unos hombres uniformados en la habitación, y después no volvió a ver a Frank, pero escuchaba sus sollozos, que iban alejándose cada vez más hasta desaparecer por completo.

Fue entonces cuando reconoció a Hans Freeman, y desde ese instante entendió que era a él a quien le debía la vida. Aquel hombre despeinado con apariencia de *hippie*, en el que se había fijado en el avión a principios de esa semana que cambió su vida, le preguntó algo sumamente inesperado.

—¿Quién cree usted que envenenó a Otto Dupont?

Julia Stein reaccionó rápido porque sentía que esa pregunta era una prueba de fuego para algo que no comprendía del todo, y haciendo un gran esfuerzo por hablar, dijo:

—Klaus Dupont. —Julia no dejaba de toser—. Porque las víctimas nos levantamos y nos enfrentamos a los monstruos que conocemos, y al hacerlo somos todavía más feroces.

Entonces Hans Freeman le respondió en un tono más bajo y cercano, como si no quisiera que Anne Ashton, ni ningún otro agente, lo escuchara:

—Cuando esté más calmada, cuando terminen de atenderla los paramédicos y los muchachos le tomen la declaración, me gustaría hablarle, porque me encantaría ofrecerle un trabajo…

NOTAS DEL AUTOR

La mejor recompensa para mí como escritor es que tú, estimado lector, hayas disfrutado de la lectura de esta novela. La mejor ayuda que como lector me puedes ofrecer es brindarme tu opinión honesta acerca de ella.

Para mí es sumamente importante tu opinión ya que esto me ayudará a compartir con más lectores lo que percibiste al leer mi obra. Si estás de acuerdo conmigo, te agradeceré que publiques una opinión honesta en la tienda donde adquiriste esta novela. Yo me comprometo a leerla.

Si deseas leer otra de mis obras de manera gratuita, puedes suscribirte a mi lista de correo y recibirás una copia digital de mi relato *Los desaparecidos*. Así mismo te mantendré al tanto de mis novedades y futuras publicaciones. Suscríbete en este enlace:

https://raulgarbantes.com/losdesaparecidos

Si has disfrutado leyendo *Amenazada*, te invito a leer la segunda novela de la serie Julia Stein y Hans Freeman:
Perturbado: Agentes del FBI Julia Stein y Hans Freeman n° 2

Finalmente, si deseas contactarte conmigo puedes escribirme directamente a raul@raulgarbantes.com.

Mis mejores deseos,
Raúl Garbantes

goodreads.com/raulgarbantes

instagram.com/raulgarbantes

facebook.com/autorraulgarbantes

9 781922 475039